MERITARE CORA

Il Rifugio, Libro 4

SUSAN STOKER

La forza di Aspen
La forza di Jayme
La forza di Riley
La forza di Devyn
La forza di Ember
La forza di Sierra (7 Dicembre)

Armi & Amori: verso il futuro
Soccorrere Caite
Soccorrere Brenae
Soccorrere Sidney
Soccorrere Piper
Soccorrere Zoey
Soccorrere Avery
Soccorrere Kalee
Soccorrere Jane

Mercenari di Montagna
Difendere Allye
Difendere Chloe
Difendere Morgan
Difendere Harlow
Difendere Everly
Difendere Zara
Difendere Raven

Delta Force Heroes
Salvare Rayne
Salvare Emily
Salvare Harley
Il Matrimonio di Emily
Salvare Kassie
Salvare Bryn

Salvare Casey
Salvare Sadie
Salvare Wendy
Salvare Mary
Salvare Macie
Salvare Annie

Armi e Amori
Proteggere Caroline
Proteggere Alabama
Proteggere Fiona
Il Matrimonio di Caroline
Proteggere Summer
Proteggere Cheyenne
Proteggere Jessyka
Proteggere Julie
Proteggere Melody
Proteggere il Futuro
Proteggere Kiera
Proteggere i figli di Alabama
Proteggere Dakota

Ace Security
Il riscatto di Grace
Il riscatto di Alexis
Il riscatto di Bailey
Il riscatto di Felicity
Il riscatto di Sarah

Una raccolta di storie brevi
Un momento nel tempo

CAPITOLO UNO

PIPE GUARDAVA DRITTO DAVANTI A SÉ, mentre era in fila con un'altra dozzina di uomini e ascoltava il presentatore mandare in visibilio il pubblico ogni volta che ne introduceva uno da mettere all'asta.

Si chiese, per la centesima volta, come diavolo avesse fatto a lasciarsi convincere. Essere sotto i riflettori era proprio il suo incubo che diventava realtà. Aveva trascorso gran parte della sua vita nell'ombra, e gli si accapponava la pelle al pensiero di stare sul palco davanti a così tanta gente.

Ma i suoi amici Brick, Tonka e Spike avevano donne e famiglie a cui badare. E tra i restanti proprietari del Rifugio, lui aveva letteralmente preso la pagliuzza più corta... quindi, eccolo lì.

Presto il presentatore lo avrebbe annunciato e avrebbe iniziato a raccogliere le offerte delle persone del pubblico disposte a pagare per cenare con *lui*. Era ridicolo.

«È per una buona causa» si incoraggiò sottovoce.

E quello era l'unico motivo per cui si trovava a Washington. Per raccogliere fondi per i veterani.

Guardò il tizio davanti a lui pavoneggiarsi sul palco e intrattenere il pubblico, che stava amando le sue pose e le flessioni dei suoi muscoli. Pipe ebbe il fugace pensiero che forse il tizio pensava di essere in uno strip club o qualcosa del genere, prima che il presentatore annunciasse con entusiasmo che l'asta era finita.

La donna che lo aveva vinto fece un piccolo strillo e si girò verso le sue amiche che l'abbracciarono, mentre tutte saltavano su e giù per l'eccitazione. Pipe si trattenne dal roteare gli occhi... a malapena. Aveva vinto un appunta-mento a cena, non un fidanzato o un marito o qualsiasi cosa pensasse di ottenere.

Sapeva di essere un cinico, non c'erano dubbi. Un'altra ragione per cui avrebbe dovuto esserci Owl lì sopra, non lui.

Be'... no. Non Owl. Il suo amico e comproprietario del Rifugio era troppo introverso, e ancora diffidente verso la maggior parte delle persone, dopo che anni prima era stato fatto prigioniero quando il suo elicottero era stato abbattuto.

Tutti gli uomini con cui Pipe lavorava erano danneg-giati a modo loro. In effetti, era uno dei motivi per cui si trovava lì in quel momento. Voleva raccogliere fondi per altri veterani come lui e i suoi amici, che avevano dato tutto per il loro Paese e di conseguenza si erano ritrovati mentalmente distrutti. Non che pensasse che le autorità degli Stati Uniti o, nel suo caso, della Gran Bretagna, non fossero grate ai loro militari per il servizio prestato. Per la maggior parte. Ma era un compito titanico gestire un Paese, prendersi cura di coloro che erano in servizio e stare dietro alle centinaia di migliaia di uomini e donne che erano tornati alla vita civile.

Era lì che entravano in gioco eventi come quell'asta di

beneficenza. Si trattava di una raccolta fondi per assistere i veterani che cercavano di reinserirsi dopo il servizio. Pipe e i suoi amici si sostenevano a vicenda e avevano il Rifugio, ma molti non avevano alcun supporto.

In definitiva, quello era il motivo per cui si trovava lì. Si sentiva a disagio e fuori posto, e sicuramente non era entusiasta di sfilare davanti a una sala piena di gente vestita troppo elegante e che lo giudicava in base a parametri superficiali. Sapeva cosa vedevano. Un uomo con i capelli troppo lunghi, la barba troppo folta, i tatuaggi sulle mani e sulle dita che molti ritenevano significassero che era stato in prigione. Era il peggiore degli stereotipi e lui l'aveva sperimentato fin troppe volte.

Sì, indossava uno smoking, ma era evidente a tutti che non appartenesse a quel posto. Neanche lontanamente. Quelle persone non lo avrebbero degnato di uno sguardo se lo avessero visto per strada o in un supermercato. Anzi, probabilmente avrebbero attraversato quella strada o lasciato la corsia per evitare di stargli vicino. Che ironia.

Ma aveva detto che l'avrebbe fatto, che avrebbe rappresentato il Rifugio, con la speranza di attirare l'attenzione sulla loro attività nel New Mexico, e non si sarebbe rimangiato la parola.

Fin troppo presto, l'uomo davanti a lui scese dal palco per incontrare la donna che aveva pagato un sacco di soldi per il suo tempo, e ora era arrivato il suo turno.

Dato che ormai era tardi per tirarsi fuori da quella farsa, fece un passo in avanti per mettersi dentro al cerchio disegnato con il nastro adesivo sul pavimento, come erano stati istruiti a fare. A differenza dell'uomo che lo aveva preceduto, Pipe non sorrise e non si pavoneggiò quando fu presentato. Fissò il pubblico con il sudore che gli imper-lava le tempie, mentre immaginava che qualcuno in mezzo a quelle persone, un nemico che non riusciva a vedere a causa delle luci abbaglianti contro il viso, gli stesse puntando un fucile in fronte.

«Il prossimo è Bryson 'Pipe' Clark. Ha quarantadue anni ed è uno dei sette proprietari del Rifugio, il resort di fama mondiale sito nel New Mexico. So che tutti voi avete sentito parlare di questa straordinaria struttura che si rivolge a coloro che soffrono di disturbo post-traumatico da stress. Lui e gli altri comproprietari sono grandi sostenitori dei nostri militari. Il signor Clark è stato membro del noto Special Air Service del Regno Unito, e si offre di accompagnare al The Inn di Little Washington chiunque sia abbastanza fortunato da aggiudicarsi l'asta. Come sicuramente saprete, il The Inn è il primo e unico ristorante della nostra zona ad aver ottenuto tre stelle Michelin e un'ulteriore stella verde. Il cibo è impareggiabile e l'atmosfera accogliente e intima, con spazio sufficiente ad accogliere solo dodici ospiti alla volta. Bene, chi vuole fare la prima offerta?»

Per un attimo nella sala ci fu solo silenzio e Pipe nutrì la piccola speranza che magari nessuno avrebbe fatto offerte per lui e che sarebbe potuto uscire indenne da quella situazione ridicola. A differenza di molti altri uomini, per lui sarebbe stato l'ideale, non si sarebbe sentito umiliato o rifiutato se non avesse ricevuto offerte, anzi, si sarebbe sentito sollevato.

Ma poi una donna in prima fila gridò: «Mille dollari.»

Non era una cifra impressionante, considerando che per i sei uomini che lo avevano preceduto erano partiti da duemila fino a settemila dollari, ma con quell'offerta svanì la possibilità di andarsene senza dover portare a cena una sconosciuta.

Cercando di socchiudere gli occhi per vedere attraverso la luce intensa che lo illuminava, Pipe non riuscì a scorgere bene la donna... finché lei non si avvicinò al palco. Non era molto alta, da quello che poteva vedere, e aveva lunghi capelli castani. Indossava un vestito semplice che le arrivava a metà coscia e, a differenza delle altre donne presenti in sala, non era pettinata alla perfezione né indossava una tonnellata di gioielli vistosi. Era solo una donna qualunque con un vestitino nero. Se non fosse stato per l'offerta, avrebbe pensato che stesse cercando di non farsi notare. Probabilmente l'avrebbe ignorata se lei non avesse parlato.

«Un buon inizio per questo britannico coraggioso. Chi offre duemila dollari?» chiese il presentatore.

Ci furono un paio di altre offerte, ma la donna che aveva fatto la prima continuava ad alzare di cento dollari ogni volta che qualcuno la superava.

Più Pipe la osservava, più lo intrigava. Non era sicuro di cosa suscitasse il suo interesse, forse il suo aspetto sobrio in una stanza piena di ostentazioni o le sue offerte calme e determinate, ma all'improvviso si ritrovò a fare il tifo per lei. Voleva davvero che vincesse, in modo da poter conoscere una delle poche donne nella sala che sembrava... normale.

E quel tipo di reazione non era normale per *lui*. Ormai aveva quasi rinunciato all'altro sesso, ad avere ciò che alcuni dei suoi amici avevano scoperto di recente. Ma non poteva negare che la donna vestita di nero lo interessava molto... e qualcosa nel profondo di lui, qualcosa che aveva creduto morto da tempo, si risvegliò.

Se non fosse stato lì a fissarla così intensamente, Pipe non si sarebbe accorto di ciò che successe proprio in quel momento. Un'altra donna, una rossa alta e bellissima, con le scarpe con i tacchi a spillo e un vestito verde foresta che aderiva perfettamente a ogni centimetro del suo corpo sinuoso, si avvicinò alla bruna con l'abito nero e la spinse così forte da farla quasi cadere.

«Diecimila!» esclamò la tipa, con aria annoiata.

Il presentatore si entusiasmò, dato che fino a quel momento quella era stata l'offerta più alta della serata. Pipe mantenne lo sguardo sulla bruna e vide un'espressione devastata sul suo volto, poi notò che si morse il labbro, abbassò gli occhi e curvò lievemente le spalle... quasi a indicare che l'offerta era stata troppo alta perché potesse superarla.

La rossa le rivolse un ghigno compiaciuto, senza nemmeno guardare il palco.

Pipe aggrottò la fronte confuso. Perché mai aveva fatto un'offerta per lui se non sembrava minimamente interessata a ciò per cui stava spendendo un sacco di soldi? La osservò chinarsi e dire qualcosa alla bruna, che aggrottò le sopracciglia e si voltò bruscamente, spingendosi tra la folla e allontanandosi dal palco.

Solo in quel momento, la rossa alzò lo sguardo con un sorriso molto soddisfatto.

Pipe si sentì pervadere da un senso di disgusto. Gli sembrò ovvio che quella tizia avesse fatto un'offerta solo per *non* far vincere l'altra. Ciò significava che probabilmente le due si conoscevano e non correva buon sangue tra loro.

Si rese conto di essere più interessato alla dinamica tra le due donne di quanto avrebbe dovuto, ma non poté fare a meno di ricordare lo sguardo speranzoso della bruna quando, per un breve momento, era stata quella con l'offerta vincente.... e la devastazione quando si era resa conto che l'importo era andato oltre la sua portata.

«Sembra che la vincitrice sia la signorina Eleanor Vanlandingham. Congratulazioni! Si diverta a cena!»

Il presentatore fece cenno a Pipe di scendere dal palco sulla sinistra. Seguì la sua indicazione, ma non riuscì a togliersi dalla mente la donna in abito nero, e come sembrasse non c'entrare nulla con quell'evento. Non sapeva come l'avesse capito, per lo più giudicando il suo aspetto esteriore, esattamente come faceva la gente con *lui*. Tuttavia, raramente si sbagliava nel valutare gli altri. Era un'abilità importante per un soldato delle forze speciali e lui era sempre stato quello a cui la sua squadra si affidava quando dovevano stabilire se fidarsi o meno di un informatore.

Quindi pensava di non essersi sbagliato nel valutare quella donna... che però aveva migliaia di dollari da buttare all'asta.

Il fatto che fosse una tale dicotomia lo incuriosiva. Che per lui risaltasse in mezzo alla stanza proprio per le ragioni per cui gli altri *non* la notavano. E quella scintilla di... qualcosa... divampò di nuovo. Era una sensazione estranea, ma non era disposto a ignorarla.

Aveva bisogno di saperne di più su di lei. Forse non aveva vinto l'appuntamento, ma Pipe l'avrebbe rintracciata non appena fosse sceso dal palco... e avrebbe cercato di capire perché fosse così attratto da lei.

CAPITOLO DUE

CORA ROONEY DOVETTE METTERCI tutto l'orgoglio e la forza che aveva dentro per non scoppiare a piangere. Aveva pianificato la serata con così tanta cura. Quando aveva saputo che uno dei proprietari del Rifugio sarebbe andato a Washington per partecipare a un'asta di beneficenza, era stata entusiasta. Come la maggior parte delle persone, conosceva il resort che si occupava di coloro che soffrivano di disturbo post-traumatico da stress. Quando era stato inaugurato, molti articoli avevano parlato di quel posto e degli uomini che lo possedevano, e anche ora, più di cinque anni dopo, continuavano a essere intervistati e ad avere copertura mediatica per la loro generosità e disponibilità a offrire tempo e denaro.

Cora era stata così in angoscia da arrivare a spendere una parte dei soldi che aveva guadagnato duramente per acquistare un biglietto per il gala di quella sera. Avrebbe preferito non farlo e accumulare ogni centesimo da usare per il suo obiettivo principale, ma quell'evento era un mezzo per uno scopo... cioè la possibilità di parlare con uno degli ex soldati delle forze speciali che possedevano il Rifugio.

Era stata una decisione dettata dalla disperazione. Aveva contattato degli investigatori privati, che volevano tutti troppi soldi per accettare il suo caso, ed escluso le società di sicurezza private per lo stesso motivo. Aveva persino fatto alcune ricerche su internet per cercare un ex agente di polizia o dell'FBI da consultare, ma i pochi che aveva trovato l'avevano fatta rabbrividire, e non in senso positivo. Erano stati pronti a offrire assistenza, ma, come tutti gli altri, pretendevano migliaia di dollari in anticipo. Il che le aveva fatto pensare che fossero dei truffatori.

Se ci fosse stato un altro modo per ottenere aiuto, che non avesse richiesto denaro che non aveva, lo avrebbe sfruttato. Ma non aveva alternative. Anche se il rappresentante del Rifugio si fosse rifiutato di darle una mano, almeno avrebbe potuto dire di aver provato di tutto.

Pensare al motivo per cui si trovava all'asta le provocò una fitta al cuore.

Lara.

Conosceva la sua migliore amica dall'adolescenza, quindi da oltre vent'anni ormai. Lara era stata l'unica persona ad aver cercato di fare amicizia con lei quando aveva cambiato scuola all'inizio della seconda superiore. Non si era affatto inserita in quella classe. Era una ragazza in affidamento senza vestiti firmati, con un brutto carattere che usava come uno scudo e con l'aspettativa che tutti la odiassero a prima vista. Su quell'ultimo punto non si era sbagliata... tranne che con Lara Osler.

Lei le aveva letteralmente salvato la vita. Aveva ignorato la sua povertà, la mancanza di genitori e di fiducia in chiunque, e l'aveva presa sotto la sua ala protettrice, senza curarsi del fatto che i loro coetanei la prendessero in giro alle sue spalle.

Erano all'opposto sotto molti aspetti. Lara era alta un metro e settantotto, lei uno e sessantacinque. Aveva i capelli biondi e lucenti, mentre lei di un castano scialbo. Cora era sfacciata e non esitava a dire ciò che pensava, invece la sua amica era molto più diplomatica e quasi timida. Nonostante ciò, Lara si innamorava facilmente degli uomini, convinta che ognuno di loro potesse darle il lieto fine, mentre Cora era troppo diffidente per offrire più di una sola notte alla maggior parte dei ragazzi.

Erano come l'acqua e l'olio, ma in qualche modo erano entrate subito in sintonia. Nonostante le loro differenze, o forse proprio grazie a quelle, erano diventate migliori amiche. Doveva tutto a Lara.

Per quel motivo aveva comprato un vestito e delle scarpe, cercato di truccarsi decentemente e partecipato a quella festa elegante.

E aveva fallito.

Già in partenza non era stata sicura di avere soldi sufficienti a vincere l'uomo del Rifugio. I seimila dollari che aveva racimolato erano la cifra più alta che avesse mai avuto sul suo conto corrente in una sola volta, e ne avrebbe speso ogni centesimo pur di aiutare Lara, anche se nessuno, a parte lei, credeva avesse davvero *bisogno* di aiuto. Quando la maggior parte delle offerte vincenti per gli uomini prima di lui erano rimaste al di sotto della sua portata, aveva cominciato a pensare di avere una possibilità.

L'asta per Bryson Clark a un certo punto si era fermata a cinquemila dollari, e per un attimo aveva creduto di avercela fatta. Di aver vinto. Di essere a un passo dall'aiutare la sua amica.

Poi era apparsa Eleanor Vanlandingham, facendola quasi cadere. Dal momento in cui si era resa conto di chi le stava accanto, Cora aveva capito che la sua nemesi del liceo avrebbe rovinato tutto... e non si era sbagliata. Non sapeva perché l'altra donna la odiasse così tanto. A scuola era stata una stronza e lo era ancora ventidue anni dopo. Non si incontravano spesso, ma quando succedeva non ne usciva nulla di buono.

Come quella sera.

Eleanor aveva distrutto il suo piano con due piccole parole. Diecimila dollari erano molto più di quanto avrebbe potuto permettersi di spendere... più di quanto avesse sul conto. Aveva fallito. Non avrebbe potuto parlare con il signor Clark per cercare di convincerlo ad aiutarla.

Cora aveva voglia di piangere... e lei non era una che piangeva. Non era mai servito a niente, l'aveva solo fatta sentire congestionata e debole, oltre a farle fare una pessima figura.

Tra l'altro, Eleanor non voleva di certo un appuntamento con quell'uomo. Non era il suo tipo. Neanche lontanamente. Troppo rozzo, troppi tatuaggi. Non abbastanza bello. Non era un milionario. L'elenco poteva continuare all'infinito.

Ma non importava. Aveva semplicemente fatto in modo di non permetterle di vincere qualcosa che aveva desiderato disperatamente.

Soffiò fuori un respiro mentre si spingeva alla cieca tra la folla. Doveva andarsene da lì. Non avrebbe mai dato a Eleanor la soddisfazione di vederla piangere.

Deviò verso l'area del guardaroba in fondo alla sala da ballo, poi percorse un breve corridoio per arrivare ai bagni. Si chiuse dentro a uno dei box e si appoggiò al muro, cercando di evitare di farsi travolgere dallo sconforto.

Era stata così sicura di riuscire a convincere Bryson Clark ad aiutarla. Le sarebbe servita solo un'ora o poco più per parlargli. Per perorare la sua causa. La polizia non le aveva creduto. I genitori di Lara avevano liquidato le sue preoccupazioni senza pensarci due volte, e Cora aveva esaurito tutte le altre possibilità. Ma sapeva fin nel midollo che la sua amica era in pericolo. Un ex soldato delle forze speciali avrebbe potuto arrivare facilmente a Lara. Parlare con lei. Scoprire se fosse al sicuro o meno.

Fece un respiro profondo e si raddrizzò. Ok, Eleanor poteva averle rovinato i piani quella sera, ma aveva ancora i seimila dollari. Poteva prendere un volo per il New Mexico, andare di persona al Rifugio e vedere di riuscire a parlare con uno dei proprietari. Sarebbe stato meglio poter prenotare uno degli chalet, in modo da sembrare un'ospite, ma era impossibile. Erano al completo da mesi.

Cora non sapeva nemmeno perché si fosse fissata con gli uomini che gestivano quel posto. Non facevano più parte dell'esercito. Soffrivano tutti di vari gradi di disturbo post-traumatico da stress. Accidenti, ora erano proprietari di un resort, non mercenari su commissione o qualcosa del genere. Ma dal momento in cui aveva visitato il loro sito web, aveva visto le loro foto e letto le biografie... qualcosa di quegli uomini l'aveva colpita nel profondo. Avevano tutti sofferto, eppure si erano fatti in quattro per aiutare gli altri. E stando a quello che dicevano i giornali sulle recenti situazioni accadute ad alcune delle ragazze che ora vivevano e lavoravano lì, sembrava che i proprietari avessero un debole per le donne in pericolo.

Quindi sperava che sarebbero stati disposti a esaminare la faccenda di Lara. Valeva la pena tentare. Cora avrebbe fatto qualsiasi cosa per aiutare la sua amica.

Aveva scartato l'idea di andare direttamente a Phoenix

per cercare di vederla, perché aveva la sensazione che sarebbe stato un fallimento epico. Non aveva la forza o le capacità necessarie per riuscirci. No, aveva bisogno di qualcuno come il signor Clark o uno dei suoi amici.

Decise che andare al Rifugio era comunque un piano migliore che cercare di vincere l'asta, così prese lo zaino che aveva ritirato prima e iniziò a cambiarsi. Non era mai stata una persona che rimuginava sulle cose brutte che le accadevano. Se lo avesse fatto, non sarebbe stata in grado di andare avanti. Non aveva mai avuto una vita facile ed era un vero mistero il motivo per cui si fosse aspettata che quella sera sarebbe andata diversamente.

Cora si cambiò rapidamente, infilandosi un paio di jeans, una maglietta, una felpa vecchia e comoda e le scarpe da ginnastica, e mise il vestito nero e le scarpe eleganti nello zaino. Non era così stupida da tornare nella sua parte schifosa della città indossando qualcosa di così bello. Sarebbe stata subito presa di mira da uno dei tanti spacciatori o pervertiti che si aggiravano per la metropolitana in cerca di vittime.

Già che c'era usò il bagno, poi uscì dal box. Dopo essersi lavata le mani, aprì la porta e si diresse lungo il corridoio che portava alla sala da ballo. Il suo piano era di scivolare via senza farsi notare dalla gente, la cui attenzione era ancora rivolta al palco e all'asta in corso. Ma, naturalmente, come tutti i suoi piani accuratamente elaborati di quella sera, anche quello era destinato a fallire.

Non appena varcò la soglia della sala da ballo illuminata da luci soffuse, trovò ad aspettarla Eleanor Vanlandingham e due delle sue Barbie fedeli.

Ovviamente era bellissima con il vestito verde scuro che indossava. Anche il duo di stronze che la affiancavano, Valentina e Scarlett, erano come sempre perfette, con i loro abiti neri senza spalline, quasi uguali, e le scarpe con tacco dieci. I loro volti iniettati di botox erano truccati in modo impeccabile. Valentina sfoggiava le sue curve riempiendo quel mini abito come una sosia di Marilyn Monroe, mentre Scarlett era il suo opposto, magra come una modella.

Quelle tre potevano anche essere belle esteriormente, ma erano marce fino al midollo. Coglievano ogni occasione per calpestare chiunque considerassero inferiore a loro... cioè praticamente tutti.

Eleanor non diede a Cora la possibilità di parlare, ma si limitò a lanciarle gli insulti che era solita usare ogni volta che apriva bocca. Se le parole fossero state colori, le sue sarebbero state nere come la pece.

«Sì, esatto, stronza, torna nel buco da cui sei strisciata fuori. Non so come hai fatto ad avere un biglietto per l'evento di stasera, ma non sei degna di stare qui.»

«Strano, i miei soldi sono uguali ai tuoi, El» disse Cora, raddrizzando le spalle. Ora che indossava indumenti con cui si sentiva più a suo agio, era più sicura di sé. Come se si fosse ricostruita l'armatura.

«Quali soldi?» Eleanor sogghignò. «Il tuo vestito era di Walmart. E le scarpe? Le hai prese da Payless?»

Valentina e Scarlett ridacchiarono come se l'altra avesse detto la cosa più esilarante del mondo.

Cora si rifiutava di vergognarsi del fatto che avesse indovinato dove aveva comprato il vestito e le scarpe. Aveva risparmiato per usare i soldi per cose più importanti.

«Perché sei una persona così orribile?» le chiese. «Sul serio, avrei pensato che dopo il diploma avessi smesso di essere una snob malvagia, stronza e presuntuosa. Invece, dopo più di vent'anni, sei solo peggiorata. Il mondo non gira intorno a te, El.»

«Smettila di chiamarmi così» ringhiò, avvicinandosi di un passo.

Cora non indietreggiò. Non l'avrebbe mai fatto davanti a quella stronza. Se voleva fare a botte in quel momento, era pronta. Anzi, desiderava che ci provasse. Avrebbe fatto il culo a Eleonor davanti a tutti, proprio come meritava. Avrebbe potuto battere quella stronza presuntuosa con i tacchi a spillo e il vestito attillato in un baleno. Accidenti, avrebbe potuto suonarle anche a Cip e Ciop accanto a lei. Aveva solo bisogno che Eleanor facesse la prima mossa.

Aveva imparato a sue spese che essere l'aggressore non portava mai a nulla di buono dopo una rissa... ma se l'avesse fatto per difendersi, era un'altra storia.

Ovviamente quella strega non avrebbe usato la forza fisica. Le sue armi erano le parole.

«Sei spazzatura e lo sarai sempre, Cora Rooney» sibilò Eleanor. «Sei imbarazzante. Tutti ridevano di te stasera, si chiedevano perché diavolo fossi qui, chi avesse commesso l'errore di venderti un biglietto. Anche se *l'unico* modo per convincere un uomo a degnarti di uno sguardo è comprarlo, non avresti mai vinto un'asta. Appena ti abbiamo vista, abbiamo deciso che se avessi fatto un'offerta per qualcuno saresti stata la perdente che sei.»

All'improvviso, la vecchia sensazione di sentirsi rifiutata ritornò, provocandole una fitta al cuore. Nessuna delle sue famiglie affidatarie aveva mai voluto tenerla, così era passata da una casa all'altra, da una scuola all'altra. Di conseguenza, le era stato impossibile farsi degli amici. Le persone su cui aveva pensato di poter contare le avevano voltato le spalle non appena era arrivato qualcuno di più interessante.

Tranne Lara. Per Cora era stato difficile fidarsi di lei per molto tempo, ma ogni volta che aveva fatto o detto qualcosa per allontanarla, lei non aveva mai battuto ciglio. L'aveva sempre supportata. L'aveva aiutata a trovare un lavoro quando ne aveva avuto disperatamente bisogno, le aveva permesso di stare da lei quando era stata sul punto di vivere per strada.

Scacciando il dolore che le facevano provare le parole di Eleanor, Cora le lanciò un'occhiataccia. «Vaffanculo» sibilò.

«Oh, come sei fine» disse con disprezzo, alzando gli occhi al cielo. «Che classe. Perché non muori e basta? Non piacevi a nessuno al liceo e non piaci a nessuno adesso. Sei strana, brutta e patetica!»

Quelle parole, invece, non fecero male. Non erano nuovi insulti. Erano anni che Eleanor pronunciava le stesse stronzate. Inoltre, Cora *era* strana, abbastanza scialba da essere probabilmente considerata brutta da molte persone, e nel corso degli anni era stata patetica più spesso di quanto avrebbe voluto ammettere.

«Perché sei qui, Eleanor?» le chiese. «Non è che ti freghi qualcosa di qualcuno che non sia te stessa. I veterani senzatetto, gli eroi militari dipendenti da droghe e alcol che hanno bisogno di un aiuto psicologico, non sono cose che ti interessano. Non riesco proprio a immaginare che tu voglia dare dei *soldi* a queste persone.»

Eleanor ridacchiò. «Hai ragione... per una volta. Non me ne frega niente di loro. Sono tutti un branco di perdenti del cazzo, che usano il loro cosiddetto disturbo post-traumatico da stress per ottenere soldi e servizi gratuiti dal governo. Se si trovassero un lavoro come tutti noi, non avrebbero bisogno dell'elemosina.»

«Certo, perché tu hai un lavoro» non poté fare a meno di mormorare.

«Stronza, sono un'influencer. Ho più follower di quanti tu possa immaginare. Sai quanti soldi faccio ogni giorno? Con ogni video che pubblico potrei comprare qualsiasi buco in cui vivi» disse con un ghigno.

Cosa1 e Cosa2 annuirono all'unisono accanto a lei.

«Quello non è un lavoro» la informò.

«Col cavolo che non lo è!» protestò Eleanor. «Lavoro duramente per essere bella, spiritosa, divertente. Tre cose che tu *non sei* e non sarai mai.»

«Hai ragione. Preferisco essere una brava persona. Caritatevole. Un'amica leale. Qualcuno su cui la gente possa contare. Tu non sei nessuna di *queste* cose.»

«Come se mi importasse» replicò sprezzante, con uno scatto della testa.

Cora era stanca, e si era rotta di scambiare frecciatine con lei. Quella donna non sarebbe mai cambiata. Mai. Inoltre, doveva capire i prossimi passi da intraprendere. Doveva vedere se riusciva a procurarsi un biglietto aereo economico per il New Mexico, cercare un albergo poco costoso vicino al Rifugio, capire come entrare nel resort e trovare un modo per riuscire a parlare dieci minuti con uno dei proprietari.

«Ok» disse Cora scrollando le spalle. «Come vuoi. Almeno i tuoi diecimila dollari saranno utili, anche se il tuo cuore è nero come la tua anima.»

«Che ingenua» affermò Scarlett ridacchiando.

«Stupida» concordò Valentina.

Cora si accigliò. «Riguardo a cosa?»

«Non darò soldi a nessuno.»

«Ma devi farlo. Hai vinto l'asta» replicò categorica.

«E allora? Nessuno può obbligarmi a pagare. Volevo solo superare la tua offerta. Non c'è niente di male. Inoltre, sei pazza se pensi che mi farei vedere vicino a quel mostro con i tatuaggi. Non voglio assolutamente infangare la mia reputazione facendomi vedere in giro con qualcuno che sembra un membro di una gang. No, no. Verserò qualche lacrima fingendo di essere confusa quando non riuscirò a trovare il mio libretto degli assegni. Poi ignorerò i loro tentativi di riscuotere i soldi. Magari non li useranno nemmeno per le cose che hanno detto di voler fare. È facile che finiscano dritti nelle tasche di qualche amministratore delegato.»

Cora vide rosso. Maledetta *stronza*. Voleva andare al tavolo dove raccoglievano il denaro e dare loro i suoi seimila dollari per cercare di coprire quello che Eleanor si rifiutava di pagare... ma aveva bisogno di ogni centesimo per arrivare nel New Mexico.

«Andrai dritta all'inferno» sbottò. «E quell'uomo sul palco vale *cento* volte più di te. Ha rischiato la vita per il suo Paese. Si è messo in pericolo. Ha sofferto per cercare di aiutare gli altri. *Tu* cosa hai fatto per qualcuno che non fosse te stessa? Niente di niente. Giudichi tutti dall'aspetto, quando sei la persona più brutta che sia mai esistita. I suoi tatuaggi, la barba e i capelli lunghi non fanno di lui un membro di una gang o una persona violenta, così come la tua *mancanza* di tatuaggi non fa di te una cittadina onesta. Personalmente penso che i suoi tatuaggi siano molto sexy. Mi dicono che è un uomo a cui non importa nulla di quello che pensano gli altri. Persone come *te*, che lo guardano dall'alto in basso a causa di un po' di inchiostro sulla pelle. Sei tu che infangheresti la *sua* reputazione se vi vedessero insieme.»

Eleanor le lanciò uno sguardo esasperato. «Sei proprio una stupida stronza. Non hai idea di come funzionino le cose nel mio mondo. Torna nei bassifondi a cui appartieni.»

Cora strinse i pugni. Era passato molto tempo dall'ultima volta che aveva avuto uno scontro fisico con qualcuno, e fremeva dalla voglia di darle un pugno in faccia. Ma non sarebbe cambiato nulla. Per molti versi, Eleanor aveva ragione. Il suo posto non era lì, con il vestito e le scarpe da quattro soldi, e un'*anima*.

Avrebbe voluto dire tante cose, ma nulla avrebbe fatto la differenza. Eleanor e le sue stupide amiche erano quello che erano. Stronze meschine e presuntuose che pensavano davvero che il mondo girasse intorno a loro. Non sarebbero cambiate, soprattutto non grazie a qualcosa che lei poteva dire.

Con in testa le parole di Lara, sul fatto di elevarsi al di sopra di quelli che cercavano di abbassarla al loro livello, si voltò per andarsene.

Solo per fermarsi di botto quando vide due uomini a circa tre metri di distanza.

Li riconobbe subito. Erano Bryson, colui a cui aveva fatto un'offerta senza successo, e Callen Kaufman, che, secondo il sito web del Rifugio, era soprannominato Owl.

Li fissò confusa. Che cosa stavano facendo? E da quanto tempo erano lì?

Poi arrossì, ricordando che stava indossando dei jeans e una felpa logori.

Eleanor si voltò per vedere cosa stesse fissando e Cora percepì il cambiamento nella donna. Si era rimessa la "maschera" e sorrideva agli uomini, sporgendo un fianco in modo seducente.

«Oh! Buonasera, signori. Sono così eccitata per il nostro appuntamento» disse in tono melenso.

Cora era disgustata. Da Eleanor, dall'asta e dall'umanità

in generale. Ne aveva abbastanza. Quella stronza aveva vinto, come sempre. Bryson poteva uscire con la strega e sposarla, per quel che le importava. C'erano altri uomini al Rifugio che sarebbero andati altrettanto bene per le sue esigenze.

Certo, non provava per loro l'attrazione che sentiva per lui, ma pazienza.

Non aveva voluto ammettere nemmeno con se stessa di essere attratta dall'uomo per cui aveva fatto un'offerta. Aveva studiato la breve biografia che c'era sul sito fino a memorizzarla, poi aveva fatto altre ricerche su internet per trovare quante più informazioni possibili su di lui. C'era una foto in particolare, in cui i tatuaggi sulle braccia erano in bella mostra. Non assomigliava affatto ai suoi amici e questo la incuriosiva. Aveva un'aura pericolosa che le era sempre piaciuta. Non voleva un bel ragazzo. Voleva qualcuno che facesse girare la gente dall'altra parte quando lo vedeva. Che non avrebbe tollerato le persone maleducate e che insultavano gli altri.

Qualcuno che avesse l'aspetto di poter e *volere* proteggere la propria donna.

Esasperata con se stessa, si diresse verso l'uscita della sala da ballo. Il romanticismo non faceva per lei. Non era il tipo di donna che gli uomini trovavano attraente, cosa che le era stata ribadita più di una volta nella vita. In ogni caso, non aveva bisogno di un uomo su cui contare. L'avrebbe solo delusa. Quando era in affidamento aveva avuto diversi padri e fratelli a confermare quella realtà.

C'era solo una persona che non l'aveva mai delusa. Lara. E Cora avrebbe fatto di tutto per aiutarla.

CAPITOLO TRE

P IPE DIGRIGNÒ i denti così forte che gli sembrò quasi di rompersene uno. Non poteva credere che quella stronza stesse dicendo quelle cose.

Non aveva nemmeno riconosciuto la donna in jeans e felpa finché la rossa non aveva dato abbastanza dettagli da fargli capire che era quella che aveva indossato il vestito nero e la cui offerta era stata superata.

Gli si gelò il sangue nel sentire le parole terribili che quella tizia – Eleanor, a quanto pareva – diceva sui veterani. L'opinione che aveva di loro. Pipe sapeva che al mondo c'erano persone che la pensavano come lei, ma onestamente non si aspettava che ce ne fossero lì quella sera, o che potessero fare un'offerta.

E il fatto che non avesse alcuna intenzione di pagare davvero il denaro che aveva promesso, fu l'ultima goccia. Ogni muscolo del suo corpo si tese, e fu sul punto di dirne quattro alla stronza.

«Calma, Pipe» disse Owl, afferrandogli il braccio.

«Te ne occupi tu per me?» chiese al suo amico.

«Certo. Mi assicurerò che gli organizzatori sappiano che non ha intenzione di onorare la sua offerta, annullando così la tua responsabilità di portarla a cena. Donerò i soldi a nome del Rifugio. Vai. Vai a cercare l'altra.»

Pipe avrebbe dovuto sorprendersi che Owl sapesse esattamente i pensieri che gli passavano per la testa, ma non era così. Non avevano prestato servizio insieme, ma lavoravano fianco a fianco da anni. «Grazie, amico.»

«Smettila» disse, dandogli una piccola stretta al braccio. «Per la cronaca... mi piace.» Indicò l'altra donna con la testa – Cora, l'aveva chiamata la stronza – che aveva appena raggiunto la porta della sala da ballo.

Qualcosa dentro Pipe si rilassò all'approvazione del suo amico. Non aveva senso, se non che ci teneva alla sua opinione. Annuendo, si prese un momento per lanciare un'occhiataccia a Eleanor, prima di voltarsi e correre verso l'uscita, dove Cora era scomparsa.

Avrebbe dovuto tornare sul palco dopo l'ultimo uomo all'asta, per i commenti finali e l'annuncio dell'ammontare della cifra raccolta, ma non si sentì in colpa per essersene andato prima. Non poteva perdere di vista la donna che non solo aveva preso le sue difese ed era sembrata sinceramente interessata ai veterani che era lì per sostenere, ma dalla quale si era stranamente sentito attratto fin dal momento in cui l'aveva notata vicino al palco, dandogli l'impressione che si sentisse fuori posto.

Doveva parlarle. Scoprire perché fosse sembrata così disperata di ottenere un appuntamento. Doveva conoscere la sua storia.

Non era sicuro del motivo, ma aveva lo strano presentimento che se gli fosse sfuggita, avrebbe in un certo senso perso qualcosa di prezioso.

Giunto alla porta guardò in entrambi i sensi nel corridoio, ma non vide alcuna traccia di Cora. Se n'era andata di fretta. Pipe sapeva di avere pochi secondi per decidere da che parte andare per trovarla. Sinistra o destra?

Destra. Verso l'atrio. Aveva la sensazione che non alloggiasse in quell'hotel di lusso.

Con suo grande sollievo, il suo istinto si rivelò corretto quando girò l'angolo e la vide parlare con un uomo vicino all'ingresso. Il tizio le stava sorridendo e mentre Pipe si dirigeva verso di loro, Cora si mise una mano nella tasca posteriore dei pantaloni e gli consegnò dei soldi.

Vederla dare la mancia al portiere fece aumentare ancora di più il suo rispetto per lei.

Aveva ascoltato tutta la conversazione delle donne, e l'unica cosa su cui quella stronza di Eleanor aveva avuto ragione era stato riguardo alla qualità dei vestiti indossati da Cora. Non era un esperto, ma anche lui sapeva che il suo non era un abito firmato. Inoltre, i jeans e la felpa che portava ora sembravano comodi e molto usati. Sì, aveva offerto un bel po' di soldi per lui, ma aveva la sensazione che ogni centesimo fosse stato sudato.

Pipe accelerò il passo andando verso di lei. Fece abbastanza rumore avvicinandosi, tanto che entrambi si voltarono a guardarlo. Approvò che l'uomo si fosse messo davanti a lei come per proteggerla. Non le avrebbe fatto del male, tutt'altro, ma nessuno dei due lo sapeva.

Rallentò e sollevò leggermente le mani, per assicurarsi che vedessero che era inerme. Non era proprio vero, ma non portava nulla che potesse ferirli.

«Cora, giusto?» le chiese.

Lei sembrò sorpresa, poi diffidente. «Sì?»

«Sono Pipe, come probabilmente sai. Posso accompagnarti a casa?»

Invece di sembrare sollevata o impressionata, il sospetto nei suoi occhi aumentò. «Perché?»

«Perché è tardi, e buio. E non dovresti andare in giro da sola.»

«So badare a me stessa» replicò, sollevando leggermente il mento.

Con sua sorpresa, Pipe trovò stimolante la sua ostinazione. Forse perché quella sera aveva avuto a che fare con i sorrisi forzati e le risatine sciocche di troppe donne per ogni cosa che aveva detto. Odiava le smorfiose, e aveva la sensazione che Cora avrebbe preferito morire piuttosto che fare giochetti con un uomo.

«Giusto. Allora forse puoi darmi un motivo per andarmene da qui, per non tornare in quella sala da ballo, a dire o fare qualcosa di cui mi pentirei in risposta a quella stronza che non si fa problemi a fregare i veterani che hanno rischiato la vita per il loro Paese.»

Lei lo fissò per un lungo momento prima di chiedere: «L'hai sentita?»

«Ho sentito tutto» le confermò.

Vide sgomento e imbarazzo nel suo sguardo prima che raddrizzasse le spalle. «Senza offesa, ma tu con quello smoking mi renderesti ancora più un bersaglio che se fossi da sola» disse, con un luccichio divertito negli occhi.

Senza esitare, Pipe si tolse la giacca, si strappò via lo stupido papillon e li porse al portiere, che li prese senza dire una parola, probabilmente abituato alle stravaganze dei ricchi che partecipavano agli eventi di quel raffinato hotel. Poi si slacciò i primi bottoni dell'elegante camicia bianca, si tolse i gemelli, li infilò in tasca e si tirò su le maniche, esponendo i tatuaggi sulle braccia. Infine, si passò una mano tra i capelli, scompigliandoli. «Non posso fare nulla per le scarpe lucide, ma magari così va meglio?»

Lo percorse con lo sguardo e la sua pelle fu attraversata da brividi di eccitazione. Non ebbe l'impressione che lo stesse giudicando, anzi, gli sembrò che lo approvasse più in quel modo che con il completo costoso. «Non abito qui vicino. Devo prendere la metropolitana» lo avvertì.

Pipe scrollò le spalle. «Lontano da qui va benissimo. Mi darà più tempo per calmarmi.»

Per un attimo pensò che avrebbe rifiutato. Che gli avrebbe detto di essere perfettamente in grado di tornare a casa da sola. E non aveva dubbi che lo fosse. Aveva la sensazione che quella donna potesse fare tutto ciò che voleva senza l'aiuto di nessuno. Ma per qualche motivo, voleva garantire la sua incolumità. Voleva essere qualcuno a cui lei potesse appoggiarsi, anche se solo per quella sera. Per il tempo necessario a riportarla a casa.

«Va bene» disse, dopo una lunga pausa.

Il senso di sollievo che lo pervase fu sorprendente. Da quando era uscito dall'esercito era stato più insensibile. Si era fatto la maggior parte dei tatuaggi per *sentire qualcosa*, anche solo momentaneamente, anche se si trattava solo del dolore provocato da un ago. Aveva cominciato a pensare che sarebbe rimasto bloccato in quello strano vuoto per sempre.

Ma in qualche modo, quella donna era riuscita in pochi secondi a realizzare ciò che anni di terapisti e tatuaggi non erano riusciti a fare... aveva rotto il ghiaccio che avvolgeva tutto il suo essere, e senza nemmeno provarci.

Lo confondeva ed eccitava allo stesso tempo.

Pipe si voltò verso il portiere. «Ho un amico qui, si chiama Owl... scusi, Callen Kaufman. Capelli rossi, barba... assomiglia un po' a Ed Sheeran. Se riesce a portargli la mia giacca e il papillon, gli leverà l'impiccio.»

«Alloggia qui, signore? Potrei darli al personale della reception e farli portare nella sua stanza.»

«No. È un problema?» chiese.

«Niente affatto. Troverò il suo amico.»

«Grazie.»

«È il mio lavoro» replicò il portiere.

Pipe avrebbe potuto lasciar perdere, ma non lo fece. «No, non lo è. Non proprio. E non mi è sfuggito il modo in cui si è messo davanti a Cora per proteggerla quando mi sono avvicinato. Lavorare in questo settore non è facile. Lo so, visto che ci sono dentro anch'io. Apprezzo il suo aiuto e la sua collaborazione per assicurarsi che questa donna torni a casa sana e salva.» Tirò fuori il portafoglio, prese una banconota da cinquanta dollari e gliela porse.

Il portiere sembrò sorpreso, ma accettò la mancia e annuì. «Grazie.»

Pipe ricambiò il cenno, poi si voltò verso Cora.

Lo stava fissando con un'espressione confusa. Era così sorprendente che si comportasse da essere umano rispettabile? Aveva la sensazione di sì. Almeno per lei... il che lo fece arrabbiare. «Pronta?» le chiese, indicando con un gesto la strada al di là dell'ingresso.

Lei sussultò come se fosse sorpresa da quella parola, poi annuì e si voltò verso la porta. Il portiere la aprì subito lasciandoli passare.

«Fate attenzione» si raccomandò, mentre uscivano nella notte.

Cora girò a sinistra e iniziò a camminare con un'andatura veloce. Pipe allungò subito il passo fino a raggiungerla alla sua destra, dal lato della strada trafficata. Proseguirono in silenzio per uno o due minuti, poi lei alzò lo sguardo su di lui.

Pipe la sovrastava di almeno quindici centimetri, ma la

sua forte personalità la faceva distinguere. Camminava con sicurezza, i suoi occhi scrutavano costantemente l'area circostante, e lui non poté fare a meno di sorridere quando si rifiutò di farsi da parte nel momento in cui due uomini che avanzavano verso di loro quasi le andarono addosso, prima di deviare per aggirarla. Ovviamente, erano abituati alle donne che davano loro la precedenza sul marciapiede, cosa estremamente sessista e misogina, ma talmente radicata nella società che tutti la accettavano.

Tutti tranne Cora, a quanto pareva.

Pipe abbassò lo sguardo e incrociò il suo, poi lei rivolse di nuovo l'attenzione al marciapiede davanti a sé. Aveva la sensazione che si stesse preparando a dirgli qualcosa, e non si era sbagliato, perché iniziò a parlare pochi istanti dopo, in modo veloce e irregolare, come se temesse di rinunciare a farlo se non fosse riuscita a dire ciò che voleva in quel momento.

«Sono venuta stasera per fare un'offerta *esclusivamente* per te. Mi sono informata online su di te e i tuoi amici. So che siete comproprietari del Rifugio nel New Mexico. Che eravate nelle forze speciali. So che eri nel SAS e ho anche visto gli articoli di cronaca su ciò che hanno passato Alaska Stein, Jasna McClure e Reese Woodall. Ho risparmiato ogni centesimo possibile per vincere quell'asta.»

«Poi ha vinto faccia da schiaffi» disse Pipe in tono piatto, un po' cauto per il fatto che sembrasse sapere così tanto su di lui e sui suoi amici.

A Cora sfuggì uno sbuffo. «Già. Mi odia fin dal liceo. Farebbe di tutto per rendere la mia vita miserabile.»

«Perché?»

«Perché mi odia? Ehm... perché è una stronza?» Scrollò le spalle.

«No, non me ne frega un cazzo di lei. Perché *io*?»

Cora smise di camminare e Pipe si girò a guardarla. Fece un respiro profondo e disse: «Ho bisogno del tuo aiuto.»

«Per cosa?»

Invece di rispondere, sospirò e guardò oltre le sue spalle. «Accidenti. Non sta andando come pensavo.»

Le labbra di Pipe ebbero un guizzo. «Come pensavi che sarebbe andata?»

«Fai un sacco di domande» lo accusò.

Lui scrollò le spalle e si rese conto che in realtà si stava divertendo. Non aveva pensato che si sarebbe goduto qualcosa in quel viaggio, ma l'incontro con quella donna era più piacevole di quanto lo fosse stata qualsiasi altra cosa negli ultimi anni. Era particolare, e ogni parola che diceva lo incuriosiva sempre di più. «Sì, è così. Ma non sono io quello che era disposto a spendere cinquemila dollari per andare a cena con me solo per chiedere aiuto.»

«Sei» mormorò lei.

«Come, scusa?»

«Avrei offerto seimila dollari» ammise, guardandolo negli occhi. «E se fossi riuscita a trovare di più, avrei usato anche quelli.»

«Cosa c'è di così importante da farti spendere tutti quei soldi?» le chiese.

«Non cosa. Chi» lo corresse.

Si sorprese di sentirsi deluso. L'unica persona per cui poteva immaginare che Cora avrebbe speso così tanti soldi era qualcuno che amava. «Giusto. Penso che dovremmo fare questa conversazione da un'altra parte, non al buio in mezzo a un marciapiede.»

Come se potesse leggergli nel pensiero e avesse capito che mentalmente si era allontanato da lei, Cora posò una mano sul suo braccio. «Non è come pensi» disse.

«Non so di cosa stai parlando.»

«Si chiama Lara Osler. È la mia migliore amica. L'unica persona al mondo di cui mi fido con tutto il cuore. È nei guai e nessuno mi ascolta. Nessuno mi crede. Né i suoi genitori, né i poliziotti. Pensano tutti che io sia pazza, che sia solo arrabbiata perché ha lasciato la città e non posso più scroccarle niente. Non che lo farei. Scroccare, intendo. Mi ha aiutata in passato, non lo nego, ma è letteralmente l'unica persona al mondo a cui importa qualcosa di me, e mi rifiuto di credere che se ne sia andata senza dire una parola.»

La disperazione e l'onestà che percepì nel suo tono lo fecero irrigidire. Era davvero preoccupata per la sua amica e credeva che fosse in pericolo. Ed era talmente in ansia da uscire dalla sua zona di comfort per partecipare a un'elegante asta di scapoli solo per parlare con lui. Il minimo che poteva fare era dedicarle un momento del suo tempo. Ma non lì. Non gli piaceva il buio, soprattutto in una città che non conosceva.

«Andiamo» disse, mettendole una mano sulla schiena ed esortandola a riprendere a camminare.

Lei lo fece senza lamentarsi, anche se tenne la fronte aggrottata.

Camminarono per qualche isolato, finché Pipe non vide quello che stava cercando. Quando lei fece per dirigersi verso l'ingresso della metropolitana, lui la indirizzò invece verso sinistra.

«Pipe?»

Non poté fare a meno di sorridere. Gli piaceva che lo chiamasse così. Brick e gli altri preferivano che le loro donne usassero i nomi di battesimo, ma lui non si era mai sentito un "Bryson". Era Pipe da sempre; gli sembrò giusto che usasse il soprannome.

«Non è il The Inn di Little Washington, ma per come siamo vestiti forse è un po' più appropriato» sostenne, indicando con un cenno la tavola calda all'angolo aperta 24 ore su 24.

Cora si fermò di nuovo, costringendolo a fare altrettanto, e lo guardò incredula.

«Che c'è? Vuoi mangiare da un'altra parte?» le chiese.

«No, non c'è problema. È solo che... mi porti a cena?»

«Sì.»

«Perché?»

«Volevi parlarmi, e io sono disposto ad ascoltare.»

«Perché?» ripeté, ma in un sussurro.

Pipe decise di essere onesto con lei. «Perché è evidente che sei sincera. Sono un po' sospettoso per il fatto che tu sappia così tante cose su di noi, ma ciò che hai detto della tua amica è quello che provo per gli uomini con cui lavoro al Rifugio. Se succedesse loro qualcosa, farei di tutto per proteggerli. Non ti prometto nulla, se non un pasto gratis, ma sono abbastanza incuriosito da volerne sapere di più.»

Cora deglutì a fatica e chiuse gli occhi per un attimo. Poi li riaprì di scatto, ma subito dopo li socchiuse per fissarlo. «Non verrò a letto con te.»

Pipe aggrottò le sopracciglia confuso. «Non mi sembra di avertelo chiesto.»

«Molti uomini non lo fanno.»

Per un attimo non capì... poi si arrabbiò. «Portarti fuori a cena non mi dà diritto ad avere sesso in cambio. Non dà diritto a *nessun* uomo di pretendere una scopata.»

«Scusa» disse lei, senza sembrare affatto dispiaciuta. «Dovevo solo assicurarmi che fossimo sulla stessa lunghezza d'onda.»

Lo infuriava che Cora avesse un'opinione così bassa degli uomini.

No, non era quello, era arrabbiato per il fatto che lei potesse avere un *motivo* per pensare subito a quelle cose.

Se c'era qualcuno che aveva bisogno di una persona di cui fidarsi, era lei. E lui voleva essere *quella persona*. Non aveva dubbi che quando Cora abbassava la guardia con qualcuno, come con la sua amica Lara, lo avrebbe protetto fino alla morte, se necessario.

Lei era il tipo di donna che aveva sempre voluto al suo fianco. Una che non avrebbe avuto paura di stare con lui, che lo avrebbe difeso, che lo avrebbe amato per quello che era. Era quasi un peccato che non vivesse a Washington. Non che Cora fosse interessata.

Ma poi si ricordò come lo aveva difeso di fronte a quella stronza di Eleanor, senza nemmeno conoscerlo.

I suoi tatuaggi, la barba e i capelli lunghi non fanno di lui un membro di una gang o una persona violenta, così come la tua mancanza di tatuaggi non fa di te una cittadina onesta. Personalmente penso che i suoi tatuaggi siano molto sexy. Mi dicono che è un uomo a cui non importa nulla di quello che pensano gli altri. Persone come te, che lo guardano dall'alto in basso a causa di un po' di inchiostro sulla pelle. Sei tu che infangheresti la sua reputazione se vi vedessero insieme.

«La pensiamo allo stesso modo» replicò Pipe con voce roca.

Vedere il suo corpo rilassarsi per il sollievo lo irritò ulteriormente, ma gli fece anche venire voglia di rassicurarla. Di dirle che poteva fidarsi di lui, che l'avrebbe aiutata. Ma tenne la bocca chiusa perché non sapeva se *avrebbe potuto* farlo. Aveva bisogno di maggiori informazioni. Una volta a conoscenza della situazione, avrebbe deciso come comportarsi.

Arrivarono alla porta della tavola calda e Pipe la tenne aperta per farla entrare. La cameriera che andò ad accoglierli lo guardò e si irrigidì un po'. Non era sicuro su cosa avesse da ridire: le braccia piene di tatuaggi, i capelli lunghi e la barba folta, o forse tutte quelle cose, insieme ai pantaloni dello smoking, le scarpe lucide e la camicia sbottonata.

«Per due, per favore» disse Cora con fermezza, appoggiandosi discretamente a lui. Senza pensarci, le cinse la vita con un braccio, mantenendo l'espressione il più possibile indifferente e inoffensiva.

Vide la cameriera rilassarsi un po' quando disse: «Seguitemi.»

Li condusse a un tavolo in fondo al locale, non vicino alle finestre, il che gli andava bene. Voleva la completa attenzione di Cora, e in quel posto appartato, dove la luce era un po' più fioca, l'avrebbe avuta.

«Quella stupida donna non si rende conto che se dovessero capitare dei guai mentre siamo qui, tu saresti la persona più adatta a correre in suo soccorso.» Scosse la testa sospirando.

Ancora una volta, lo fece sorridere il fatto che l'avesse difeso. Era come un topo che proteggeva un elefante, ma per qualche motivo sapeva fin nel midollo che la sua lealtà sarebbe stata la più grande ricompensa che avrebbe mai potuto ottenere.

Parlarono un po' mentre guardavano il menu, poi fecero l'ordinazione, e quando la cameriera si allontanò, Pipe appoggiò gli avambracci sul tavolo e si chinò. «Volevi vincere la cena con me per raccontarmi la tua storia, per chiedere aiuto per la tua amica. Ora siamo qui. Dimmi tutto.»

Notò con interesse che fino a quel momento era sembrata nervosa, aveva giocherellato con il tovagliolo e sorseggiato l'acqua portata dalla cameriera come se avesse avuto bisogno di qualcosa da fare, ma ora che le era stato chiesto di parlare della sua amica, quella tensione si affievolì. Cora imitò la sua postura, si chinò sul tavolo, e iniziò a parlare.

CAPITOLO QUATTRO

«Per spiegare, devo tornare un po' indietro» disse Cora all'uomo dall'altra parte del tavolo.

Non riusciva a credere di essere lì, a cena proprio con colui che aveva semi stalkerato da quando aveva scoperto che sarebbe stato a Washington. Era stata pronta a pagare fior di quattrini per quel momento, ma grazie alla stronzaggine di Eleanor, che si sarebbe sicuramente arrabbiata se avesse saputo che la sua boccaccia invece di rubarglielo da sotto il naso le aveva dato esattamente ciò che voleva, si trovava seduta in una modesta tavola calda, senza dover pagare, con la potenziale possibilità di aiutare la sua amica.

«Ho conosciuto Lara quando avevo quindici anni. Avevo cambiato scuola, un'altra volta, e le cose non andavano bene in quel nuovo posto. Non riuscivo a integrarmi... il che non era una sorpresa, visto che era raro che mi integrassi da qualche parte, ma non andavo *proprio* d'accordo con gli studenti della Harrison High.»

«Perché?» le chiese.

«Venivano tutti da famiglie ricche. Quelle con connessioni politiche. Io non ero nessuno, solo una ragazza in affidamento che veniva spostata da una casa all'altra. Ce l'avevo con il mondo, non me ne fregava niente di quello che gli altri pensavano di me e, onestamente, non sono poi così intelligente.»

«*Questo* non lo credo» disse Pipe con un piccolo sorriso.

Cora lo studiò, ancora un po' stupita di essere finita in un ristorante con lui. Aveva i capelli più lunghi davanti, con una ciocca ondulata che gli ricadeva sulla fronte. La barba e i baffi erano folti e un po' trasandati. Il naso era lungo e stretto, aveva gli zigomi alti e gli occhi azzurri erano puntati su di lei con un'intensità un po' sconcertante. Capì istintivamente che a quell'uomo non sfuggivano molte cose, il che la incuriosiva e la spaventava a morte.

Aveva entrambe le braccia ricoperte di tatuaggi e poteva intravederne qualcuno anche dietro la parte sbottonata della camicia bianca. Alcune persone avrebbero potuto essere disgustate da tutto quell'inchiostro, ma non lei. Gli donavano.

«Cora?» la incalzò.

Rendendosi conto di averlo fissato senza dire nulla, sentì le guance infiammarsi e si costrinse a smettere di esaminare l'uomo seduto di fronte a lei e continuare a parlare.

«Non mi sto sminuendo, dico solo la verità. Al liceo arrivavo a malapena alla sufficienza. Sono sicura che il fatto di cambiare scuola ogni volta che dovevo cambiare casa affidataria non mi abbia aiutato, ma comunque...

In ogni caso, ero lì da una settimana e le ragazze popolari, come Eleanor, mi avevano già presa di mira. Non mi importava. Ero abituata a venire bullizzata. Avevo imparato a ignorare gli insulti infantili e i tentativi di farmi sentire una merda.

Ma quel giorno a pranzo, Lara a quanto pare aveva sentito abbastanza e ha preso le mie difese. Ha detto a Robbie McCallister di infilare la testa in un secchio di sterco di vacca. Ha detto proprio così» spiegò, facendo una risatina affettuosa. «È troppo dolce per dire vere parolacce. E ha l'aspetto di un angelo. È alta, ha i capelli biondi, gli occhi azzurri, è snella... tutti i ragazzi erano innamorati di lei, e Robbie ha smesso subito di tormentarmi. Poi si è seduta accanto a me, e quando tutti hanno distolto l'attenzione da noi, ha iniziato a tremare un po'. Ho pensato che stesse avendo un attacco epilettico o qualcosa del genere, ma lei mi ha assicurato che si trattava semplicemente di una reazione ritardata. *Odia* essere al centro dell'attenzione. Le provoca un attacco di panico. È ironico, visto che la sua bellezza è come un faro per tutti quelli che la circondano. A ogni modo, per cercare di aiutarla a calmarsi, le ho parlato di cose stupide, ho farfugliato in realtà, finché non si è ripresa un po'.

Alla fine mi ha teso la mano e ha detto: "Ciao, sono Lara Osler. La tua nuova migliore amica". Stava scherzando, ma non aveva idea di quanto sarebbe stato vero. Abbiamo trascorso i due anni e mezzo successivi del liceo a difenderci da quelle stronze crudeli che avevano il controllo di quel posto, e da allora siamo state inseparabili.»

Quelle parole sembrarono così banali, considerando quanto avevano legato nel corso degli anni. Non succedeva nulla nella loro vita che l'altra non sapesse... fino ai tempi più recenti. E Cora non poteva, non *voleva* credere che Lara avesse semplicemente voltato pagina. Erano state migliori amiche per oltre vent'anni. Un'amicizia del genere non scompariva semplicemente a causa di un uomo.

«Al liceo nessuna delle due ha frequentato qualcuno. Io

non avevo alcun interesse per gli stronzi che mi venivano dietro perché pensavano che sarei stata una facile, e Lara era troppo timida, troppo concentrata a prendere bei voti. Trascorrevamo insieme ogni momento libero, il che era una manna. Dopo il diploma, Lara è andata all'università e io mi sono trasferita con lei. Ho trovato un lavoro che ci aiutasse a mantenerci. Abbiamo preso insieme un piccolo e squallido appartamento e le cose andavano abbastanza bene. Quando si è laureata in Scienze dell'educazione della prima infanzia, ha trovato un impiego presso una scuola materna vicino a casa nostra. Io ho fatto diversi lavori, mentre lei continuava a ottenere aumenti e ad avere maggiori responsabilità.

Dopo qualche anno, abbiamo deciso che era arrivato il momento che ognuna di noi trovasse un posto per sé. A me andava bene, anche se sapevo che sarebbe stato difficile pagare l'affitto da sola. Ma sapevo che Lara voleva davvero spiccare il volo. Finalmente ogni tanto frequentava qualcuno, come me, e ci era sembrato che quello fosse ciò che avremmo dovuto fare... sai, crescere, trovare un lavoro, avere un appartamento tutto per te.

Per un po' è andato tutto bene. Fino a quando quell'idiota del mio padrone di casa ha deciso di entrare nel mio appartamento alle due di notte per...» fece le virgolette nell'aria «controllare le batterie dell'allarme antincendio, e si è ritrovato a fissare la canna della mia pistola. Non è stato molto contento. La mattina successiva, dopo che i poliziotti se ne sono andati e che io sono riuscita a dormire un po', ho trovato un avviso di sfratto sulla porta.»

«Ma è illegale» ringhiò Pipe.

Cora scrollò le spalle. «Certo che sì, ma chi poteva difendermi? Non è che potessi permettermi di assumere un avvocato. E nessuno nel condominio avrebbe preso le mie difese perché avevano bisogno di un posto dove vivere tanto quanto me. Comunque, Lara non ha esitato ad accogliermi a casa sua. Ho dormito sul suo divano per quasi sei mesi e lei non mi ha mai, nemmeno una volta, fatta sentire come se fossi una scocciatura.» Fece una pausa, con un piccolo sorriso sul volto. «Non hai idea di quanto sia importante per qualcuno che è stato in affidamento. Alla fine ho trovato un posto dove vivere e mi sono trasferita di nuovo. Ovviamente, un paio di mesi dopo ho perso il lavoro. La mia titolare aveva deciso che le piacevo e quando non ho voluto uscire con lei si è inventata un motivo per licenziarmi.»

Pipe ringhiò di nuovo. Cora alzò lo sguardo e fu sorpresa di vedere quanto fosse arrabbiato. Senza pensarci, allungò la mano e gli afferrò il braccio. «Va bene così.»

«*Non* va bene» disse lui a denti stretti.

«È così che va il mondo» replicò con una piccola scrollata di spalle.

Le mise la mano sulla sua, si sporse un po' più in avanti e scosse la testa. «Non sono *mai* stato licenziato per non aver ricambiato l'interesse di qualcuno. Non mi è *mai* capitato che un padrone di casa entrasse nel mio appartamento nel cuore della notte.»

«Sei un uomo. E hai degli amici. Credo che Ned, il mio padrone di casa, sapesse che non avevo molti visitatori oltre a Lara. Niente famiglia, altri amici, un fidanzato... quel genere di cose. Ero un bersaglio facile e lui lo sapeva. Lo stesso vale per la mia titolare. Le persone possono percepire quando qualcuno non ha una rete di supporto. Soprattutto in questa città. *Ovvio* che nessuno si mette contro di te, Pipe. Anche senza i tatuaggi da duro, trasudi sicurezza e un'aura inavvicinabile.»

Rimase accigliato, e per qualche ragione Cora voleva davvero tranquillizzarlo.

«Ero una bambina in affido. Non ero desiderata. Ho avuto quattordici famiglie affidatarie e nessuna ha mai dato la minima indicazione di volermi tenere per sempre. Non ero cattiva, non creavo problemi, ma dopo un po' mi mandavano via.»

Sollevò il mento davanti all'espressione di compassione di Pipe.

«È tutto a posto. Sto bene» disse bruscamente. «Sono sopravvissuta e ho avuto Lara. Non ti sto dicendo tutto questo per avere la tua pietà. Te lo dico perché tu capisca davvero che lei era la mia famiglia. *È* la mia famiglia. Farei letteralmente di tutto per lei. È stata la mia roccia da quando avevo quindici anni. Probabilmente nemmeno *lei* sa quanto sia importante per me. È la sorella che non ho mai avuto e non sarei qui oggi se non fosse stato per Lara.»

Fece un sospiro, poi continuò. «Per finire questa storia noiosa, quando sono stata licenziata, mi ha trovato un impiego alla scuola materna dove lavorava. A quel punto ne era la direttrice esecutiva. Mi ha assunta come aiuto insegnante. Praticamente si tratta della carica di grado più basso dello staff, ma mi sono rifiutata di deluderla. E poi è successa una cosa strana...» Si interruppe.

«Cosa?» le chiese.

Cora si rese conto che in pratica lui le stava ancora tenendo la mano che era posata sul suo braccio. Il suo enorme palmo gliela copriva.

«Ho realizzato che quell'impiego mi piaceva. Che adoravo lavorare con i bambini. Avevo fatto la cameriera, la spogliarellista, l'addetta al guardaroba e un centinaio di altre cose... ma avevo trovato la mia vocazione. Ai bambini così piccoli non importa del colore della pelle, del tuo orientamento sessuale, del tuo peso o della tua altezza, se hai una famiglia o meno... a loro interessa solo che tu sia gentile, di sentirsi al sicuro in tua presenza.

Quindi Lara non mi ha solo difesa al liceo, ma mi ha dato un posto dove stare quando ne avevo bisogno, e da mangiare, e poi mi ha trovato un lavoro che amo più di quanto avessi mai pensato. E ora ha bisogno del mio aiuto e nessuno mi ascolta.» La sua voce si incrinò sulle ultime parole.

«*Io* ti sto ascoltando» sostenne Pipe con dolcezza.

Alzò lo sguardo su di lui e lo fissò a lungo.

«Raccontami tutto» le ordinò. «Perché pensi sia in pericolo? Dove si trova?»

Aprì la bocca, ma proprio in quel momento tornò la cameriera. «Eccoci qua» disse in tono vivace. Cora fu costretta a lasciare il braccio di Pipe e si raddrizzò, mentre i piatti venivano posati sul tavolo. «Posso portarvi qualcos'altro?»

«No, grazie» rispose lei.

«Siamo a posto» concordò Pipe.

«Va bene. Buona cena e se avete bisogno di qualcosa non esitate a farmelo sapere.»

Cora studiò il cibo davanti a sé, ma aveva perso completamente l'appetito.

«Mangia» le disse, con voce bassa e roca.

Lo fissò.

Lui indicò il suo piatto. «Ti farà sentire meglio.»

«In realtà, potrebbe farmi vomitare» borbottò.

Le labbra di Pipe ebbero un guizzo. «Quand'è stata l'ultima volta che hai mangiato qualcosa?»

Cercò di ricordare se quel giorno aveva pranzato e si rese conto che era stata così nervosa e agitata per l'asta che non l'aveva fatto. «A colazione?» Le uscì più come una domanda che come una vera risposta.

«Hai bisogno di calorie» insistette con voce più dolce.

«Mi sembra sbagliato mangiare quando non posso fare a meno di chiedermi se Lara sta bene. Se *lei* sta mangiando.»

Pipe si irrigidì. «Guardami» le ordinò, con un tono che non gli aveva ancora sentito usare. Era più duro, più autoritario. Non poté fare a meno di alzare lo sguardo verso di lui.

«Pensi che Lara vorrebbe che tu morissi di fame solo perché lei non ha abbastanza cibo? Che vorrebbe che tu soffrissi insieme a lei?»

«No» sussurrò.

«Appunto. Mangia, dopo parleremo, e se posso aiutare la tua amica, lo farò.»

Spalancò gli occhi. «Lo farai davvero?» non poté fare a meno di chiedere.

«Sì.»

«Ma non conosci la situazione. Voglio dire, potrei sbagliarmi. Potrebbe stare benissimo.»

Pipe la fissò così a lungo che Cora si dimenò sulla sedia. «Non ti sbagli» dichiarò infine.

Chiuse gli occhi mentre cercava di elaborare ciò che stava accadendo. *Nessuno* le aveva creduto. Né i poliziotti, né la famiglia di Lara, né i colleghi. Tutti le avevano detto che era gelosa, che stava esagerando o semplicemente che aveva torto. Ma lei lo sapeva bene.

La brevissima e-mail che Lara aveva inviato alle risorse umane con la richiesta di congedo era stata alquanto sospetta, ma nessuno, a parte lei, sembrava essersi fatto due domande. La sua amica non se ne sarebbe mai andata senza prima averne parlato con lei. Non aveva il minimo dubbio.

E quell'uomo, quello sconosciuto, le aveva creduto senza nemmeno aver sentito cos'era successo.

«Mangia» ripeté, con più gentilezza.

Cora riaprì gli occhi e guardò il club sandwich al tacchino che aveva ordinato. All'improvviso aveva fame. Prese la bottiglia di ketchup sul tavolo e ricoprì il pane. Ne versò anche sulle patatine fritte.

Alzò lo sguardo e lo sorprese a sorriderle. Quel cambio di espressione sul suo viso fu sbalorditivo. Era come se di fronte a lei fosse seduto un uomo completamente diverso.

«Immagino che ti piaccia il ketchup» le disse.

«Non è che mi piace, lo adoro. Rende tutto più buono. Quando ero piccola e mi obbligavano a mangiare cibo che non mi piaceva, mettere il ketchup lo rendeva appetibile. Quando ero sola e a corto di soldi, lo mettevo su qualsiasi cosa e, non so, mi sembrava di sentirmi più sazia.»

Lui si accigliò, ma Cora sorrise. «È tutto ok, Pipe. Davvero. Sono sopravvissuta. Tante persone sono state molto peggio di me. E il ketchup è davvero il condimento più perfetto del mondo.»

Non sembrò convinto, ma prese l'hamburger che aveva ordinato, uno senza alcuna salsa o condimento, e vi diede un bel morso.

Mangiarono in un confortevole silenzio. Quando Cora fu quasi alla fine del suo pasto, si ritrovò a sorridere. «Cosa pensi che ci avrebbero servito in quel ristorante di lusso? Cioè, se avessi vinto e adesso fossimo lì?»

In risposta, Pipe posò l'hamburger e prese il telefono, lasciandola confusa. Digitò qualcosa e poi sorrise. «Secondo il loro sito web "carpaccio di lonza di agnello in crosta di erbe aromatiche con gelato alla Caesar salad", o "involtino di lonza in crosta di noci pecan e ripieno di funghi con senape e prugne ubriache".»

Cora non riuscì a non storcere il naso. «Sai cos'è tutta quella roba?»

«No» rispose lui allegramente.

«Che diavolo è il gelato alla Caesar salad? E, ubriache o meno, le prugne non sono la mia idea di un buon pasto.»

Pipe ridacchiò e si rimise il telefono in tasca. «Sono d'accordo. Mi soddisfa di più il mio hamburger, e non credo che mettere il ketchup sulle prugne le aiuterebbe a smaltire la sbornia.»

Cora rise. Non appena quel suono lasciò la sua bocca, si sentì in colpa. Eccola lì, a divertirsi e a mangiare un ottimo club sandwich, quando non aveva idea di cosa stesse passando Lara.

«Non fare così» le disse, aggrottando le sopracciglia.

«Non posso farci niente. Sono troppo preoccupata per lei.»

Pipe spinse il piatto di lato e le prese la mano, e glielo lasciò fare. Poi iniziò a sfiorarle con il pollice la pelle del dorso.

«Non conosco la tua amica, ma so che deve essere una persona straordinaria se ha suscitato in te una tale lealtà. Ed è più forte di quanto pensi.»

«Non la conosci. Lei... non è come me» concluse un po' a fatica. «Io non ho paura di dire quello che penso. Lara è simpatica. Dolce. Ti ho già detto che al liceo non usciva con nessuno, ma nemmeno dopo l'ha fatto molto, nonostante volesse disperatamente trovare il suo principe azzurro. Vede sempre il meglio nelle persone, che spesso si approfittano di lei. Non le piace fare il passo più lungo della gamba, né in una relazione né nella sua vita professionale. Credo che sia così che Ridge l'ha conquistata. Ha fatto finta di essere un gentiluomo. Ma non lo è. Cioè, da quello che ho visto, ecco.»

Pipe la fissò per un lungo momento prima di mettere la mano in tasca. Tirò fuori il portafoglio e gettò sul tavolo un paio di banconote da venti dollari. Senza dire una parola, si alzò e la prese per il gomito.

Quando la tirò in piedi, fu troppo sorpresa per opporsi. Poi prese il suo zaino e se lo mise sulla spalla. Tenendola sempre per il gomito, si avviò verso la porta. Arrivati sul marciapiede, girò a destra, dirigendosi verso la strada da cui erano arrivati.

«Pipe?» gli domandò. «Dove stiamo andando? La metropolitana è dall'altra parte.»

«Al mio hotel» rispose.

Cora si bloccò, sorprendendolo al punto che la sua mano scivolò dal braccio. «Ti ho già detto che non verrò a letto con te» sibilò. La delusione le fece rimescolare la pancia. Si era davvero sbagliata su quell'uomo?

Pipe si passò una mano tra i capelli, scompigliandoli ulteriormente. «Non sono bravo in queste cose, Cora.»

«Quali cose?» chiese confusa.

«Pianificare. Capire le cose. Io sono il braccio. Sono quello che mandano a fare il lavoro sporco. I miei compagni sono più bravi nei dettagli pre missione. Non so cosa mi dirai della tua amica, ma il mio istinto mi dice che sarebbe meglio se ci fosse Owl... l'uomo che è venuto a Washington con me.»

Cora annuì. «Callen Kaufman. Ex Night Stalker, pilota di elicotteri dell'esercito. È stato abbattuto in Medio Oriente insieme al suo copilota, Jack "Stone" Wickett, che è anche comproprietario del Rifugio insieme a te e agli altri tuoi amici. Sono stati trattenuti per un paio di settimane, e nel frattempo i terroristi li torturavano e filmavano tutto.»

La fissò stupito. Poi sorrise. «Stalker» la prese in giro.

Cora non poté fare a meno di ricambiare il sorriso, che però svanì rapidamente. «Avevo bisogno di sapere se voi ragazzi potevate davvero aiutarmi a trovare e salvare Lara.»

Il divertimento svanì dal volto di Pipe. «Se credi davvero che, ovunque si trovi, *debba* essere salvata e che siano necessarie le nostre capacità, fidati, vuoi che Owl ascolti la tua storia. Non ha la stessa esperienza del resto di noi con le operazioni sul campo, ma è intelligente. Il suo contributo sarà utile.»

Il suo istinto le diceva che poteva fidarsi dell'uomo che aveva di fronte. Non era stato altro che gentile e cortese. Non era obbligato ad accompagnarla a casa o a offrirle la cena. Eppure era lì. Anche se... non credeva nemmeno per un istante che Pipe non fosse in grado di organizzare una missione di salvataggio da solo.

«Va bene» disse dopo una lunga pausa. Quello era stato il suo obiettivo dal momento in cui aveva capito che uno dei proprietari del Rifugio sarebbe stato presente all'asta. Ciò che aveva sempre voluto era poter avere la possibilità di parlare con uno di loro, di perorare la sua causa, e spiegare la situazione addirittura a *due* titolari di quel resort era più di quanto avesse mai sognato di ottenere.

Continuarono a camminare, fermandosi in un hotel che si trovava proprio in fondo alla stessa strada di quello in cui si era svolta l'asta. Non era di lusso, solo uno di quelli che facevano parte di una catena di alberghi in cui Cora stessa a volte soggiornava quando viaggiava, il che non accadeva spesso.

Pipe aprì la porta e la condusse su per una scala mobile, poi nel ristorante deserto del secondo piano, e andò verso un tavolo all'altra estremità della stanza. Si sedette e le fece cenno di fare altrettanto.

«Ma possiamo stare qui?» gli chiese, guardandosi nervosamente intorno tra i tavoli vuoti, nella semioscurità della sala.

«È tutto ok» la rassicurò. «Non voglio portarti nella mia stanza, sarebbe irrispettoso» disse, scrivendo un messaggio sul suo telefono.

Cora lo fissò sorpresa mentre era concentrato sullo schermo davanti a lui. Molti uomini non ci avrebbero pensato due volte a portarla nella loro camera, anche senza aver intenzione di provarci con lei. Secondo la sua esperienza, gli uomini erano in gran parte ignari di ciò che le donne dovevano fare per la loro sicurezza. Non che fossero indifferenti, semplicemente non avevano motivo di preoccuparsi di attraversare un parcheggio isolato, di prendere un ascensore con un uomo, di salire o scendere delle scale vuote, di trovarsi da sole in un posto qualsiasi nel cuore della notte, di fare benzina e di un milione di altri scenari di tutti i giorni.

Ma probabilmente non avrebbe dovuto sottovalutare Pipe. Non era come la maggior parte degli uomini, ed era proprio per quello che aveva voluto il suo aiuto.

«Owl sta arrivando» le disse.

«Non ho ancora capito perché pensi che lui debba essere qui.»

«Te l'ho detto, non sono un buon pianificatore.»

«Non ci credo neanche per un secondo» dichiarò Cora con fermezza. «Non saresti entrato nel SAS se avessi fatto schifo in questo genere di cose.»

Pipe scrollò le spalle. «Ne rimarresti sorpresa. Gli eserciti di tutto il mondo sono uguali. Hanno bisogno di soldati di fanteria. Uomini e donne disposti a dare la vita, se necessario, senza fare domande. Come in ogni organizzazione, ci sono quelli che si distinguono nel pianificare e quelli che sono più bravi nell'operare.»

Cora si accigliò. «Quindi mi stai dicendo che eri un robot non pensante che faceva semplicemente ciò che gli veniva detto?»

Accennò un piccolo sorriso. «Non esattamente.»

«So che ormai ti sarai reso conto che ho fatto le mie ricerche su di te e sui tuoi amici» gli disse, volendo fargli capire perché era lì con lui.

«Sì, l'hai dimostrato chiaramente.»

«A quanto pare no. Pipe, io vivo a Washington. Sai quanti militari ci sono da queste parti? Generali? Forze speciali? Persino la sicurezza privata, gente che ha passato anni a fare da guardia del corpo al Presidente degli Stati Uniti. Non che li conosca personalmente, ma avrei potuto usare i miei seimila dollari per assumere uno o due di loro. Ma non l'ho fatto. E sai perché?»

Ora aveva la sua piena attenzione.

«Primo perché quelli che *ho* contattato volevano solo i miei soldi. Non sembravano interessati a Lara come persona. Ma, soprattutto, perché volevo il meglio. Volevo qualcuno che la prendesse sul personale come me. Che mi credesse quando gli avrei detto che la mia migliore amica era nei guai. Non qualcuno che prendesse i miei soldi, facesse un pessimo lavoro di ricerca, magari una piccola ricognizione, e poi mi dicesse che non poteva aiutarmi.»

«Come fai a sapere che non mi comporterò così?»

«Per via di Alaska» replicò con dolcezza. «Di Jasna. Di Reese. Tu e i tuoi amici... siete protettori. Non solo di tutti gli uomini e le donne che vengono ad alloggiare al Rifugio, ma soprattutto delle persone che amate. Ho letto di come avete usato le vostre capacità per aiutare le donne che ora vivono con voi al resort. E anche se non conoscete me o Lara, l'istinto mi diceva che avreste fatto tutto il necessario per aiutarmi a riportarla a casa.»

Pipe la fissò così a lungo che Cora fece fatica a non dimenarsi sulla sedia. Ma sollevò un po' di più il mento e si rifiutò di cedere al disagio che provava. L'avevano giudicata per tutta la vita e non le importava l'opinione che quell'uomo poteva avere di lei, purché accettasse di aiutare Lara.

Rimase in attesa che dicesse qualcosa, rifiutandosi di ammettere che stava mentendo a se stessa sul fatto di non preoccuparsi di ciò che Pipe pensava di lei.

«Non posso prometterti nulla» sostenne infine.

«Lo so.»

«E non siamo più nell'esercito. Siamo dei civili. Non possiamo esattamente usare le pistole, le granate e il potere del governo per infrangere le leggi.»

«So anche questo. Non ti sto chiedendo di farlo. Ti chiedo solo di usare le tattiche che avete imparato per aiutarmi a vedere la mia amica e magari a tirarla fuori da quella brutta situazione.»

«E sei sicura che si trovi in una brutta situazione?»

Per fortuna non sembrava scettico, solo curioso, così annuì con decisione. «Al cento per cento.»

Quando lui non rispose, Cora disse un po' disperata: «Ho ancora i seimila dollari. Sono tutti vostri e potete usarli per i voli, i rifornimenti o per qualsiasi cosa vi serva.»

«Se dovessimo decidere di aiutarti, non ti faremo pagare» disse Pipe con fermezza.

Non sapeva bene come replicare. Lui non aveva idea di ciò che aveva fatto per racimolare quella somma di denaro. Che le avesse detto di tenerli significava tutto per lei. Avrebbe potuto usarli per trovare assistenza psicologica per Lara, per trasferirsi con lei in un'altra città... qualsiasi cosa fosse stata necessaria per assicurarsi che la sua amica si ristabilisse dopo tutto ciò che aveva passato.

E quello era l'aspetto più terrificante: Cora non aveva idea di *cosa* le stesse accadendo. Magari stava bene. Magari era al sicuro e veniva trattata con gentilezza.

Sbuffò tra sé e sé. Non ci avrebbe creduto nemmeno per un secondo. Qualunque cosa stesse sperimentando la sua amica, non era positiva. Non aveva alcun dubbio al riguardo.

Un rumore di passi la spaventò e si voltò verso l'ingresso del ristorante. Si era aspettata che fosse un dipendente irritato, invece quello che stava andando verso di loro era Owl, l'uomo che aveva visto quella sera.

«Assomiglia davvero un po' a Ed Sheeran» rifletté ad alta voce.

«Se vuoi entrare nelle sue grazie, qualunque cosa tu faccia, non tirare fuori questa cosa» le consigliò Pipe, prima di alzarsi per salutare il suo amico.

Owl prese una sedia da uno dei lati vuoti del tavolo e le fece un cenno di saluto con la testa. «Quindi tu sei Cora.»

«E tu sei Owl» replicò lei.

Lui sorrise. «Esatto.» Si voltò verso Pipe. «Non ti sei perso molto. Il presentatore era un po' seccato che tu non ci fossi, ma visto che hanno raccolto più di centomila dollari per i veterani, gli passerà.»

«E la stronza?»

«È scappata con le sue amiche altrettanto stronze» rispose lui con un'alzata di spalle.

«Hai chiarito che non l'avrei portata a cena?»

Il suo amico sorrise. «Non credo abbia mai fatto parte del suo piano.»

«Giusto. Cos'è che ha detto?» chiese Pipe, guardando

Cora. «*Non voglio assolutamente infangare la mia reputazione facendomi vedere in giro con qualcuno che sembra un membro di una gang*. Giusto?»

«Non ricordo le parole precise, ma mi sembra di sì» rispose lei. Era una bugia. Ricordava esattamente ciò che Eleanor aveva detto per insultare Pipe. La sua memoria funzionava perfettamente.

Ancora una volta dubitò della sua affermazione di non essere un buon pianificatore. Chiunque avesse una memoria del genere doveva essere una preziosa risorsa per pianificare un'operazione top-secret.

«Comunque, se n'è andata. Ho pagato io la sua offerta, è tutto a posto» disse Owl. «Ora... che problema abbiamo?»

Pipe la guardò. Avere gli occhi di entrambi puntati addosso fu un po' sconcertante, ma fece ciò che faceva sempre. Raddrizzò le spalle e si rifiutò di mostrarsi intimidita.

«La mia amica Lara è stata rapita dal suo cosiddetto fidanzato, e ho bisogno di aiuto per liberarla e riportarla a casa.»

CAPITOLO CINQUE

PIPE NON RIMASE del tutto sorpreso dalla dichiarazione di Cora. Da quel poco che gli aveva già detto, aveva avuto il presentimento che si trattasse di qualcosa del genere. «Continua» la incoraggiò.

Era impressionato dalla donna seduta di fronte a lui. L'accusa che stava formulando era grave, e supponeva che se avesse avuto delle prove di ciò che dichiarava, la polizia sarebbe già intervenuta. Ma nonostante la mancanza di tali prove, invece di arrendersi, di tornare a casa e andare avanti con la sua vita, aveva puntato i piedi. Era più che evidente che credesse davvero in ciò che diceva.

«Circa tre mesi fa, Lara ha conosciuto questo ragazzo. Mi è sembrata troppo una coincidenza. Si sono incontrati per caso nella caffetteria dove lei andava ogni mattina. Le avevo detto più di una volta che doveva cambiare la sua routine ogni tanto. Sai, tipo non andare nello stesso posto alla stessa ora tutti i giorni, non fare la stessa strada per tornare a casa, smettere di andare al supermercato ogni domenica alle dieci del mattino, questo genere di cose. Ma Lara è sempre stata un po' ingenua. Comunque, è arrivata al lavoro tutta entusiasta del ragazzo alto, bruno e affascinante che aveva appena conosciuto. Nel giro di pochi giorni, stava già passando tutto il suo tempo libero con lui. Le faceva un sacco di complimenti e, a quanto pare, era molto generoso. La riempiva di regali, cosa che lei adorava. La famiglia di Lara è ricca e lei è cresciuta ottenendo tutto ciò che desiderava. Non che sia viziata, tutt'altro, ma non ha mai dovuto affrontare delle difficoltà. Credo che trovasse molto lusinghiero che questo ragazzo le facesse dei piccoli regali perché presumibilmente ci teneva.»

Cora smise di parlare e Pipe capì che stava ripensando alle difficoltà che invece aveva avuto lei. Chiuse le mani a pugno in grembo. Odiava che quella donna avesse sofferto. Che avesse dovuto essere forte e badare a se stessa fin dall'infanzia. Stare nel giro degli affidamenti non era facile, e ricordò il dolore nella sua voce quando aveva parlato di essere stata rifiutata da una famiglia dopo l'altra.

«Volevo conoscerlo, ma ogni volta che avevamo programmato di uscire, i suoi piani cambiavano improvvisamente. E non è successo solo qualche volta, ma molte volte, per settimane. Però Lara continuava a tessere le sue lodi. A essere sincera... sembrava *troppo* perfetto. Bello, ricco e totalmente devoto solo dopo pochi giorni... non che io pensi che lei non possa attrarre un ragazzo del genere, e di certo se lo merita, ma quando l'ho cercato sui social, non ho trovato molto. E quel poco che c'era, consisteva in foto in compagnia di belle donne, o da solo in posa davanti a macchine e a barche costose. Capisco che i social non sono la vita reale, ma tutto ciò che ho visto mi ha fatto solo pensare che fosse un playboy, e di certo non compatibile con Lara.

Ho anche pensato fosse un po' strano che si fosse innamorata di qualcuno che non sarebbe rimasto nei paraggi. A quanto pare viaggia molto, ed era qui per un progetto del padre. Non mi sembrava la condizione migliore per avere una relazione a lungo termine, soprattutto quando il lavoro di Lara è qui.

Avevo già qualche sospetto sulla sincerità dei sentimenti di quel tizio per lei, ma alla quinta volta che ha avuto un imprevisto quando dovevamo uscire tutti insieme, ho capito che c'era qualcosa che non quadrava. Credo che la maggior parte degli uomini che desiderano qualcosa di più di un'avventura occasionale vogliano conoscere gli amici delle loro donne, no? Ma lui stava facendo di tutto per *evitare* di incontrarmi. La cosa non mi piaceva, ma Lara continuava a giustificarlo e a rassicurarmi che lui *voleva* farlo, ma non trovava mai il momento giusto. Ormai era innamorata persa di questo ragazzo, aveva, come si suol dire, gli occhi a cuoricino.

Alla fine ha accettato di uscire a cena poco prima che Lara sparisse dalla città. Credetemi, volevo sinceramente concedergli il beneficio del dubbio, perché lei non aveva altro che cose positive da dire ed era pazza di lui. Ma incontrarlo di persona non ha fatto svanire le mie preoccupazioni. Anzi, mi ha solo convinta ancora di più che fosse una persona spregevole.»

«Come mai?» chiese Pipe.

«Non ha mai incrociato il mio sguardo, nemmeno quando mi ha stretto la mano. Il suo telefono continuava a suonare con notifiche e messaggi e non ha mai messo giù quel dannato aggeggio per parlare con una di noi. Ha fatto alcune battute volgari e inappropriate e ha umiliato in modo subdolo Lara. Lei non se ne è nemmeno accorta, ma io sì. Ho vissuto con parecchi genitori affidatari che si comportavano così, quindi ho capito subito quello che stava facendo: un gioco di potere. Tutto ciò che faceva e diceva era imperniato sull'avere il controllo su di lei.

E per finire, quando la nostra cameriera è arrivata al tavolo, lui non ha mai distolto lo sguardo dalle sue tette. Quell'uomo mi faceva accapponare la pelle e onestamente ho odiato tutto di lui. Non potevo credere che Lara non si fosse accorta di niente.

Naturalmente, poco prima che arrivassero i nostri piatti lui ha ricevuto un altro messaggio e si è scusato dicendo che doveva andare via. Non ha spiegato il motivo, si è semplicemente alzato e se n'è andato.»

«Ti prego, dimmi che ha pagato il conto prima di uscire» mormorò Owl.

«Certo che no» sbuffò. «Ho intuito che Lara ne era rimasta turbata, ma ha fatto finta che andasse tutto bene. Mi ha detto che era un uomo molto impegnato, che stava lavorando a degli accordi importanti. Quando siamo tornate a casa sua... abbiamo litigato» disse Cora sommessamente. «Le ho detto che quel ragazzo non si comportava bene, che le avrebbe fatto del male. Lara alza raramente la voce, soprattutto con me, ma quella sera mi ha urlato contro. Mi ha detto che ero solo gelosa, che non avrebbe permesso al mio rancore di rovinare la cosa migliore che le fosse mai capitata. Mi ha fatto male. Non avevamo mai litigato in quel modo. *Non* ero gelosa. Se avesse trovato qualcuno che l'amava sinceramente e come meritava, li avrei spinti a stare insieme. Avrei fatto tutto ciò che era in mio potere per aiutare quella relazione. Ma quel tizio... no. Era egocentrico, immaturo e donnaiolo, e non volevo assolutamente che la mia migliore amica gli stesse vicino.»

«Come si chiama?» chiese Owl.

«Ridge. Ridge Michaels. Ho cercato di fare altre ricerche su di lui, ma la maggior parte delle cose che ho trovato online riguardavano i suoi ricchi genitori. Ho scoperto che liceo ha frequentato e ho visto una tonnellata di foto di lui in smoking a un evento elegante dopo l'altro, ma niente di veramente concreto.»

«Puoi descriverlo?» le domandò Pipe.

«Certo. È più giovane di noi, forse intorno ai trent'anni. È alto, più o meno come Lara, quindi circa un metro e settantotto. Ha i capelli corti e scuri e gli occhi castani. Deve essersi rotto il naso perché è un po' storto. È robusto, muscoloso ma non grasso. La sera in cui siamo andati a quella cena, si era vestito in modo casual con un paio di pantaloni marroni, con le pieghe stirate perfettamente, e una polo. Sembrava un uomo d'affari di successo, ma...» Si interruppe.

«Ma cosa?» incalzò Pipe.

Cora scosse la testa. «Penserete che sia una cosa stupida.»

«No, non lo penseremo» dissero contemporaneamente i due uomini.

Lei contrasse le labbra prima di sospirare. «Non sono sicura che lui abbia veramente un lavoro. Secondo Lara è proprietario di un'azienda tecnologica... non conosceva i dettagli... ma mi è sembrato che non sapesse usare alcune funzioni del telefono. Accidenti, ha dovuto mostragli lei come regolare la dimensione dei caratteri quando si è lamentato di non riuscire a leggere i suoi messaggi.

Comunque, abbiamo litigato venerdì sera. Non le ho parlato per tutto il fine settimana, ero ancora troppo arrabbiata perché non prendeva sul serio le mie preoccupazioni, perché non voleva ascoltarmi. Il lunedì mattina ero ansiosa di vederla, di scusarmi, anche se non pensavo di avere nulla da farmi perdonare. Volevo avere una conversazione razionale su Ridge. Esprimere i miei timori e farle capire che erano dettati dall'affetto e dalla preoccupazione, ma lei non si è presentata a scuola.»

Cora guardò Owl e poi Pipe. «Dovete capire che Lara si assenta molto raramente, e solo se è ammalata, perché non vuole trasmettere l'eventuale virus ai bambini. Vive e respira per il suo lavoro e ha accumulato qualcosa come tre mesi di ferie. Ho capito subito che qualcosa non quadrava. L'ufficio mi ha detto che non c'era nulla di cui preoccuparsi, che sabato mattina era arrivata una mail alle risorse umane in cui diceva che si prendeva un periodo di aspettativa. È una stronzata, perché non se ne sarebbe andata senza parlarmi.»

«Ma avevate litigato» le ricordò Owl.

Scosse la testa con veemenza. «No! Cioè, *sì*, lo abbiamo fatto, ma non è possibile che Lara abbia lasciato il lavoro senza organizzare il tutto con largo anticipo. È troppo responsabile. Le ho mandato subito un messaggio e lei mi ha risposto, ma la replica era formulata male.»

«In che senso?» chiese Pipe.

Cora distolse brevemente lo sguardo. «Non ha usato la punteggiatura» disse in tono calmo. Quando Owl le lanciò un'occhiata scettica, raddrizzò le spalle. «E prima che tu mi dica che non è una prova, non conosci Lara come la conosco io. Al liceo ha ottenuto il centoquattro per cento nel corso avanzato di inglese. E al college ha continuato a prendere A in tutti i corsi in cui doveva scrivere dei temi. Guarda, ti faccio vedere» disse, quasi disperata.

Tirò fuori il cellulare e cliccò su alcuni tasti prima di spingerlo verso Pipe. Lui lo prese e fece scorrere i messaggi sullo schermo.

«Se vai indietro, vedrai che prima che prendesse questa cosiddetta aspettativa, usava punti, virgole e ogni tanto punti esclamativi. La sua punteggiatura è sempre perfetta.

È un motivo d'orgoglio per il quale l'ho presa in giro per anni. Ma nei suoi ultimi messaggi non c'è nulla di tutto questo. *Non* è da lei.»

Pipe dovette ammettere che non aveva tutti i torti. Passò il telefono a Owl.

«Sono andata alla polizia. Hanno detto che era una donna adulta e che se voleva poteva decidere di prendersi una vacanza improvvisa con il suo ragazzo. Per loro, il fatto che mi scrivesse messaggi era una prova sufficiente per dedurre che stava bene. Mi hanno liquidata come se fossi stata solo paranoica. Non è così. Quel Ridge l'ha rapita. Non le permette di parlare con me. E ho paura che possa farle qualcosa di terribile, se non l'ha già fatto.»

«Quand'è successo tutto questo? Da quanto tempo è sparita?» chiese Owl.

«Da un mese e mezzo» sussurrò Cora. «Quell'uomo ce l'ha da quasi due mesi.»

Pipe non avrebbe voluto fare la domanda successiva, ma doveva. «Hai qualche prova che sia ancora viva? Hai parlato con lei?»

«È viva. O almeno lo era due settimane fa. Ho mentito e le ho scritto che la polizia di Phoenix si sarebbe presentata alla loro porta se non mi avesse chiamato, se non avessi potuto vedere o sentire di persona che stava bene. Ho cercato nel suo appartamento – e no, non me ne pento – e ho trovato un indirizzo di Ridge dell'Arizona. Due ore dopo è squillato il telefono. Era lui. Non era contento. Mi ha detto che avrebbe sporto denuncia per molestie se non avessi smesso. Gli ho risposto che non lo avrei fatto finché non avessi parlato con Lara. Ha aperto FaceTime e lei era lì. Erano seduti insieme su un letto, ma non era in sé» disse Cora con voce spezzata.

«In che senso?» chiese Owl.

«Sembrava davvero... *assente*. Mi sono scusata abbondantemente per il nostro litigio, anche se sentivo più che mai di avere ragione. La sua voce era inespressiva. Monotona. Continuava a distogliere lo sguardo dallo schermo. Ma ha accettato le mie scuse e mi ha detto che era felice e che non sarebbe tornata a Washington. Sono andata nel panico. Ha trascorso tutta la sua vita qui. Ama il suo lavoro. I suoi genitori vivono qui. Ma soprattutto, sembrava completamente priva di emozioni. Come se non fosse davvero lì. Era Lara, ma non lo era... non so se mi spiego.»

Pipe annuì.

«Poi Ridge ha puntato la telecamera su di sé, mi ha detto che ora che avevo visto Lara e sapevo che stava bene, dovevo lasciarli in pace a vivere la loro vita. Mi ha detto di farmi gli affari miei e ha riattaccato.»

«Allora, cosa pensi che potremmo fare?» domandò Owl.

Cora si girò verso di lui. «Entrate in quel posto e portatela via» disse senza esitare.

Owl si accigliò. «Non possiamo semplicemente rapirla.»

«Lo so! Cioè, *tecnicamente* lo so. Ma una parte di me vuole comunque che lo facciate. Le sta facendo del male. Lo so. La persona che ho visto in quella videochiamata non era la mia amica. Sembrava che fosse drogata o qualcosa del genere. E mi sta proteggendo. Non ho dubbi al riguardo. Credo che Ridge l'abbia minacciata per farle dire ciò che mi ha detto.»

«Non puoi davvero sapere se...» iniziò Pipe.

«*Sì* che lo so!» lo interruppe con furia, poi fece una pausa e qualche respiro profondo per calmarsi. «Ascolta... una volta io e Lara abbiamo visto un film in cui una donna era stata rapita e tenuta in ostaggio dal suo fidanzato mafioso. Quando sua madre è riuscita finalmente a vederla, le ha inviato un messaggio segreto, facendole sapere che non era lì di sua spontanea volontà. Il film era orribile, molto squallido e stupido, ma lo abbiamo guardato comunque fino alla fine. Poi abbiamo parlato di come ci saremmo comportate se ci fossimo trovate in una situazione del genere.»

Si alzò, come se avesse bisogno di bruciare l'energia nervosa. Camminò su e giù dietro la sedia, torcendosi le mani. «Naturalmente abbiamo ribadito entrambe che non saremmo mai state così stupide, ma ci stavamo divertendo a discutere di qualcosa che pensavamo non sarebbe mai successo. Abbiamo persino ideato un segnale. Qualcosa che solo noi due avremmo capito... e durante la videochiamata, *lei mi ha fatto quel segnale*.

Non sono pazza, Pipe. Non sono gelosa della mia amica. È nei guai e io sono l'unica a cui importa. I suoi genitori sono addirittura *entusiasti* che abbia finalmente trovato un uomo. La polizia pensa che sia lì di sua spontanea volontà. Ma non è così!» Cora stava praticamente urlando quando finì.

Pipe odiava vederla così sconvolta, anche se ammirava come sosteneva strenuamente l'amica.

Non gli importava dell'aspetto delle persone. Non gli fregava nulla di quanti soldi avessero in banca. A lui interessava la *lealtà*. E proprio la mancanza di lealtà era stato il motivo per cui aveva lasciato il SAS. Aveva visto troppi suoi superiori, che avrebbero dovuto garantire la sicurezza dei militari sotto il loro comando, prendere decisioni per favorire le proprie carriere invece di proteggere uomini e donne sul campo. E aveva lavorato con molte persone che erano state più preoccupate di salvarsi la pelle che di proteggere i soldati che combattevano al loro fianco.

Sapeva di soffrire di disturbo post-traumatico da stress

dopo tutto quello che aveva visto e fatto. Non tanto quanto alcuni dei suoi amici del Rifugio, ma era comunque felice di non trovarsi più regolarmente in una posizione che comportava ricevere una scarica di proiettili, o di non essere consapevole che qualcuno poteva aver puntato un lanciarazzi verso il suo elicottero. Era stato fedele all'esercito, ma vedere quanto alcuni superiori non si preoccupavano della vita dei soldati sotto il loro comando lo aveva condizionato profondamente.

Gli altri sei uomini che possedevano il Rifugio erano gli amici più fedeli che avesse mai conosciuto, e finalmente sentiva di aver trovato il suo posto nel mondo. Ora, vedere Cora lottare con le unghie e con i denti per la sua amica, la sua estrema lealtà verso di lei, anche quando la maggior parte degli indizi indicavano che Lara stesse con quel Ridge perché lo voleva, gli fece provare una stretta al cuore.

«Qual era il segnale?» chiese Owl.

Pipe guardò il suo amico e notò che si era sporto verso Cora come se avesse potuto estorcerle l'informazione semplicemente fissandola. Era anche visibilmente teso, come non lo aveva mai visto prima.

Poi capì. Anche Owl era stato un ostaggio. Comprendeva esattamente come poteva sentirsi Lara... se davvero era trattenuta contro la sua volontà.

Non sapeva cosa credere in quel momento. Sì, era certo che *Cora* fosse convinta che la sua amica fosse in pericolo, ma restava da vedere se lo era davvero.

Cora fece un respiro profondo cercando di ricomporsi. Si aggrappò alla sedia davanti a lei con entrambe le mani e incontrò lo sguardo di Owl. «Si è grattata l'orecchio con il mignolo» rispose con calma, come se un attimo prima non stesse urlando contro di loro.

Pipe aggrottò le sopracciglia.

«Così» continuò, mostrando cosa intendeva. Sollevò la mano e infilò il mignolo nell'orecchio facendolo roteare in un piccolo cerchio. «È stata una cosa veloce, ma so cosa ho visto. E credetemi, non è qualcosa che fa di solito.»

Non era molto... ma cominciò a crederle. Quante probabilità c'erano che Lara usasse proprio il segnale che avevano ideato se *non* fosse stata in pericolo?

«Vi chiedo solo di aiutarla a uscire da quella casa a Phoenix. Non ho alcun dubbio che se mi presentassi e bussassi alla sua porta, Ridge mi impedirebbe di entrare. Proverei a intrufolarmi, ma ho cercato l'indirizzo su internet e controllato l'immagine satellitare. È una tenuta molto estesa. Probabilmente ci sono telecamere, cani, recinzioni con fili elettrici o altro. Non riuscirei ad avvicinarmi, e poi rischierei di fare la stessa fine di Lara e saremmo *entrambe* fregate. Voi siete addestrati. Potete entrare e uscire da qualsiasi posto senza che nessuno se ne accorga. Dopodiché ci penserò io a lei. Non servirà nemmeno che ci portiate fuori dalla città. Giuro che se solo riuscirete a farla uscire da quella casa non vi darò più fastidio.»

Lanciò a Pipe uno sguardo implorante. «*Non sono* pazza. E ogni giorno che lei passa lì...» Si interruppe ancora una volta e curvò le spalle, abbassando la testa e continuando a stringere la sedia.

«Lara è l'unica famiglia che abbia mai avuto» disse dopo un attimo, a voce bassa. «E non la abbandonerò.» Rialzò la testa e guardò entrambi gli uomini. «Se non potete aiutarmi, troverò un'altra soluzione. Ma sento che voi siete la mia unica speranza.» Si voltò verso Owl. «Posso pagarvi. Ho i seimila dollari che pensavo di usare all'asta per vincere la possibilità di parlare con Pipe. So che non sono abbastanza, ma se mi dite il vostro prezzo, vi ripagherò. Anche se mi ci vorrà il resto della vita, vi renderò qualsiasi cifra mi chiederete.»

A Pipe non piacque la disperazione che sentì nella sua voce. Era preoccupante e semplicemente... sbagliato. Rafforzò il suo profondo istinto di risolvere il problema.

«Ti dispiace lasciarci parlare da soli per un momento?» le chiese Owl.

Lei annuì e si voltò subito, dirigendosi verso l'altro lato del ristorante deserto, per fissare fuori dalle finestre. La sua schiena era dritta e rigida, sembrava quasi che sarebbe bastato solo un altro minimo stress per farla andare in mille pezzi.

«Cosa ne pensi?» gli domandò sommessamente il suo amico.

Si voltò verso di lui. «Sta dicendo la verità.»

«Sono d'accordo. Ma non so se possiamo fare qualcosa. Non è che possiamo andare a Phoenix e irrompere in casa.»

«Perché no?» Rimase sorpreso quando quelle parole uscirono dalla sua bocca, ma non se le rimangiò.

Owl sollevò un sopracciglio.

«Non intendo che dobbiamo rapirla. Se facciamo abbastanza pressione su questo Ridge, ad esempio andando a casa sua tutti i giorni, alla fine dovrà lasciarcela vedere.»

«Oppure potrebbe chiamare la polizia e dire che stiamo violando una proprietà privata e molestando lui e la sua ragazza, proprio come ha minacciato di fare con Cora.»

«Ci servono altre informazioni» disse Pipe dopo un attimo.

Owl annuì d'accordo.

«Non sappiamo nemmeno se Ridge sia il suo vero nome.»

Annuì di nuovo. «Ma se la sua amica è davvero trattenuta contro la sua volontà... non possiamo voltarle le spalle.»

L'affermazione di Owl non lo stupì. Lui, a differenza di altri, non sarebbe stato in grado di ignorare il fatto che qualcuno era tenuto in ostaggio. Sapeva come ci si sentiva. Aveva passato l'inferno insieme a Stone, e nulla gli avrebbe impedito di aiutare chiunque stesse affrontando una situazione simile.

«Sono d'accordo» disse all'amico.

«Pensi sia possibile che Cora accetti di rimanere qui a Washington, mentre noi indaghiamo un po' in Arizona?»

Pipe sbuffò. «Assolutamente no.»

«Già, come pensavo. Chiamerò Stone per dirgli cosa è successo e che probabilmente torneremo con un'ospite. Magari chiamo anche Tex per vedere se può iniziare a indagare su questo Ridge.»

Pipe annuì, voltandosi a guardare Cora. Non si era mossa. Aveva le braccia avvolte intorno alla pancia come se si stesse sostenendo. Sembrava avere il peso del mondo sulle spalle e lui voleva quasi disperatamente portare quel fardello per lei. «Ci vediamo nella hall domani mattina» disse a Owl. «Vedo se riesco a convincerla a rimanere a Washington e a lasciarci fare un po' di indagini, ma se si oppone e insiste per venire con noi, dovrà tornare a casa sua a fare i bagagli.»

«Va bene. Se viene con noi mandami un messaggio così mi occuperò di procurarle un biglietto per il New Mexico.» Poi Owl si schiarì la voce e Pipe si voltò a guardarlo.

«Siamo convinti di farlo, vero?»

«Assolutamente. Tu non hai sentito la storia di come sono diventate amiche. Era una bambina in affidamento, ed è uscita dal sistema una volta diventata troppo vecchia senza che nessuno avesse mai voluto adottarla. Lara ha fatto amicizia con lei al liceo e da allora sono molto legate. Sono come sorelle, e se Cora dice che la sua amica è in pericolo... be', sto cominciando a crederle.»

«Hai ragione, *non* ho sentito la sua storia. Ma non ne ho bisogno. La preoccupazione e l'affetto che prova per la sua amica sono evidenti. E poi, dopo quello che è quasi successo ad Alaska, il pensiero che qualcun altro possa passarci... mi fa venire il voltastomaco.»

Pipe annuì con un'espressione amareggiata.

«Ok. Dille cosa abbiamo intenzione di fare e fammi sapere se c'è qualche imprevisto, altrimenti ci vediamo domani mattina» disse Owl.

«Ricevuto» replicò, usando il linguaggio militare. Fino a quel momento tutto era stato piuttosto informale. Aveva iniziato la serata sperando di soddisfare la sua curiosità sul motivo per cui Cora volesse tanto vincere quell'asta. Ora che avevano deciso di verificare ufficialmente la situazione di Lara, le cose erano diventate più formali e urgenti.

Fece un cenno a Owl e si avvicinò a Cora, senza aspettare che l'amico si avviasse verso gli ascensori.

Lei si voltò quando lo sentì arrivare. Aveva ancora le braccia intorno alla vita, ma sollevò il mento come se si stesse preparando a ricevere una brutta notizia.

«Partiremo domattina. Io e Owl ci incontreremo con i nostri amici al Rifugio e faremo un piano per andare in Arizona e parlare con la tua amica.»

Cora spalancò gli occhi, poi le sue spalle si abbassarono in quello che Pipe suppose fosse sollievo. «Mi credi?» sussurrò.

La fissò per un lungo e intenso momento prima di annuire.

Lei chiuse brevemente gli occhi poi tornò a guardarlo. «Non l'ha fatto nessun altro» disse in tono tormentato.

«Tu conosci la tua amica meglio di chiunque altro. Se dici che è nei guai, perché non dovrei crederti?»

«Perché non ci sono prove? Perché mi ha detto che sta bene? Perché, quale donna *non vorrebbe* essere conquistata da uomo ricco che la portasse via con sé a vivere una vita di lusso?» Il suo tono era un po' pungente, ma Pipe non si offese.

«Mi sono affidato al mio istinto più volte di quante ne possa contare. E non mi ha mai deluso. Se dici che è nei guai, è nei guai» replicò con un'alzata di spalle. «C'è la possibilità che tu rimanga qui a Washington mentre io vado a cercare Lara?»

Sembrò scioccata. «Cosa? No! Vengo con te!»

Pipe non riuscì a impedirsi di fare un piccolo sorriso.

«Cosa c'è da ridere?» chiese in tono bellicoso.

«Scusa, niente. Avevo la sensazione che avresti voluto venire.»

«*Certo che sì*! La mia migliore amica potrebbe essere stata rapita da quello stronzo del suo fidanzato. Non esiste che io rimanga qui mentre voi andate a cercarla.»

Pipe annuì e fu pervaso da un senso di trepidazione. Non era contrariato per il fatto che sarebbe andata in New Mexico con loro, anzi, non vedeva l'ora di passare più tempo con lei. Di conoscerla meglio. Non che ne sarebbe nato qualcosa... lei viveva a Washington e lui non aveva intenzione di lasciare il Rifugio. Ma era da molto tempo che non era attratto da una donna in quel modo.

«Va bene» le disse. «Ti accompagno al tuo appartamento così puoi fare le valigie. Ho due letti nella mia stanza qui in hotel e sarebbe più semplice se dormissi qui, ma se non te la senti, posso venire a prenderti a casa tua domani mattina, per poi incontrarci con Owl e andare all'aeroporto.»

Cora annuì e si voltò verso l'uscita del ristorante. «Non devi portarmi a casa. Sono un'adulta e ho preso la metropolitana per tutta la vita senza problemi.»

«So che non devo, ma se pensi che ti lascerò andare in giro al buio da sola, non ti sei documentata così bene su di me come pensavo.»

Le sue labbra ebbero un guizzo, poi tornò seria. «Non voglio che tu pensi che io sia una debole che non sa badare a se stessa. Non ho mai avuto nessuno a cui appoggiarmi prima d'ora, a parte Lara, e per come mi sento in questo momento, cioè incazzata e frustrata per tutta la situazione, sono più che in grado di gestire chiunque sia così stupido da cercare di aggredirmi stasera.»

«Ora hai qualcuno a cui appoggiarti» le disse con voce tranquilla, indicando l'uscita. «Forza, andiamocene da qui.»

Lo fissò per un attimo, ma Pipe non riuscì a immaginare a cosa stesse pensando. Era molto brava a nascondere le sue emozioni quando voleva.

Alla fine annuì e quando gli passò accanto la sentì sussurrare: «Grazie.»

Quella semplice parola, pronunciata con così tanta dolcezza e sincerità, gli fece uno strano effetto. Era già stato ringraziato molte volte, ma mai un'espressione di gratitudine gli era sembrata così sentita.

CAPITOLO SEI

Cora era seduta accanto a Pipe in metropolitana, la coscia contro la sua, e non riusciva a ricordare se si era mai sentita così al sicuro. Di solito, quando usava i mezzi pubblici, soprattutto a quell'ora, era nervosa ed estremamente vigile. Ma averlo accanto, con un'aria da duro e il volto corrucciato, faceva sì che la gente si tenesse alla larga da loro.

Avrebbe riso se non fosse stata così preoccupata per Lara.

Era difficile credere che alla fine tutto era andato per il meglio. Quando quella sera era uscita di casa per andare all'asta, non aveva idea di cosa sarebbe successo. Anche se avesse vinto l'appuntamento con Pipe, non sapeva quando sarebbero andati a cena, se lui le avrebbe creduto o se avrebbe pensato che fosse solo una pazza paranoica, disperata e praticamente al verde.

Odiava pensare a qualcosa di positivo riguardo a Eleanor Vanlandingham, ma quella donna, comportandosi nel suo solito modo orribile, le aveva fatto un favore.

Viaggiarono in silenzio finché non si avvicinarono alla sua fermata.

«La prossima è la mia» disse a Pipe. Lui annuì e si alzò, tendendole la mano.

Cora doveva aver fissato le sue dita ricoperte di tatuaggi per un attimo di troppo, perché prima che lei potesse prendergliela, lui se la infilò in tasca come se fosse imbarazzato.

Voleva scusarsi. Dirgli che non era che non volesse prendergli la mano, ma solo che non era abituata a essere aiutata. Non era il tipo di donna per la quale gli altri, soprattutto gli uomini, si facevano in quattro. Non era una che flirtava o che faceva la smorfiosa, e di certo non dava l'impressione di essere indifesa. Si vestiva con indumenti comodi, non si truccava, non si preoccupava di usare astuzie femminili per ottenere qualcosa... non che ne avesse. In quella città in particolare, il suo atteggiamento non andava bene. Le persone cercavano sempre di impressionare gli altri e se non stavi al gioco venivi ignorato.

Ma a quell'uomo non sembrava importare che lei fosse andata a un evento elegante con un vestito e delle scarpe comprati in un grande magazzino. In effetti, non l'aveva guardata diversamente dopo che lei si era messa in jeans e felpa.

Prendendo un'improvvisa decisione, Cora si aggrappò al braccio di Pipe per sostenersi mentre il vagone ondeggiava. Lui contrasse subito i muscoli, usando la sua forza fisica per aiutarla.

«Grazie» mormorò lei.

Uscirono nella stazione, quasi deserta, vicino al suo appartamento e si diressero verso le scale. Cora si fermò quando vide Milton, il senzatetto che conosceva da anni.

Di solito passava lì le notti più fredde. Si avvicinò a lui e, mentre si accovacciava, sentì lo sguardo di Pipe su di sé.

«Ehi, Milt» lo salutò dolcemente.

L'uomo, che non doveva essere molto più vecchio di lei, rotolò per girarsi. Quando la vide sorrise e si alzò a sedere. «Cora. È bello vederti. Cosa ci fai in giro a quest'ora, non dovresti...» Interruppe bruscamente qualsiasi cosa stesse per dire quando intravide Pipe dietro di lei.

«Questo è Pipe. È un mio amico. Mi sta accompagnando a casa.»

Milton si voltò verso di lei e disse con sospetto: «Non l'ho mai visto prima.»

«Lo so. Mi aiuterà a trovare Lara» disse a bassa voce. Gli aveva parlato della sua amica in un paio di occasioni, di solito quando gli portava del cibo. Sapeva che era preoccupata per lei, che pensava fosse stata rapita. Milton poteva essere un senzatetto, puzzolente e spesso ubriaco, ma era un brav'uomo e lo considerava un amico. Non conosceva la sua storia, non sapeva come fosse finito a vivere per strada, ma dato che a volte le era sembrato di essere vicina a diventare come lui, non lo aveva mai giudicato.

Milton fissò Pipe e socchiuse gli occhi. «Prenditi cura di lei» disse con un ringhio minaccioso.

Invece di ridere o alzare gli occhi al cielo per l'ovvia vana minaccia nella sua voce, annuì. Cora provò un'ondata di rispetto. Non molte persone degnavano di un secondo sguardo gli uomini e le donne senza fissa dimora, la cui popolazione a Washington sembrava aumentare di anno in anno. La differenza tra i ricchi e i poveri in quella città, e in molte altre città del Paese, stava diventando sempre più evidente.

Cora si scrollò dalla spalla lo zaino e lo portò davanti a sé per poterlo aprire. Vi frugò dentro e prese la busta bianca da sotto il vestito e le scarpe che aveva indossato quella sera. Tirò fuori alcune banconote e le porse a Milton. «Tieni.»

Lui abbassò lo sguardo sulla sua mano, fissandola sorpreso. «No» disse scuotendo la testa, senza toccare i soldi.

«Per favore, Milton. Prendili. Starò via per un po' e mi preoccuperei per te, dato che sta facendo sempre più freddo.»

«Sono troppi» insistette. «So che non puoi permettertelo.»

«Posso» mentì.

«No.»

«*Sì.*»

Si fissarono intensamente per un momento, poi Milton sospirò. «Non hai intenzione di lasciar perdere, vero?»

«No. Ti prego, prendili. Se non lo fai mi stresserò, poi smetterò di mangiare e mi dissolverò nel nulla» scherzò.

L'uomo alzò gli occhi al cielo, ma prese i soldi. «Non vorrei mai» borbottò.

«Grazie.» Cora si chinò e lo baciò sulla guancia. Aveva un odore terribile e il viso sporco, ma a lei non importava. Era un uomo rispettabile che meritava attenzione e affetto. Si erano conosciuti quando era stata molestata da altri due senzatetto e lui era intervenuto. Quel giorno l'aveva salvata e da allora erano diventati amici.

«Fai attenzione» le disse in tono solenne.

«Certo.» Si alzò e gli sorrise, poi si rivolse a Pipe. «Pronto?»

Lui annuì, e Cora non riuscì a interpretare l'espressione sul suo volto.

Si avviarono di nuovo verso le scale.

Quando arrivarono in strada, Pipe le chiese: «Quanto gli hai dato?»

«Duecento dollari. Probabilmente li spenderà tutti in alcol nei prossimi giorni, ma non m'importa.»

«Quanto gli dai di solito?»

Cora gli lanciò un'occhiata. «Come fai a sapere che gli ho *già* dato dei soldi?»

In risposta, lui sollevò un sopracciglio.

Sospirò. «Forse cinque dollari o giù di lì. Abbastanza da permettergli di prendersi un caffè e un panino al bar dietro l'angolo» borbottò.

«Mmm.»

Non sapeva cosa significasse quel mormorio. Se pensasse che era troppo poco o che Milton non meritasse di ricevere dei soldi. Ma non era dispiaciuta. Bastavano un paio di periodi complicati, in qualsiasi momento della vita, e chiunque avrebbe potuto trovarsi nei suoi panni.

Fece strada fino al suo condominio e quando entrarono si voltò verso Pipe. «Mi ci vorranno solo pochi minuti per fare i bagagli.»

Lui la fissò con un altro sguardo che non riuscì a interpretare. Poi disse: «Ti accompagno di sopra.»

Cora scosse la testa. «No, non serve. Me la caverò.»

Ma lui non cedette. «È l'una, e dopo mezzanotte non succede mai niente di buono. Ti accompagno.»

Provò una stretta al petto. «Sul serio. Aspettami qui all'ingresso.»

«No.»

Si fissarono con uno sguardo truce, e si sentì prendere dal panico. Pipe non poteva salire. Non poteva vedere il suo appartamento. Nonostante lo conoscesse appena, sapeva che non sarebbe stato contento di ciò che avrebbe trovato.

«Di cos'hai paura?»

Raddrizzò la schiena. «Di niente» replicò troppo in fretta.

Lo sguardo di Pipe si fece penetrante. «Stai mentendo.»

Se fosse stato qualcun altro a parlarle così avrebbe perso la testa. Non solo l'aveva accusata di essere una fifona, ma anche una bugiarda. La verità era che aveva ragione su entrambi i fronti. Non voleva *assolutamente* che quell'uomo vedesse il suo appartamento.

Mentre si fissavano, capì che non avrebbe ceduto. Era determinato a proteggerla, che già di per sé le provocava una sensazione strana, e non si sarebbe lasciato scoraggiare da qualsiasi cosa lei potesse dire. Ed era proprio quella testardaggine una delle cose che l'avrebbero aiutata ad arrivare a Lara. Ma cominciava a capire che non era un bene per la sua tranquillità mentale.

Alla fine fu lei a rompere il contatto visivo, voltandosi verso gli ascensori. «Va bene» disse in modo un po' aggressivo.

A suo merito, Pipe non si mostrò entusiasta della sua arrendevolezza. Si limitò a starle accanto mentre aspettavano l'arrivo dell'ascensore. Salirono al suo piano in silenzio. Apprezzò che lui non facesse commenti sul fatto che molte luci nel corridoio erano spente, né sull'odore sgradevole della moquette o sulla generale mancanza di manutenzione del posto.

Non era il Taj Mahal, quello era certo, ma Cora era soddisfatta di avere almeno un tetto sopra la testa. Dopo i tanti alti e bassi che aveva affrontato nel corso degli anni, e tutte le volte che aveva dovuto dormire sul divano di Lara, quando era stata in grado di permettersi di nuovo un posto tutto suo le era sembrato di fare finalmente dei passi avanti.

E poi era arrivato quel maledetto Ridge Michaels.

Una volta giunti alla sua porta, fece un respiro profondo e si girò verso Pipe. «Potresti aspettarmi qui?» gli chiese, nella speranza che accettasse.

Lui la studiò per un attimo. «Cosa non vuoi che veda nel tuo appartamento, Cora?»

«Niente. È solo che... non ti conosco bene» concluse in modo patetico, mentendo di nuovo.

«Pensi che ti farei del male? Che ti costringerei a fare qualcosa che non vuoi?» incalzò, facendo un passo indietro per lasciarle più spazio.

Ciò la fece sentire in colpa. «*No.*»

Pipe la fissò per qualche secondo, poi annuì rigidamente e distolse lo sguardo. «Aspetterò qui fuori.»

Cora sospirò. Non voleva pensasse che non si fidava di lui. «No, non è un problema. Puoi entrare.» Si voltò verso la porta con ogni muscolo teso. Non sarebbe stato felice quando avrebbe visto il suo appartamento, ma pazienza. Fintantoché lui e i suoi amici l'avrebbero aiutata, non le importava se la sua situazione abitativa era imbarazzante. Non avrebbe cambiato nulla di quello che aveva fatto, soprattutto se ciò significava aiutare Lara.

Girò la chiave sulla serratura e fece un respiro profondo prima di spingere la porta. Non dovette guardarsi alle spalle per vedere se Pipe la stava seguendo. Sentì i suoi passi e il rumore della porta stessa richiudersi. «Torno subito» gli disse, mentre si dirigeva verso la camera da letto.

Si sentiva le guance accaldate e sapeva di essere arrossita per l'umiliazione, ma andò all'armadio, si inginocchiò e aprì lo zaino. Tirò fuori la busta con i soldi e ignorò il vestito e le scarpe. Non ne avrebbe avuto bisogno nel New Mexico o in Arizona. Prese degli indumenti tra le pile di magliette, pantaloni e felpe e li mise in un borsone più grande, insieme a della biancheria intima, dei calzini e qualche reggiseno in più.

Tornò in corridoio con lo zaino e andò verso il bagno, rifiutandosi di guardare in direzione di Pipe, che aveva intravisto vicino alla cucina. Entrò nella doccia e prese lo shampoo, il balsamo e una spugna. Poi raccolse altre cose dal ripiano del lavandino.

Fedele alla sua parola, finì di fare i bagagli in meno di cinque minuti. Tornò in soggiorno e finalmente incontrò gli occhi di Pipe. «Sono pronta» gli disse.

Come aveva immaginato, lui non sembrava affatto contento. Oltre che molto confuso.

«Dove cazzo sono i tuoi mobili?» le chiese, quasi sibilando.

Cora si guardò intorno cercando di vedere l'appartamento dal suo punto di vista. L'unico mobile presente nella stanza era una libreria malconcia contro una delle pareti, in cui c'erano foto sue e di Lara e qualche libro logoro. Tutto lì. Per un attimo fu contenta che non fosse entrato in cucina e avesse aperto gli armadietti. Avrebbe notato la mancanza di piatti, pentole e persino delle posate.

Seguendo lo sguardo di Pipe, tornò a guardare la sua camera da letto e l'assenza di mobili anche lì. Sul pavimento c'era un materasso gonfiabile che aveva preso in prestito da Lara qualche tempo prima, e nient'altro.

«Cora? Sul serio... ma che diavolo? *Vivi* qui?»

Lei raddrizzò le spalle mettendosi sulla difensiva e annuì. «Sì. Ho venduto la mia roba per avere i soldi per l'asta» spiegò, con voce ferma.

«Hai venduto la tua roba» ripeté Pipe.

Non si era mai sentita così umiliata come in quel momento. Ma non durò molto prima che si ammonisse tra sé e sé. Non aveva nulla di cui vergognarsi. Lo aveva fatto per aiutare l'unica persona che l'aveva trattata come se fosse qualcosa di più che un rifiuto umano.

«Sì» rispose, sollevando il mento.

Pipe si passò una mano tra i capelli, fissando l'appartamento quasi vuoto.

«Ti avrei invitato a passare la notte qui, invece di prendere la metropolitana per tornare al tuo albergo, ma... be'...» Indicò debolmente la stanza vuota.

Invece di replicare, la sorprese entrando in cucina.

Si irrigidì mentre lo guardava aprire il frigorifero e alcuni armadietti. Aspettò che la giudicasse. Che facesse commenti sulla mancanza di cibo e degli utensili per cucinarlo o mangiarlo.

Ma la sorprese ancora una volta voltandosi verso di lei e dicendo: «Hai tutto ciò che ti serve?»

«Sì.»

«Bene. Andiamo.» Le prese il borsone di mano, se lo gettò sulla spalla e indicò la porta d'ingresso.

Cora socchiuse gli occhi, aspettandosi che la rimproverasse. Che le dicesse che era stata una stupida a vendere tutti i suoi averi per partecipare a una ridicola asta di scapoli, solo per avere una *possibilità* di parlargli, senza neanche una garanzia. Ma non lo fece. Si limitò ad aspettarla in silenzio mentre lei chiudeva la porta. Poi le mise una mano sulla schiena mentre si dirigevano verso l'ascensore.

Il ritorno all'hotel fu tranquillo. Nessuno dei due disse una parola, ma non le sfuggì come lo sguardo di Pipe non smettesse di scrutare tutto intorno a loro. Le parlò solo una volta arrivati in albergo. «Posso farti avere una camera tutta per te.»

Sollevò lo sguardo su di lui. «Non c'è problema. Cioè, se ti va ancora bene che stia nella tua stanza.»

«Lo preferirei» replicò.

Si avviarono verso gli ascensori, sempre con la mano di Pipe lievemente posata sulla sua schiena.

Cora si sentiva nervosa. Agitata. Le sembrava che la pelle nel punto in cui il suo palmo la toccava formicolasse. Era fortemente consapevole della sua vicinanza. Inspirò profondamente e si rese conto che il profumo di pino che aveva sentito per tutta la sera proveniva da lui.

All'improvviso ebbe difficoltà a resistere all'impulso di appoggiare la testa sulla sua spalla.

Percorsero il corridoio fino a un'estremità, per arrivare davanti a una stanza accanto alle scale.

«Owl è dall'altra parte del corridoio» le disse, indicando la porta alla loro sinistra. «Scegliamo sempre le stanze vicino alle scale. È più sicuro.»

Cora contrasse le labbra. In realtà non era affatto sorpresa. La capacità di anticipare il pericolo era praticamente radicata in quegli uomini. Era uno dei motivi per cui aveva pensato che i ragazzi del Rifugio sarebbero stati perfetti per aiutarla a salvare Lara.

Pipe aveva ragione, lei *era* una sorta di stalker. Aveva letto tutto quello che era riuscita a trovare su ciascuno degli uomini. Non conosceva i dettagli delle missioni che avevano svolto durante il servizio militare, perché erano ovviamente riservate o top secret, o come le chiamavano, ma sentiva di essersi fatta un'idea abbastanza precisa dei loro caratteri leggendo i resoconti dei giornali sul salvataggio in Russia di Alaska Stein e il successivo incidente al Rifugio. Poi riguardo alla faccenda di Reese Woodall, che era stata rapita dai membri del cartello colombiano e quasi portata oltre il confine. E infine le testimonianze dei residenti di Los Alamos riguardo a quanto quegli uomini avevano disperatamente aiutato nelle ricerche quando Jasna McClure era scomparsa.

Sì, poteva dire di essere rimasta impressionata da Pipe e dai suoi amici. Il livello di impegno nel garantire la sicurezza delle donne che vivevano nel resort le aveva fatto sospettare che sarebbero stati disposti ad aiutare anche lei.

E non si era sbagliata.

Pipe avvicinò la chiave di plastica al sensore della porta, che si aprì con un clic, poi la tenne aperta per farla passare. Cora fece un respiro profondo ed entrò nella stanza, pregando di non essersi sbagliata a valutare quell'uomo.

La camera non era niente di speciale. Solo due letti da una piazza e mezza, come aveva detto lui, una cassettiera con sopra la TV, una piccola poltrona dall'aspetto scomodo nell'angolo e un tipico bagno d'hotel. Pipe chiuse la porta, bloccò la serratura e inserì il piccolo gancio al di sopra che ne impediva l'apertura, poi passò davanti a lei andando fino al letto vicino alla finestra e vi posò il borsone sopra. «Vuoi usare per prima il bagno?» chiese, quasi con nonchalance.

Cora scosse la testa. Lui annuì e vi si diresse senza dire altro.

Quando chiuse la porta, lei si avvicinò al letto, dove ovviamente avrebbe dormito quella notte, e si sedette su un lato. Avrebbe dovuto fare qualcosa, pianificare, pensare alle cose da dire a Pipe e agli altri per aiutarli ad allontanare Lara da Ridge... ma all'improvviso si sentì esausta. Non dormiva bene da tempo a causa della preoccupazione per la sua amica e dello stress di cercare di raccogliere più soldi possibile per l'asta.

Mentre aspettava che Pipe finisse, si lasciò cadere sulla

schiena e chiuse gli occhi... poi si svegliò di soprassalto quando sentì qualcuno toccarle il braccio.

Si gettò di lato di riflesso, sentendosi subito imbarazzata per la sua reazione esagerata quando lo vide allontanarsi da lei con le mani alzate, come per dimostrarle che non le avrebbe fatto del male.

«Scusa» borbottò, passandosi una mano sulla nuca. «Non mi piace che la gente mi tocchi per svegliarmi. Brutti ricordi.»

Alle sue parole l'espressione di Pipe si fece cupa, ed emise addirittura un ringhio, ma non la spaventò. Anzi, la... eccitò?

No, non poteva essere.

Invece successe proprio quello. Era da molto tempo che qualcuno non si arrabbiava per suo conto. E quell'uomo non sapeva nemmeno la metà delle cose.

«Qualcuno ti ha fatto del male mentre dormivi?»

«Be', non mentre dormivo, ma... dopo avermi svegliata, sì» rispose, senza incontrare il suo sguardo. «È stato molto tempo fa. E no, non ha potuto fare quello che voleva. Non ho... collaborato.»

«Buon per te» disse Pipe, anche se non sembrava molto contento.

«Già. Ma il risultato è stato che il giorno seguente sono stata cacciata, dopo che quello stronzo si è inventato che avevo rubato dei soldi dalla borsa di sua moglie.»

«Mezza sega» mormorò Pipe.

Per qualche motivo, Cora sorrise.

«Che c'è? Non è divertente.»

«Lo so, è solo che... mezza sega?»

Le sue labbra ebbero un guizzo. «Non volevo essere troppo volgare. Comunque, mi dispiace di averti toccata senza il tuo permesso. La prossima volta me ne ricorderò. Ho finito in bagno.»

A quello, si accorse che non aveva più i pantaloni neri e la camicia bianca che aveva indossato tutta la sera. Buon Dio, si era messo un paio di pantaloni della tuta grigi e una canotta nera che metteva in risalto i tatuaggi sulle braccia e sulla parte superiore del petto.

Ma non furono quelli ad attirare la sua attenzione, ma il contorno del suo cazzo sotto i pantaloni, e deglutì a fatica nel vedere le sue dimensioni. Cercò di non fissarlo, ma fu difficile.

Aveva avuto la sua buona parte di esperienze sessuali, ma non aveva mai desiderato un uomo all'istante come desiderava Pipe in quel momento. Non era solo per il fatto che il suo cazzo fosse di dimensioni superiori alla media, non erano i tatuaggi... era tutto ciò che riguardava Bryson Clark.

Si era arrabbiato per lei quando aveva sentito Eleanor insultarla, era stato disposto ad ascoltare ciò che aveva da dire, era empatico, protettivo, comprensivo... e generoso. Non era affatto sorpresa di desiderarlo. E non solo sessualmente. Voleva sapere tutto di lui. Perché aveva scelto di farsi quei tatuaggi. Che cosa aveva provocato le ombre che vedeva nei suoi occhi. Perché aveva lasciato il suo Paese per trasferirsi negli Stati Uniti. Come era stato coinvolto nel Rifugio. Tutto quanto.

«Cora?» Pipe la guardò con la fronte aggrottata. «Puoi fidarti di me.»

Odiava pensasse che era rimasta in silenzio perché si stava chiedendo se fosse il caso di restare nella sua stanza.

«Lo so» replicò, costringendosi a distogliere lo sguardo dal suo inguine. «Ora vado a fare le mie cose...» disse debolmente, raccogliendo il borsone.

Pipe si spostò tra i due letti, lasciandole lo spazio per passare senza rischiare di sfiorarlo.

Quando Cora chiuse la porta del bagno, si appoggiò al pannello e sospirò. «Datti una calmata» si rimproverò sommessamente. «Ti sta solo aiutando a trovare Lara. Tutto qui.»

Fece rapidamente i suoi bisogni, si cambiò infilandosi un paio di pantaloncini da uomo e una maglietta oversize e si lavò i denti, poi uscì. Lasciò il borsone all'interno perché non le sarebbe servito nulla per le – guardò l'orologio sul polso – quattro ore circa in cui avrebbe dormito.

La stanza era buia, se non per il lieve bagliore che filtrava dalle tende che non erano state chiuse del tutto. Tirò indietro le coperte e vi si infilò sotto. Sistemò i cuscini dietro di sé e sospirò soddisfatta quando finalmente si rilassò.

Il materasso gonfiabile era andato bene, meglio del pavimento duro, ma stare su un letto vero era una sensazione paradisiaca.

«Pipe? Stai dormendo?» sussurrò.

«No. Che c'è?»

«Niente. È solo che... grazie.»

«Non ringraziarmi finché non avremmo trovato la tua amica» ribatté.

«No, sul serio. Nessun altro ha voluto ascoltarmi. O lo avrebbero fatto per poi presentarmi un conto esorbitante solo per qualche ricerca su internet. Anche se non riuscirete a trovarla. Se lei è... se Ridge l'ha... sai. Vi sono riconoscente per l'aiuto. So che non è una cosa normale per voi e non voglio mettere nessuno nei guai, ma sono così sollevata che mi abbiate dato la possibilità di raccontarvi la mia storia.»

Sentì il fruscio delle coperte del letto accanto e guardò

verso il punto in cui sapeva era sdraiato. Riuscì a malapena a scorgere la sua sagoma nel buio della stanza, ma percepì che la stava guardando. «Ti prometto che andrò fino in fondo. Non so quale sarà il risultato, ma ti do la mia parola che scopriremo cos'è successo alla tua amica.»

Le spuntarono le lacrime agli occhi. Di solito non era una che piangeva. Da quando un bambino in una delle famiglie affidatarie l'aveva presa in giro e chiamata piagnucolona, aveva sempre fatto del suo meglio per trattenere le lacrime. Ma in quel momento non poté fare a meno di sentire la sincerità nella voce di Pipe, e le sembrò il più dolce e caldo degli abbracci. «Grazie» sussurrò.

«Dormi. Domani sarà una lunga giornata» le disse.

Cora annuì. Era difficile credere che stesse andando davvero al Rifugio. Ne aveva letto così tanto che non vedeva l'ora di conoscere Melba, Scarlet Pimpernickel, lo scoiattolo senza le zampe, gli altri ragazzi e persino le donne. Faceva fatica a farsi degli amici, ma aveva avuto l'impressione che Alaska e le altre fossero piuttosto alla mano.

Si era aspettata di rimanere sveglia a pensare alla serata appena trascorsa e a Lara, a preoccuparsi di quello che sarebbe successo nei giorni successivi, ma dato che era certissima di essere al sicuro con Pipe che dormiva nell'altro letto, chiuse gli occhi, e dopo pochi istanti cadde in un sonno profondo e senza sogni.

CAPITOLO SETTE

Pipe fissava con aria assente lo schienale del sedile davanti a lui sull'aereo, e si acciglò. La notte precedente non aveva dormito molto, era stato troppo teso. Ora la sua mente stava andando in mille direzioni diverse. Era sovraeccitato come gli succedeva un tempo prima di una missione. Aveva così tante domande che gli giravano per la testa.

Era rimasto scioccato dalle condizioni dell'appartamento di Cora. Tra tutti i motivi per cui aveva cercato di non farglielo vedere, non avrebbe mai immaginato che fosse perché si vergognava di aver venduto tutto ciò da cui avrebbe potuto ottenere dei soldi, al fine di raccoglierne abbastanza per "comprare" lui. Considerando che nemmeno vincere l'appuntamento le avrebbe garantito di venire ascoltata o aiutata. Eppure, lo aveva fatto lo stesso.

Se c'era qualcosa che poteva convincerlo che Lara Osler fosse davvero in pericolo, era proprio quello. La maggior parte delle persone non sarebbe arrivata a tanto per convincere qualcun altro che pensava fosse successo qualcosa di grave al proprio amico se non ci credeva fin nel profondo dell'anima.

Ma ciò sollevava la questione di cosa avrebbero dovuto fare. Sì, potevano andare in Arizona e bussare alla porta di quel Ridge... ma poi? Forze speciali o no, non potevano certo rapire la donna se lei non voleva andarsene. Se Lara avesse voluto rimanere lì, Cora lo avrebbe accettato e si sarebbe limitata a tornare a casa? Ne dubitava.

Si voltò a guardarla quando la sentì spostarsi sul sedile accanto a lui. I suoi capelli castani erano un po' arricciati intorno alle spalle. Non riusciva a togliersi dalla mente di averli visti scompigliati sul cuscino quella mattina. Si era quasi sentito come un maniaco a guardarla dormire mentre era sdraiato nel proprio letto, ma non era riuscito a farne a meno. Era contento, ma allo stesso tempo sconcertato che si fosse fidata di lui così in fretta. Avrebbe potuto farle qualsiasi cosa mentre dormiva. Avrebbe potuto farle seriamente del male. Eppure, si era addormentata tranquillamente.

Come se avesse percepito che la stava osservando, Cora girò la testa e incontrò il suo sguardo.

«Che c'è?» gli chiese, un po' a disagio.

«Niente. È solo che faccio fatica a capacitarmi del fatto che stia succedendo davvero.»

Lei ridacchiò. «Credo che avrebbe dovuto essere la mia battuta» disse, con un piccolo sorriso. «E tanto perché tu lo sappia, ieri sera non hai fatto una cosa molto intelligente.»

Pipe la fissò confuso. «Perché?»

«Non mi conosci, eppure mi hai permesso di stare con te. Avrei potuto rubarti il portafoglio e tutto il resto mentre dormivi. Avrei potuto farti del male.»

Lui scoppiò a ridere, non riuscì proprio a trattenersi.

«Stavo pensando esattamente la stessa cosa di te» replicò con sincerità.

Si scambiarono un sorriso. Poi quello di Cora si spense.

«Cosa ti è passato per la mente?» le domandò.

«Lara probabilmente è spaventata e forse maltrattata, mentre io sono seduta qui a divertirmi... mi sembra così sbagliato.»

«Se Lara è davvero il tipo di amica che mi hai descritto, non credo voglia che tu sia infelice, anche se lei lo è. La troveremo e andremo a fondo della questione» le promise, coprendole la mano con la sua.

Gli rivolse un sorriso triste. «Lo spero.»

«Io ne sono certo. Da brava stalker hai fatto ricerche su di noi, quindi sai cosa possiamo fare» la stuzzicò.

«Non riesco ancora a credere che il mio folle piano abbia funzionato. Cioè, non ha funzionato, ma Eleanor mi ha fatto un favore. Forse dovrei mandarle dei fiori o altro» disse con un piccolo sorriso.

«L'unica cosa che non capisco è perché ti sei presa tutto questo disturbo. Voglio dire, comprendo che lo stai facendo per Lara, ma perché non ci hai contattati direttamente?» Era da un po' che se lo chiedeva ed era contento di poter avere una risposta.

Lei scrollò le spalle. «L'ho fatto.»

«Cosa? Quando?»

«Vi ho mandato diverse mail. Sono rimaste tutte senza risposta. Ho anche telefonato. Ho lasciato un messaggio, ma nessuno mi ha richiamata.»

Pipe si accigliò. Alaska era la responsabile dei compiti amministrativi del Rifugio e non la vedeva proprio come una che avrebbe ignorato una richiesta di aiuto.

«Va tutto bene» disse Cora, sporgendosi verso di lui. «Non siete obbligati ad aiutare ogni donna in difficoltà che vi contatta. Sono sicura che ricevete molte richieste grazie alle vostre capacità.»

A essere sincero, non ne aveva idea. Negli ultimi cinque anni se n'era stato tranquillo e non aveva mai pensato di usare nella vita da civile ciò che aveva imparato nel SAS. Si chiese se i suoi amici lo avessero fatto. Tutti loro avevano delle abilità speciali che potevano tornare utili in certe situazioni. Con Alaska e Reese le avevano decisamente usate.

«Parlerò con Alaska» le disse.

Lei spalancò gli occhi e scosse la testa quasi freneticamente. «No! Non farlo! Voglio dire, non è un problema. Sono sicura che aveva le sue ragioni per non rispondere.»

Pipe strinse le labbra. Non poteva prometterglielo. Ora che sapeva che Cora aveva contattato il Rifugio per chiedere aiuto, ma non aveva ricevuto risposta, voleva sapere perché.

«Fantastico. Adesso Alaska mi odierà» mormorò, fissando fuori dal finestrino.

«No, non lo farà. È molto affabile.»

Non si voltò verso di lui.

«Cora?»

Quando finalmente lo guardò, rimase sbigottito nel vedere che aveva gli occhi pieni di lacrime. Quella donna, forte e determinata, era davvero turbata dall'idea che Alaska potesse finire nei guai o di poterle essere antipatica per aver fatto la spia.

«Sto bene» disse, sedendosi più dritta.

Poté praticamente vederla indossare l'armatura per proteggersi dal mondo esterno. E lo odiò. L'aveva vista con la guardia abbassata ed era stato attratto da quella donna. Cora non aveva avuto una vita facile e lui voleva fare tutto il possibile per rimediare.

Lei si voltò di nuovo verso il finestrino e, senza pensarci, Pipe le mise le dita sotto il mento e le girò il viso verso di lui. «Vuoi sapere cos'ho pensato la prima volta che ti ho vista?» le chiese.

Spalancò gli occhi, ma non si allontanò dalla sua presa. «No. Non credo.»

Ignorò la sua risposta e continuò. «Ero su quel palco, un posto dove non volevo essere, indossando abiti che mi facevano sentire a disagio e fuori posto. Non ero affatto come gli uomini che mi avevano preceduto, che si muovevano tutti impettiti e scherzavano con il pubblico. Volevo solo che finisse tutto. È stata una cosa strana... mi sono sentito di nuovo un ragazzino delle elementari che aspettava di essere scelto per la squadra di calcio, sapendo che non sarebbe successo perché facevo schifo in quello sport e tutti lo sapevano. Quindi, per quanto cercassi di convincermi che sarei stato felice se nessuno avesse fatto delle offerte per me, così sarei potuto tornare a casa, in fondo mi sarei sentito mortificato se fossi stato l'unico a non riceverne. Poi *ti* ho vista. Eri lì davanti, mi stavi guardando e hai fatto un'offerta. È stato un sollievo che la prima fosse da mille dollari.»

«Già, la tipa bassa, grassottella e tutt'altro che sofisticata con il vestito di Walmart ha fatto un'offerta per te. Sono sicura che ti sei sentito mooolto sollevato» replicò con un'alzata di spalle.

«Non è ciò che ho visto io. Ieri sera ho visto una donna determinata che ha guardato oltre lo smoking, lo sfarzo e le circostanze. Stavi guardando *me*... Pipe. Non Bryson Clark.»

Era abbastanza sicuro di aver compromesso tutto, ma nel momento in cui l'aveva vista aveva provato un senso di... riconoscimento. Come se avesse trovato qualcuno che lo avrebbe capito.

Era illogico. La maggior parte delle persone avrebbe detto che era ridicolo. Ma quando avevano superato la sua offerta era stato travolto da un senso di disperazione. Per quello era andato a cercarla tra la folla, per poterle parlare, anche se non aveva vinto un appuntamento con lui. Voleva sapere il suo nome.

«Eleanor aveva ragione» disse Cora a bassa voce. «Quello non era il mio posto. Se avessi vinto, ti avrei messo in imbarazzo in quel ristorante di lusso. Non ho nemmeno capito la maggior parte di quello che c'era nel menu che hai letto. Sono più una ragazza da pizza e hamburger. Ho preso le scarpe da Payless. Sai cos'è?»

«Sì» rispose Pipe.

Una sfumatura rosa le colorò le guance, ma non abbassò lo sguardo. «Indossavo un vestito che mi è costato cinquanta dollari, mentre tutte le persone lì presenti probabilmente avranno speso cento volte di più. È ciò che sono sempre stata, un'emarginata.»

«Puoi anche pensarla così, ma credo che quando gli altri ti guardano vedono una persona che sta bene con se stessa. Che non sente di doversi conformare alle norme della società. Sono invidiosi, Cora. Vorrebbero essere come te, liberi di essere ciò che hanno sempre *desiderato*, ma non ci riescono.»

«Non è vero» disse sommessamente.

«È così. Perché pensi che quella stronza di Eleanor ti tratti ancora come se foste al liceo? Perché è bloccata lì. Nel frattempo, tu sei libera di fare ciò che vuoi, senza preoccuparti dell'opinione di persone che non contano nulla.»

Lo fissò con un'aria poco convinta.

«La donna che ho visto da quel palco mi ha intrigato. Non avevi paura di guardarmi negli occhi. Cercavi di ottenere ciò che volevi, e si è visto con chiarezza. Apprezzo una bella donna, così come apprezzerei un'opera d'arte o un bel tramonto. Ma la lealtà verso la tua amica ti distingue. Le difficoltà che sei stata disposta ad affrontare ti rendono unica. E ti dirò, e non sto mentendo, preferisco di gran lunga avere una persona come te al mio fianco nel corso della vita, piuttosto che una donna che mi abbandonerebbe in un batter d'occhio per qualcuno che pensa possa darle più soldi, fama o prestigio.

Molte donne accettano la manipolazione che gli uomini perpetuano da migliaia di anni, e cioè che la bellezza è più importante di qualsiasi altra cosa. Ma non tu. La tua lealtà è più attraente del vestito o delle scarpe costose con cui chiunque potrebbe sfilare davanti a me.»

Non sapeva da dove fossero arrivate quelle parole, ma aveva sentito il profondo bisogno di dirle. Per far capire a quella donna il suo valore.

«Pipe» sussurrò lei.

«Non devi credermi sulla parola. Potrai chiederlo a Lara quando la troveremo. O a Milton. Di certo sono molti quelli che non lo degnano di uno sguardo semplicemente perché la sua situazione li mette a disagio. Ma non tu. Gli hai dato i soldi che hai guadagnato vendendo le tue cose, pur sapendo che probabilmente li spenderà in alcol invece che in cibo o in un posto caldo dove dormire per un paio di notti.»

«Una sera mi ha salvata da due tizi ubriachi che mi hanno aggredita» sussurrò.

«Vedi? Lealtà» insistette Pipe.

Lei si morse il labbro. «Ho passato molto tempo a fare ricerche sul Rifugio e sulle persone che ci vivono e lavorano. Ho letto tutte le storie che ho trovato su ciò che è successo ad Alaska. Sembra una persona che potrebbe piacermi molto. E se la rimproveri per le mail, penserà che voglio solo usare te e i tuoi amici. Ed è vero... ma non è per questo che alla fine ho deciso di andare a quell'asta.»

«Perché l'hai fatto?» le chiese.

«Perché nel profondo siete tutti buoni. Non avreste dato vita al Rifugio se così non fosse. Avreste potuto avviare una sorta di resort di lusso, uno che si rivolgeva alle persone più ricche del mondo, e avreste fatto molti più soldi. Non fraintendermi, penso che sia fantastico che tu possa guadagnarti da vivere facendo ciò che fai ora, e nel frattempo aiutare chi ha determinati problemi, ma ho imparato a capire le persone, le loro vere intenzioni. E guardando le interviste di te e i tuoi amici, e leggendo gli articoli, posso dire che siete brava gente. Se c'è qualcuno che può aiutarmi a trovare Lara al prezzo che posso pagare, che onestamente non è molto, siete voi.»

Non aveva torto. Pipe era contento che lei li avesse inquadrati così bene. «Alaska non penserà che tu voglia solo usarci.»

Lei arricciò il naso.

«Dico sul serio.»

«Se fossi insieme all'uomo che ho amato per tutta la vita, se vivessi al Rifugio e se mi sentissi come se la mia vita stesse iniziando per la prima volta – è una sua citazione, l'ho vista in un articolo online – non vorrei che *qualcuno* venisse lì e coinvolgesse il mio fidanzato in una situazione che potrebbe farlo finire nei guai o ferire. Vorrei proteggere lui e le altre persone che lavorano con me.»

Pipe non aveva ancora tolto le dita da sotto il suo mento e avrebbe voluto tenerle lì, continuare a sentire la sua pelle morbida, ma si costrinse a coprirle la mano che teneva in grembo.

«Ti do la mia parola che Alaska, Henley, Reese e tutti gli altri che lavorano al Rifugio non solo ti accetteranno, ma si batteranno per la ragione per cui sei lì. Anzi, è facile che dovremo mettere in chiaro che non potranno venire in Arizona con noi a prendere la tua amica.»

Lo scetticismo nel suo sguardo era evidente, ma lo avrebbe visto con i suoi occhi. Su una cosa però aveva ragione... il motivo per cui Alaska aveva ignorato le sue mail e le sue telefonate *era* probabilmente per proteggere Brick e gli altri uomini. Pipe non aveva idea di quante richieste di assistenza, per una cosa o per l'altra, arrivassero tramite il loro sito web. Per quanto ne sapeva, potevano essercene decine al giorno. Non sarebbe stato difficile ignorarle nel loro insieme. Più ci pensava, più era certo di avere ragione. Non era affatto arrabbiato con Alaska, ma forse sarebbe stata una buona idea se uno di loro avesse controllato quel genere di richieste. Per toglierle il peso dalle spalle.

Sentendo il bisogno di alleggerire la conversazione e volendo cancellare lo stress dall'espressione di Cora, anche solo per un po', le chiese: «Sei mai stata nel New Mexico?»

Lei scosse la testa. «No. Sono uscita a malapena da Washington.»

«Davvero?»

«Non sono molti quelli che vogliono portare in vacanza qualcuno che hanno in affidamento, e da allora...» Scrollò le spalle. «Non ho mai avuto abbastanza soldi per andare da qualche parte. Una volta io e Lara siamo andate a Gettysburg e ad Antietam. Non era proprio il suo genere, ma mi ha assecondata. La storia mi affascina, e trovarmi sui campi di battaglia dove migliaia di uomini e donne hanno combattuto... è stato incredibile.»

Le sorrise. «Be', credo che ti piacerà la nostra piccola fetta di mondo. Il Rifugio è immerso nelle montagne del New Mexico settentrionale, e l'aria ha un profumo così pulito che, giuro, a volte mi sembra di trovarmi su un altro pianeta, rispetto al posto in cui sono cresciuto nei dintorni di Londra, invece che solo in una Nazione diversa.»

«Sono impaziente di vederlo. A essere sincera, dopo averne letto così tanto, mi sembra di esserci già stata. Ma so che la realtà eclisserà le immagini che ho in testa e ciò che ho visto online.»

Non aveva torto. La prima volta che Pipe aveva visto il terreno dove avrebbero costruito, aveva capito che sarebbe stato un posto straordinario. E non si era sbagliato.

Chiacchierarono per il resto del volo, e quando presero la coincidenza per Santa Fe non poterono sedersi insieme. Ciò gli diede la possibilità di pensare a quali sarebbero stati i passi successivi.

Cora avrebbe dovuto raccontare la sua storia ai ragazzi. Poi avrebbero deciso un piano d'azione su come raggiungere l'Arizona e, sperava, mettersi in contatto con Lara, e in caso contrario con quel tizio, Michaels. Ciò che sarebbe successo in seguito sarebbe dipeso dalla situazione che avrebbero trovato una volta arrivati lì... e dalle informazioni che Tex avrebbe dato loro su Ridge Michaels. Per qualche motivo, aveva la sensazione che non sarebbe stato facile bussare alla sua porta, prendere Lara e andare via.

La sera precedente Owl aveva parlato con Stone di tutta la faccenda, di Cora e di quando sarebbero tornati al Rifugio. Pipe aveva intenzione di chiederle se voleva alloggiare da lui. Era stata abbastanza a suo agio la notte precedente quando avevano diviso la stanza d'albergo, e dato che non c'erano chalet disponibili, pensava che avrebbe colto al volo l'occasione di dormire a casa sua per risparmiare i soldi del motel.

Non poté fare a meno di sorridere all'idea. Aveva pensato che Spike fosse pazzo per aver permesso a Reese di stare con lui quando era andata al Rifugio, ma ora lo capiva. Il pensiero di essere separato da Cora lo inquietava... e non solo perché aveva la sensazione che se fosse stata lasciata da sola sarebbe andata in Arizona a riprendersi Lara, con o senza aiuto.

La sua lealtà era attraente, non c'era dubbio, ma significava anche che avrebbe messo da parte la propria sicurezza per aiutare l'amica, il che non era accettabile per lui. Né per nessuno dei *suoi* amici. Non avrebbero permesso che succedesse qualcosa a qualcuno mentre era sotto la loro sorveglianza.

L'aereo atterrò a Santa Fe in orario, salirono sul Challenger di Pipe posteggiato nel parcheggio a sosta lunga e si diressero al Rifugio senza complicazioni. Cora rimase in silenzio sul sedile posteriore, molto probabilmente perché era nervosa, e lasciò lui e Owl parlare del più e del meno.

Pipe, al contrario, più si avvicinavano a casa più si sentiva tranquillo. Non vedeva l'ora che Cora conoscesse i suoi amici. Non aveva alcun dubbio che si sarebbe inserita perfettamente.

CAPITOLO OTTO

Era un disastro.

Cora si trovava nell'atrio dell'enorme lodge del Rifugio, mentre Pipe stava avendo un'intensa conversazione con i suoi amici in un angolo della stanza. Alaska, Henley e Reese, dopo essersi presentate, si erano sedute a un tavolo in disparte, e anche se l'avevano invitata a unirsi a loro, le era sembrato che volessero solo essere gentili.

Così era rimasta lì, imbarazzata al centro dell'atrio, in attesa di vedere cosa avrebbero deciso.

La porta d'ingresso si aprì ed entrò una donna che non riconobbe dalle sue ricerche. Aveva i capelli neri e lisci, lunghi fino alle spalle, indossava dei pantaloni neri e una maglietta con la scritta *Il Rifugio*. Salutò le tre donne sedute a uno dei tavoli, poi si accigliò quando la vide lì da sola.

Con sua grande sorpresa, le si avvicinò.

«Ciao, sono Ryan. Lavoro qui. Posso aiutarti in qualche modo?»

«No, sono a posto. Grazie.»

Ma l'altra non annuì e non si allontanò come pensava.

«Cos'è successo?» le chiese invece, guardando lei, poi i ragazzi, e il tavolo con le donne.

«Sono venuta qui con Pipe e Owl. Stanno parlando di me ai loro amici. Del motivo per cui sono qui.»

Ryan aggrottò la fronte. «Sei venuta con Pipe e Owl?»

«Sì» rispose con un cenno del capo.

«Erano a Washington D.C. a quella cosa» proseguì.

Cora fece del suo meglio per nascondere il divertimento. «Esatto.»

«E tu sei venuta da Washington con loro?»

«Già.»

«Ok, mi sfugge qualcosa, ma non importa. Sono nuova qui e non sempre vengo coinvolta in tutti gli aspetti della gestione di questo posto... il che va bene. Voglio dire, non *voglio* sapere niente. Sono solo un'addetta alle pulizie. Hai fame? Sono qui perché avevo il sospetto che Robert stesse preparando i suoi famosissimi biscotti al cioccolato, e volevo prenderne un paio ancora caldi. Vieni, andiamo a vedere.» Ryan la prese sottobraccio come se fossero amiche da sempre, invece di essersi conosciute solo un minuto prima, e iniziò a tirarla verso una porta in fondo al lodge

«Ryan.» Un uomo, che riconobbe essere Tiny, la chiamò dal punto in cui si trovava con Pipe e gli altri.

Sentì la donna irrigidirsi un attimo prima di voltarsi senza lasciarle il braccio. «Che c'è?» gli chiese.

«Dove state andando? Dobbiamo parlare con Cora.»

«In cucina. Biscotti» rispose, gesticolando con impazienza e, senza aspettare una replica, riprese a camminare verso il luogo in cui erano dirette.

«Forse dovrei restare qui se vogliono parlare con me» disse Cora esitante.

Ma la donna non si fermò, e non fece nemmeno cenno

di averla sentita. Continuò verso quella che suppose fosse la cucina.

Aprì una porta e il profumo di biscotti appena sfornati fu abbastanza intenso da farle brontolare lo stomaco. Forte.

Ryan le sorrise. «Lo so. Sono certa che Robert mette una specie di droga nei suoi biscotti, per farci tornare. Sono qui solo da pochi mesi, ma credo di aver preso almeno tre chili.»

«Avevi bisogno di mettere un po' di carne sulle ossa» disse sorridendo un uomo, che immaginò avesse tra i cinquanta e i sessant'anni, entrando in cucina da quella che poteva solo supporre fosse una dispensa o qualcosa del genere.

«Robert.» Ryan fece un sorriso più ampio andando verso di lui. Lo abbracciò, poi fece un passo indietro. «Lei è Cora» disse, indicandola.

«Lo so. Ha cercato di vincere Pipe a quell'asta di scapoli, ma qualcuno ha superato la sua offerta. Lui ha scoperto perché voleva disperatamente avere quell'appuntamento, così l'ha portata qui per capire come i ragazzi avrebbero potuto aiutarla a portare via la sua amica da uno stronzo che l'ha trascinata in Arizona e non le permette di andarsene.»

Cora rimase a bocca aperta e fissò incredula lo chef. Come diavolo faceva a sapere tutte quelle cose? Era lì solo da due secondi.

Ryan annuì, come se non fosse affatto sorpresa. Le lanciò un'occhiata e ridacchiò. «Devi capire che questo posto è come il paesino più piccolo in cui tu sia mai stata o di cui abbia mai letto. Non ci sono segreti. Be', quasi nessuno. Comunque, i ragazzi troveranno una soluzione.

Hai fatto bene a contattare Pipe. Robert... ci darai qualche biscotto o cosa?»

L'uomo sorrise. «Vuoi quelli che ho preparato prima o quelli che ho appena tirato fuori dal forno?»

«Me lo chiedi davvero?»

«Certo che sì.» Ma Robert non si mosse per mostrare loro dove si trovavano i biscotti, che sperava fossero ancora caldi.

Ryan socchiuse gli occhi e si mise le mani sui fianchi, studiandolo con uno sguardo penetrante. «Ti ho detto che per i dolcetti *Little Debbie Christmas Tree Cakes* che ti piacciono tanto ho una corsia preferenziale... tutto l'anno? Posso averli anche a luglio, se volessi.»

L'uomo spalancò gli occhi. «Davvero? Non mi stai prendendo in giro solo per avere i biscotti appena sfornati, vero?»

Cora spostava lo sguardo da uno all'altra mentre i due si scambiavano battute.

«Non mentirei mai su quei dolcetti» rispose lei completamente seria.

«Voglio entrarci anch'io nella corsia preferenziale.»

«E *io* voglio dei biscotti con gocce di cioccolato caldi.»

Robert si avvicinò rapidamente a un contenitore che si trovava sopra a uno dei banconi. Lo aprì e Cora capì che doveva essere una specie di scaldavivande. Tirò fuori un vassoio e lo posò sul ripiano, poi lo spinse verso di loro.

«Mmm, biscotti» mormorò Ryan estasiata, chinandosi per inspirare il profumo di quella golosa delizia.

«Mi farai entrare, vero?» le chiese con un sorrisetto.

«Oh, sì» concordò lei mentre prendeva un biscotto. «*Eccome* se ci entrerai.»

Robert fece una strana danza, poi sorrise a Cora. «Buttati. Visto che sei amica di Ryan, anche tu puoi avere i biscotti caldi quando vuoi.»

Sorridendo ne prese uno, e gemette quando lo addentò. Ryan aveva ragione, in quel biscotto doveva esserci qualcosa di più di uova, farina e cioccolato, perché non appena mandato giù il primo pezzo non vide l'ora di dare un altro morso.

«Organizzerò le cose in modo che tu riceva una scatola di *Little Debbie Christmas Tree Cakes* ogni settimana» disse Ryan allo chef.

Lui le sorrise. «Facciamo due.»

L'altra sollevò le sopracciglia. «Due?»

«Be', stavo per dire quattro, ma sono sceso a un compromesso.»

Scoppiarono tutti a ridere... e fu allora che la porta della cucina si aprì ed entrarono Alaska, Henley e Reese.

«Cosa sta succedendo qui? Aspettate... sono biscotti appena sfornati?» chiese Alaska.

Ryan si chinò sopra il vassoio come per proteggerli e ringhiò. Cora non poté fare a meno di ridacchiare per le buffonate esagerate della sua nuova amica. Alla fine la donna si alzò e fece scivolare il vassoio verso le altre.

«Non so come fai sempre a sapere quando Robert ha fatto una nuova infornata di biscotti» borbottò Henley tra un morso e l'altro.

«Infatti! Noi eravamo qui e *non* lo sapevamo» concordò Reese.

Ryan diede un grosso morso al biscotto e fece il gesto di chiudersi le labbra con la cerniera.

Ridacchiarono tutte.

Cora percepì Alaska fissarla, ma si rifiutò di guardare la donna. All'improvviso, ancora una volta, si sentì un'estranea. Si voltò solo quando le si avvicinò. Sollevò il mento e si rifiutò di esserne intimidita. Non aveva fatto nulla di male.

«Stai bene?» le chiese con dolcezza.

Cercò di non mostrarsi sorpresa. Era stata pronta a difendere le proprie azioni, a spiegare perché aveva chiesto aiuto a Pipe, non si aspettava che la donna sembrasse preoccupata.

«Sì, grazie» rispose.

Si avvicinò anche Henley. «Non sappiamo cosa sta succedendo. Tonka ha solo detto che Pipe voleva parlare con loro per aiutare te e la tua amica. Possiamo fare qualcosa?»

«Quanto tempo hai intenzione di stare qui? Vuoi vedere il posto?»

Per qualche motivo, la loro gentilezza fu quasi troppo da sopportare in quel momento. «Non lo so. Non molto, spero. Non perché non voglia conoscervi o vedere il Rifugio, ma sono preoccupata per la mia amica e voglio raggiungerla il prima possibile.»

Non aveva intenzione di dire molto di più, ma Alaska le prese la mano, la strinse con forza e la trascinò verso un tavolino in un lato della cucina. «Siediti» la invitò, mentre tirava fuori una sedia. Le altre donne, e sorprendentemente anche Robert, si unirono a loro. Era un po' affollato con tutta la gente che aveva circondato il piccolo tavolo, ma anche confortevole.

«Scusaci per il nostro comportamento là fuori» iniziò Alaska. «Non volevamo sembrare fredde, solo che non sapevamo cosa stesse succedendo e non volevamo costringerti a sederti con noi se non volevi. E Pipe non... non è... accidenti.» Sospirò. «Non è il tipo di persona che porta qui delle donne. Non eravamo sicure della natura della vostra relazione, al di là della situazione della tua amica, quindi abbiamo solo cercato di rispettare la tua privacy. Ma quando Ryan ti ha portata qui e poi vi abbiamo sentiti ridere, non siamo riuscite a stare lontane» disse con un sorriso imbarazzato.

«Non sono qui *con* Pipe» replicò Cora. «Non nel senso che pensate. Ho cercato di comprare un appuntamento con lui a quell'asta solo per avere la possibilità di parlargli, ma una mia nemesi dei tempi del liceo ha fatto un'offerta più alta. Dopodiché, Pipe l'ha sentita parlare con me e non gli è piaciuto ciò che ha detto. In seguito ho parlato con lui, poi con lui e Owl insieme, e subito dopo siamo venuti qui perché ha detto che mi avrebbe aiutata a trovare la mia amica.»

Aveva parlato troppo velocemente, raccontato troppe cose a quegli estranei, ma in realtà non sembravano proprio degli estranei. Non dopo tutte le informazioni che aveva scoperto su di loro. E aveva sentito il bisogno di riempire il silenzio.

Fece un respiro profondo e si rivolse a Reese. «Sono felice che tu stia bene. Non so cosa avrei fatto se mi fossi trovata nella tua situazione. Probabilmente avrei dato di matto. Non so nuotare, quindi sarei di certo morta. E, Henley, non posso immaginare cos'hai passato quando tua figlia è scomparsa. Non ho figli, ma se li avessi sono sicura che sarei andata fuori di testa. E Alaska... Dio. Sei così coraggiosa. Sei stata in così tanti posti, hai visto così tante cose, non sarei mai riuscita a esplorare altri paesi da sola.

Vi ammiro tutte moltissimo. Volevo solo che lo sapeste. Non sono qui per mettere in pericolo nessuno. Ho bisogno dell'esperienza di Pipe e dei suoi amici, ma penso sinceramente che non appena Ridge Michaels si accorgerà che non ho intenzione di fermarmi, che ora ho chi mi aiuta a cercare di capire cos'è successo alla mia amica, la lascerà andare senza troppi problemi.»

«Porca miseria» disse Alaska, appoggiandosi allo schienale della sedia con un'espressione stupita.

Henley aprì e richiuse la bocca, come se stesse cercando di trovare qualcosa da dire.

Reese si limitò a fissarla.

Fu Ryan a parlare per prima e aveva un enorme sorriso sul volto. «Sapevo che ti saresti integrata appena ti ho vista. A quanto pare, non te la cavi male nemmeno tu con i pettegolezzi di paese del Rifugio.»

Cora si sentì arrossire. Accidenti, non avrebbe dovuto essere così bendisposta a far capire a quelle donne che non era lì per creare problemi. Sembrava che dicesse sempre la cosa sbagliata nel momento sbagliato. I convenevoli non erano esattamente il suo forte. Lara era molto più brava ed era per quello che di solito lasciava le presentazioni e le chiacchiere alla sua amica.

«Giuro che non sono una stalker» sbottò Cora. «Cioè, Pipe mi ha accusato scherzosamente di esserlo, ma dovevo avere la certezza che sarebbe valsa la pena vendere la mia roba per assumere lui e i suoi amici perché rapissero Lara e la riportassero a casa. E ho fatto molte ricerche su internet. Ci sono una miriade di articoli sugli uomini che hanno fondato questo posto, e dopo tutto quello che vi è successo, c'erano ancora più articoli. Non ho hackerato nessun database o altro, non saprei nemmeno come fare. Ho solo usato Google.»

Si voltò verso Robert e Ryan. «Mi dispiace, non ho trovato informazioni su di voi. Ma, Robert, se tutto quello che fai è buono la metà dei tuoi biscotti, potrei non andarmene più. Potrei trasferirmi nella stalla con Melba e venire qui di nascosto nel cuore della notte per ingozzarmi.

Magari potrei essere una specie di fatina dei piatti e lavarli tutti per ripagare. E Ryan...» Cora scrollò le spalle. «Be'... non ti conosco affatto. Mi dispiace.»

«Aspetta, aspetta, aspetta... mi sembra che ci stiamo perdendo un sacco di informazioni» protestò Henley. «Vendere la tua roba?»

«Hai assunto i nostri ragazzi?» chiese Alaska.

«*Rapire* la tua amica?» aggiunse Reese.

«Non posso credere che voi tre non abbiate avuto notizie dai vostri uomini riguardo a Cora e la sua amica» disse Ryan scuotendo la testa.

«E *tu,* ne sei al corrente?» ribatté Alaska.

Ryan si fece seria. «Lara, la sua amica di lunga data, frequentava un ragazzo di nome Ridge Michaels e ora è in Arizona con lui. Se ne sono andati all'improvviso e non parlano più con Cora, che è andata fuori di testa. Ha saputo che Pipe era all'asta e si è documentata su di lui e sul Rifugio. Come ha detto, non ha vinto, ma lui si era incuriosito abbastanza da rintracciarla e parlarle. Ora lei è qui, e Pipe e gli altri sono là fuori a parlare di un piano d'azione, a cercare di trovare un modo di capire una volta per tutte se Lara sta bene o se è trattenuta contro la sua volontà.»

Cora avrebbe riso degli sguardi scioccati delle altre donne, se non fosse stata lei stessa così sorpresa.

«È da quelli tranquilli che bisogna guardarsi» disse Robert con una risatina.

«Vero? Come diavolo fai a sapere tutte queste cose? Pipe, Owl e Cora sono qui solo da una ventina di minuti!» protestò Henley.

«Owl ha chiamato Stone ieri sera. Stavo pulendo il lodge e li ho sentiti parlare nell'ufficio amministrativo. Non volevo origliare, ma non potevo certo tapparmi le orecchie. Stone aveva il telefono in vivavoce, e sapete che tende a parlare con un tono piuttosto alto quando è al telefono.»

«Bene, ok, quindi la nostra subdola amica ha i dettagli, ma noi no. Se c'è qualcosa che possiamo fare per aiutare, siamo più che disponibili» disse Alaska a Cora.

«Hai venduto la tua *roba*?» chiese di nuovo Henley, evidentemente ancora bloccata su quella parte del suo fiume di parole di qualche istante prima.

Cora scrollò le spalle. «Erano solo oggetti. Dovevo procurarmi i soldi per poter fare le offerte su Pipe.»

«Ma tipo i tuoi apparecchi elettronici e altre cose costose?» chiese Reese.

Lei si morse il labbro. «No. Tutto quanto. I mobili, il televisore, i piatti e le posate, le pentole, la biancheria per la casa... *ogni cosa*.»

Rimasero tutti in silenzio per un lungo momento.

«Porca puttana, sul serio?» chiese Henley.

«Non è stato comunque sufficiente a vincere» disse Cora, fissando il tavolo.

«Parlaci della tua amica» la esortò Alaska.

Quello era un argomento che la metteva più a suo agio. Raccontò tutto, senza tralasciare proprio nulla. Del fatto di essere stata una bambina in affidamento. Di come Lara l'aveva presa sotto la sua ala. Che l'aveva salvata più di una volta quando aveva avuto bisogno di un posto dove vivere. Che i genitori della sua amica erano gentili ma distanti, e che erano rimasti delusi quando era diventata un'insegnante di scuola materna invece di cercare un lavoro migliore e più prestigioso.

«Lei è tutto per me» mormorò, continuando a studiare il tavolo come se fosse la cosa più interessante del mondo. «È la mia migliore amica e la mia famiglia. Quando ha conosciuto Ridge, ero scettica perché sembrava troppo perfetto. Le ho detto di fare attenzione, ma Lara è una romantica. È tutta la vita che sogna di innamorarsi follemente. Credo che cominciasse a sentirsi persa. Come se fosse stata troppo vecchia per trovare qualcuno che la amasse nel modo in cui voleva essere amata. Così, quando Ridge si è presentato comportandosi come l'uomo che aveva sempre sognato, è stata sopraffatta dall'emozione e si è lasciata coinvolgere praticamente subito.

Abbiamo litigato per lui. Due giorni dopo non si è presentata al lavoro e non rispondeva alle mie telefonate. Ha inviato un'e-mail alla scuola per chiedere una licenza. Subito dopo ho ricevuto un suo messaggio in cui diceva che sarebbe rimasta in Arizona per un po'. Un *messaggio*. Dopo oltre vent'anni di amicizia.

Ho provato a chiamarla subito, ma non ha mai risposto. E i pochi messaggi che ho ricevuto non mi sembravano affatto scritti da lei. Erano... privi di emozione. E come ho detto a Pipe, non c'era la punteggiatura, mentre Lara usa *sempre* i punti, le virgole e tutto il resto. Non ha mai nascosto i suoi sentimenti, quindi usa anche un sacco di emoji, punti esclamativi e gif. Ma i messaggi che ho ricevuto erano brevi. Non una sola emoji. L'unica volta che Ridge mi ha permesso di vederla in videochiamata, lei mi ha detto che amava l'Arizona e che non sarebbe mai più tornata a Washington. Ma mi ha anche dato un segnale. È nei guai. Anche se sono l'unica a crederci con tutto il cuore, *so* che lo è.»

«I ragazzi però ti aiuteranno, vero?» chiese Reese.

Cora scrollò le spalle. «Non lo so. È ciò che sta facendo Pipe adesso, sta discutendo con loro della situazione.»

«Ti aiuteranno» sostenne Alaska, senza il minimo dubbio nella voce.

«Hanno chiamato il loro amico tecnologico?» domandò Henley.

Tutti la guardarono.

«Quello che ha cercato di aiutare quando Jasna è scomparsa e quando Reese è stata rapita.»

«Quello che in realtà *non* ha aiutato?» chiese Alaska. «Cioè, ci ha provato, ma è stato quel misterioso sconosciuto che ha pensato di usare il localizzatore sul portachiavi di Reese per rintracciare la sua auto. E ha anche detto ai ragazzi dove trovare Jasna.»

«Quando Owl stava parlando con Stone, ha detto qualcosa sul fatto che aveva già contattato Tex, che è il nome del tizio tecnologico, e che stava facendo ricerche sul ragazzo di Lara» spiegò Ryan.

«Bene. Ok, quindi immagino che non partirai oggi. Questo significa che dobbiamo capire dove alloggerai» disse Alaska con fare deciso.

«Ci sono chalet liberi?» chiese Henley.

L'altra buttò fuori un respiro e scosse la testa. «No. Non ne abbiamo di liberi per mesi. A meno che qualcuno non disdica, ma in quel caso di solito riesco a riassegnarlo abbastanza facilmente.»

«Può stare con me e Gus» propose Reese.

«Sbaglio o hai detto che hai delle terribili nausee mattutine e che ti alzi anche nel cuore della notte per vomitare?» chiese Henley.

L'altra arrossì. «Sì, ma...»

«Può stare con noi» disse Henley con fermezza.

Alaska rise. «Come se stare con te e la tua preadolescente fosse meglio.»

«Pipe ha detto che posso stare da lui» le interruppe Cora.

Tutte le teste si girarono a fissarla.

Poi Alaska sorrise. «Giusto. Allora... tutto a posto.»

Henley inclinò la testa. «Non sei quella che mi aspettavo per Pipe.»

Cora fece del suo meglio per non sentirsi offesa.

«E ti prego di non prenderla male» aggiunse rapidamente. «So che probabilmente non è suonato bene, è solo che Pipe è... scontroso. Ed è piuttosto silenzioso.»

«Non stiamo insieme in quel modo» ribatté subito Cora, volendo chiarire la questione. «Mi sta solo aiutando a trovare Lara.»

«Continua pure a ripetertelo» disse Reese. «Anch'io stavo *solo* da Gus mentre mio fratello era qui a curarsi. E ora sono sposata, incinta e più felice che mai.»

«La stiamo mettendo in imbarazzo» le rimproverò Alaska. «Qualsiasi cosa ci sia tra lei e Pipe è affar loro.»

«Mi piacciono i suoi tatuaggi» borbottò Cora, mordicchiandosi un'unghia. «Lo fanno sembrare un duro... intoccabile. Anche se, da quello che ho visto finora, non è così.»

«Hai ragione, non lo è. È un tenerone» concordò Henley.

Robert scoppiò a ridere. «No, non lo è» disse.

Tutte si voltarono a guardare il cuoco.

«Non lo è» insistette lui. «Proprio l'altro giorno, uno degli ospiti sparlava di una donna che aveva visto in città. Sai, faceva quello che fanno molti uomini... parlava delle sue tette e di come gli sarebbe piaciuto "farsela". Pipe ha sentito e gli ha dato addosso, dicendogli che era irrispettoso e che doveva fare le valigie e andarsene. Immediatamente.»

«Oh mio Dio, è per *quello* che quel tizio è partito prima?» chiese Alaska. «Ho cercato di capire se era successo qualcosa, ma lui è stato reticente e non ha detto molto.»

«Perché Pipe lo ha spaventato a morte» disse Robert con soddisfazione. «Quell'uomo è una persona che non vorrei mai avere contro. Pensate che sia un tenerone perché è gentile con voi e tutto il resto, ma in realtà è una polveriera pronta a esplodere... basta la scintilla giusta.»

«Dovrei parlargli?» chiese Henley, aggrottando la fronte.

«Oh Signore, no!» esclamò lui. «Se avesse voluto che qualcuno si trastullasse con il suo cervello, ti avrebbe già parlato.»

«Io non mi trastullo con il cervello della gente» sbuffò Henley, sembrando offesa.

«È la nostra psicologa interna» disse Reese a Cora.

Lei annuì, concentrandosi sull'affascinante conversazione che la circondava.

«Dico solo che se è così teso come sembri pensare, non è positivo» aggiunse preoccupata.

«Perché pensi ci sia questo posto?» chiese Robert. «Abbiamo *tutti* a che fare con i demoni nella nostra testa. Ti voglio bene, Henley, ma quando sarò pronto a farti rovistare nel mio cervello, te lo farò sapere. Sono sicuro che lo farà anche Pipe.»

«Hai ragione. Scusa» disse lei, allungando una mano sopra il tavolo per mettergliela sul braccio. Lui gliela accarezzò e le sorrise.

La porta della cucina si aprì e Pipe infilò dentro la testa. «Cora? Tutto bene?»

La sua preoccupazione la sorprese. Guardandosi intorno, vide che Alaska stava cercando di nascondere un sorriso, Henley osservava Pipe con preoccupazione, mentre Reese fissava lei, probabilmente cercando di capire se stesse davvero bene. Ryan, invece, stava digitando rapidamente sul suo telefono, e Robert si era alzato e si trovava già al centro della cucina.

«Sì» gli rispose.

«Va bene. Vorremmo parlare con te, se non è un problema.»

Non era sicura del perché avrebbe dovuto essere un problema. Il motivo per cui era lì era cercare di convincere quegli uomini che non era pazza, che Lara era davvero in pericolo. Annuì e si alzò.

«Sii gentile» disse Alaska a Pipe.

«Ci piace» aggiunse Reese.

«E vogliamo aiutare, se possiamo» sostenne Henley.

«Sì, se c'è qualcosa che possiamo fare, fatecelo sapere» concordò Ryan.

Le sue labbra ebbero un guizzo. «È qui da circa quindici minuti e già accampate diritti?»

Alaska sorrise. «Già. E anche per quanto riguarda la sua amica.»

«Bene. Cora, sei pronta?» le chiese Pipe.

Non riuscì a interpretare a cosa stesse pensando. Non sapeva se fosse arrabbiato perché le altre donne avevano offerto il loro aiuto, e sembrava che la apprezzassero, dopo aver trascorso con lei solo qualche minuto. Anche lei era confusa. Quel genere di cose non le succedevano. Aveva difficoltà a farsi degli amici, quindi era altrettanto sconcertata dal fatto che loro fossero così disposte ad aiutare lei e Lara... persone che nemmeno conoscevano.

Annuì, ma prima di unirsi a Pipe si avvicinò a Robert, che era accanto al lavello e stava mettendo i piatti nella lavastoviglie industriale. «Grazie» gli disse sommessamente. «Per i biscotti e per... be', per aver sostenuto Pipe.»

«Non importa quanto siano duri esteriormente, tutti hanno bisogno di essere sostenuti di tanto in tanto» replicò con un basso borbottio. «Ora vai. Cerca di capire come salvare la tua amica. Le piacciono i biscotti al cioccolato?»

Cora annuì. «Sì. Ma sai qual è la sua cosa preferita in assoluto?»

«Cosa?»

In qualche modo sospettava che anche nominando il piatto più difficile da preparare, se lui avesse avuto la possibilità di incontrare Lara avrebbe trovato il modo di farlo perfettamente. Quindi fece un ampio sorrise e disse: «I *Little Debbie Christmas Tree Cakes*. Ogni anno le compro scatole su scatole per Natale da congelare, e comunque le esaurisce sempre entro giugno.»

Robert sorrise a sua volta. «Una donna con i miei stessi gusti. Quando la porterai qui mi assicurerò che ci sia una scatola ad aspettarla.»

«Grazie» sussurrò. Poi si sorprese a salire in punta di piedi e a baciare la sua guancia ricoperta di barba. Gli strinse il braccio, fece un respiro profondo e infine si diresse verso Pipe, che non si era mosso dalla porta.

Quando gli si avvicinò, lui la prese per il gomito. Non appena la porta della cucina si chiuse alle loro spalle, le chiese: «Cos'è successo? Va davvero tutto bene?»

Ancora una volta, la sua preoccupazione per lei le diede una bella sensazione. Anche il suo cipiglio non la spaventò. «Sì. I biscotti di Robert sono da urlo. Dovreste metterlo sul sito.»

Le labbra di Pipe si contrassero. «Non possiamo spiattellare tutti i nostri segreti sul web in modo che siano trovati da stalker come te.»

Lei ricambiò il sorriso che poi si smorzò. «Mi aiuteranno?»

«Vogliono più informazioni.»

La sua risposta la fece irrigidire. Sapeva di essere già stata fortunata anche solo per il fatto che Pipe avesse accettato di parlare con i suoi amici e che l'avesse portata lì al Rifugio. Aveva sperato che magari sarebbe anche riuscito a convincerli ad aiutarla. Ma quella speranza stava già svanendo.

«Non hanno detto di no, sono solo preoccupati. Come me» le disse fissandola.

Per un secondo le venne voglia di lasciarsi andare alla disperazione, ma si riprese. Se non erano disposti ad aiutarla, sarebbe andata subito in Arizona. Avrebbe trovato un modo per vedere Lara quando Ridge non fosse stato a casa. Per allontanarla da lui. Lo avrebbe fatto anche se avesse dovuto fuggire con lei in Messico.

Nella sua mente stavano turbinando tutte le possibilità. Lara poteva aver subito un lavaggio del cervello. Forse non avrebbe *voluto* andarsene. Forse avrebbe dovuto convincerla, magari anche abbassarsi al livello di Ridge e rapire la sua amica.

«Respira, Cora» le ordinò Pipe.

Lo guardò sorpresa. Era stata talmente persa nella sua testa a pensare a piani alternativi, che per un attimo aveva dimenticato dove si trovava.

«Quando sentiranno dalla tua bocca quello che è successo, accetteranno.»

«E se non dovessero farlo?» non poté fare a meno di chiedere.

«Allora andremo in Arizona e vedremo cosa possiamo fare.»

Lo fissò. «Come, scusa?»

«Se loro non accetteranno, noi andremo a Phoenix e vedremo se riusciamo a entrare in quella casa per vedere Lara.»

«Noi due?» chiese. «Andresti contro il volere dei tuoi amici e mi aiuteresti?»

La fissò con uno sguardo penetrante. «Ti ho promesso che ti avrei aiutata quando eravamo a Washington e non mi rimangio la parola. Ricordi cosa ho detto sulla lealtà?»

Cora annuì.

«Non potrei mai mandarti via e ignorare il tuo grido d'aiuto, quanto non potrei mai farlo con uno dei miei amici lì dentro» disse, indicando con un gesto quella che sembrava una sala conferenze dall'altro lato del lodge. «Sono immune a molte delle cose che le donne usano per ottenere ciò che vogliono, ma come ho già detto, il tipo di lealtà che hai per Lara... è preziosa. E dannatamente rara. Ti aiuterò, Cora. Ti do la mia parola.»

Avrebbe voluto piangere, cadere in ginocchio proprio lì, nell'atrio di quel posto meraviglioso. Non aveva mai incontrato uomini e donne come quelli che aveva appena conosciuto. Il personale del Rifugio era gentile, generoso, accogliente, e aperto verso chi aveva bisogno di aiuto. Le piaceva, ma si sentiva anche un po' sopraffatta.

«Forza, andiamo a parlare con gli altri.»

Cora annuì. La voglia di piangere svanì e dentro di lei sentì crescere la determinazione. Sapeva di avere ragione. Sapeva che Lara era nei guai. E doveva essere intelligente, convincente. Doveva fornire agli altri uomini i fatti così come li conosceva. Potevano crederle o meno, ma, in un modo o nell'altro, avrebbe raggiunto la sua amica e le avrebbe parlato di persona. Avrebbe scoperto se era in Arizona di sua spontanea volontà o se aveva bisogno di aiuto per tornare a casa.

CAPITOLO NOVE

PIPE NON AVEVA idea di cosa fosse successo in cucina mentre aggiornava i suoi amici, quindi non riusciva a decidere se fosse stato qualcosa di positivo o negativo. Non gli era piaciuta l'espressione carica di emozione di Cora, soprattutto quando aveva parlato con Robert, ma le ragazze erano state piuttosto rilassate. Sembravano felici di averla conosciuta. Avrebbe potuto dirle che sarebbe successo. Anzi, glielo *aveva* detto, ma data la sua storia, non era sorpreso che avesse avuto la necessità di vedere di persona che le altre donne non avrebbero voltato le spalle a un'estranea.

Doveva ammettere che all'inizio si era un po' preoccupato, perché Alaska aveva parlato con Cora, ma poi l'aveva lasciata in mezzo all'atrio da sola per andare a sedersi con Henley e Reese. Ma quando Ryan l'aveva portata in cucina, un attimo dopo si erano unite anche loro.

Avrebbe voluto andare a controllare per assicurarsi che tutto fosse a posto, ma doveva convincere i suoi amici ad aiutarlo. Si erano riuniti nella sala conferenze e non gli ci era voluto molto a capire che doveva essere Cora a condividere tutti i dettagli, così i ragazzi avrebbero potuto sentire e vedere la sua preoccupazione per Lara. Non era riuscito a negarle il suo aiuto e non aveva dubbi che nemmeno gli altri sarebbero stati in grado di farlo, una volta sentita la sua versione della storia.

Pipe e i suoi amici non erano mercenari. Non avevano fondato il Rifugio come copertura per continuare a fare ciò che avevano fatto nell'esercito, ma non si poteva negare che avessero certe capacità. Le avevano usate per cercare Jasna e per trovare Reese. Accidenti, Owl e Stone erano saliti su un elicottero, cosa che non facevano da anni, per evitare che fosse portata oltre il confine.

E a dire il vero, usare le sue capacità per salvare una donna innocente da una situazione di abusi era qualcosa che non vedeva l'ora di fare. Sentiva una sorta di richiamo che non si era aspettato. Poter aiutare un civile, usando ciò che aveva imparato in tutti quegli anni in cui aveva dato la caccia e ucciso nemici pericolosi, dava più valore a ciò che aveva fatto durante la sua carriera militare.

Seguì Cora nella sala conferenze e le indicò una sedia, la invitò a sedersi e prese posto accanto a lei.

Brick si schiarì la voce. «È un piacere conoscerti, Cora, anche se vorrei che non fosse in queste circostanze.»

Lei annuì. «Anche per me. Prima di iniziare, posso dire che sono molto colpita da quello che avete fatto qui? Il mondo ha bisogno di più posti come il Rifugio. Luoghi in cui le persone possano andare senza preoccuparsi di essere guardate dall'alto in basso se hanno dei flashback. Dove possono stare con altra gente che capisce quello che hanno passato.»

«Grazie. E sono d'accordo. Quindi... pensi che la tua amica Lara sia trattenuta contro la sua volontà?» le chiese, senza giri di parole.

Pipe fece una smorfia tra sé e sé. Il modo in cui l'amico aveva formulato la domanda faceva capire che Cora avrebbe dovuto affrontare una battaglia difficile per convincere gli altri a crederle.

Invece di intimorirla, però, quella domanda sembrò renderla ancora più determinata. Si sedette più dritta e, ancora una volta, le sue spalle si irrigidirono.

«Non è che lo credo. Lo *so*» rispose. «Sentite, lo capisco. Lara è un'adulta, ha il diritto di trasferirsi dall'altra parte del Paese con chi vuole, e se credessi davvero che è al sicuro e felice non direi una parola. Ma non è così. Non ne ho il minimo dubbio.»

«Perché?» chiese Tiny.

Con grande sorpresa di Pipe, invece di rispondere direttamente alla domanda, Cora iniziò a raccontare.

«A diciassette anni sono stata cacciata dall'ennesima famiglia affidataria. Non è stato a causa di qualcosa che ho fatto. La coppia a cui ero affidata aveva un figlio di ventotto anni che doveva tornare a casa perché era stato licenziato, e voleva riavere la sua vecchia stanza. Non ci hanno pensato due volte. Un giorno ero lì e quello successivo ero di nuovo in mano ai servizi sociali, con tutte le mie cose in una vecchia valigia logora. Ero imbarazzata e frustrata. A scuola non avevo parlato a nessuno della mia situazione, ma Lara aveva capito che c'era qualcosa che non andava.

Alla fine mi ha fatto ammettere che non avevo un posto dove vivere. Di nuovo. E poiché entro poco tempo sarei uscita dal giro degli affidamenti per via della mia età, la situazione era ancora peggiore. Non è che ci fosse una fila di persone che volevano ospitarmi per cinque mesi. Ero pronta a lasciare la scuola. Avevo perso il rispetto per gli adulti in generale. Non ero una ragazza molto felice, mi portavo dentro un sacco di risentimento e amarezza. Ma Lara ha parlato con i suoi genitori, che hanno accettato di farmi stare a casa loro fino al diploma.

Mi ha salvato la vita. Ne sono pienamente convinta. E non è stata nemmeno l'ultima volta. Lei c'è sempre stata, senza esitare, ogni volta che mi sono trovata in difficoltà, che ho avuto bisogno di un posto dove stare o di un'amica.»

«Sembra sia un'ottima amica... ma non è di questo che dobbiamo parlare» disse Spike con dolcezza.

Cora fece un respiro profondo. «Scusate, lo so. Sto solo cercando di illustrarvi quanto siamo legate. Io e Lara condividiamo tutto. *Tutto*. So quando è triste, quando è felice, quando è incazzata, il che non accade spesso. So cosa mangia a *cena* ogni sera. È anche incredibilmente affidabile e coscienziosa. È impossibile che abbia deciso di trasferirsi in Arizona senza avvisare il posto di lavoro con settimane di anticipo e senza parlarne prima con me. Avrebbe fatto una lista dei pro e dei contro, avrebbe dato almeno un mese di preavviso a scuola e probabilmente mi avrebbe chiesto di trasferirmi con lei. Perché è quel tipo di persona. Perché questo è il tipo di legame che abbiamo.

Ci sentivamo al telefono tutti i giorni. Mi chiamava mentre andava al lavoro, poi ci mandavamo messaggi durante la giornata e di solito ci sentivamo anche quando tornavamo a casa la sera. Da quando ci siamo conosciute non abbiamo mai passato un giorno senza parlare. Ora sono trascorse *settimane* e ho ricevuto solo qualche messaggio e una videochiamata, che è stata praticamente moderata dal suo ragazzo.

Un giorno mi sono svegliata e lei non c'era più. Sì, abbiamo litigato prima che se ne andasse, ma Lara non porta rancore. Mi aspettavo di ricevere un suo messaggio di scuse la mattina dopo. Invece se n'è andata senza dirmi una parola. Senza dire una parola a *nessuno*. Alcune persone hanno detto che è possibile che si sia innamorata perdutamente e che abbia deciso su due piedi di trasferirsi dall'altra parte del Paese senza dirlo nemmeno ai suoi genitori, ma quelle persone non conoscono Lara come la conosco io. È successo qualcosa di terribile, e ogni giorno che passa senza poterle parlare alimenta questa certezza.»

Pipe voleva confortarla, ma temeva che sarebbe crollata se l'avesse toccata. A quel punto stava ansimando e guardava i suoi amici con tanta ferocia da risultare un po' allarmante.

Nessuno disse una parola, l'unico suono nella stanza era il respiro affannato di Cora. Poi inspirò profondamente e cancellò l'emozione dalla voce.

«Prima che scomparisse, abbiamo parlato più volte di Ridge. Le avevo spiegato alcune delle mie preoccupazioni. Lui non voleva conoscere nessuno dei suoi amici, non sembrava interessato al suo lavoro. Era anche possessivo, e non in senso positivo. Lara era delusa di me e diceva che ero solo gelosa e risentita. Poi è scomparsa. L'ha portata via da Washington, dai suoi amici, dalla sua famiglia. È questo che fanno quelli che abusano di qualcuno, no? Portano via il sistema di supporto di una persona. La isolano.»

«Abbiamo chiesto a un amico, che è molto bravo con i computer, di indagare su Ridge Michaels» la informò Stone.

Cora annuì. «Spero sia riuscito a trovare più cose di me.»

«Ridge è in realtà il suo secondo nome. Lo usa per i social e, a quanto pare, per la sua vita privata. Per motivi professionali usa quello di battesimo... che è Peter. È l'amministratore delegato di una società di bitcoin. Ha una sorella che vive in Francia ed è una modella di successo, e i suoi genitori sono molto rispettati in California. Ha trent'anni, non è mai stato sposato, non ha figli. La sua azienda dona ogni anno centinaia di migliaia di dollari a enti di beneficenza e partecipa regolarmente a incontri politici alla Casa Bianca. Be'... suo padre dona dei soldi e, di conseguenza, Michaels viene invitato agli eventi.»

Cora fissò Stone, poi si accasciò sulla sedia con un sospiro incredulo. «Perché diavolo non l'ho scoperto quando ho fatto le mie ricerche?» chiese sottovoce.

«A quanto pare tiene la sua vita professionale molto separata da quella personale» le disse Brick. «Da quello che siamo riusciti a scoprire non c'è nulla che indichi che questo tizio possa essere un rapitore. Apparentemente è un uomo d'affari onesto che si è dedicato a iniziare una vita con la tua amica. La famiglia Michaels ha una grande proprietà nell'area di Phoenix, nella cui casa lavorano una decina di persone ogni giorno. È altamente improbabile che tutta questa gente − cameriere, cuochi, giardinieri, autisti e guardie del corpo − sia coinvolta in un piano nefasto per tenere Lara in ostaggio.»

«Inoltre, non c'è alcun motivo per cui avrebbe dovuto fare una cosa del genere» aggiunse Tonka. «Ha avuto diverse fidanzate nel corso degli anni e nessuna ha affermato che sia stato violento o che abbia fatto loro del male.»

Pipe mantenne la sua attenzione su Cora. Il suo labbro inferiore tremò per un attimo, prima che scuotesse lentamente la testa. «Non ci credo» sussurrò.

«Forse Lara ha trovato il suo principe azzurro» suggerì Owl con dolcezza. «Tu stessa hai detto che è una ragazza romantica.»

Lei fece un piccolo ringhio e si alzò così velocemente

che la sua sedia volò all'indietro e cadde a terra con un forte botto. «No!» esclamò, con le mani a pugno lungo i fianchi.

Poi chiuse gli occhi e fece un respiro profondo, lottando per ritrovare la calma.

Quando un attimo dopo li riaprì, Pipe notò che era ancora sconvolta, ma che aveva ripreso il controllo delle sue emozioni. «Vi sbagliate. Vi sbagliate *tutti*» affermò, con evidente delusione nella voce.

«Su cosa? Sulle informazioni che abbiamo trovato online?» chiese Brick.

«No, probabilmente quelle sono vere, ma vi sbagliate a pensare che Lara stia con quel Ridge perché crede che sia vero amore. Sono d'accordo che potesse pensare di essere innamorata, ma non è il tipo di donna che si alza e se ne va senza dire niente a nessuno. È nei guai. Non mi interessa quello che il vostro amico ha trovato online sul fatto che sia un uomo d'affari onesto. Peter Ridge Michaels la tiene in ostaggio per qualche motivo, e se sono l'unica persona a crederci, pazienza. Apprezzo la vostra ospitalità e penso che stiate facendo un ottimo lavoro qui. Mi tolgo dai piedi così potrete continuare a fare ciò che fate. Grazie per il servizio reso al nostro Paese... e anche al tuo» aggiunse guardando Pipe.

I suoi occhi erano pieni di lacrime che cercava di trattenere, e ciò gli spezzò il cuore.

«Siediti» disse Brick. Non fu una richiesta.

Voltò la testa di scatto per guardarlo, ma non si mosse. Poi, dopo un attimo, si chinò lentamente, tirò su la sedia e vi si accomodò. Non si avvicinò al tavolo, ma si sistemò sul bordo come se fosse pronta a scappare da un momento all'altro.

«Come ho detto, niente di quello che siamo riusciti a

trovare indica che stia trattenendo la tua amica contro la sua volontà... ma per mia esperienza nessuno è così pulito come sembra esserlo Michaels» concluse.

Pipe guardò sorpreso il suo amico. Nella breve conversazione che aveva avuto con gli altri, nessuno aveva accennato al fatto di non credere all'immagine da bravo ragazzo che Tex aveva trovato.

«Da quello che mi ha detto Pipe, hai fatto ricerche su di noi, giusto?» le chiese, e lei annuì.

«Quindi sai cos'è successo ad Alaska.»

Annuì di nuovo.

«Se non fosse riuscita a chiamarmi mentre era in Russia, se non fosse stata in grado di ingannare il bastardo che l'aveva rapita, oggi non sarebbe qui. E *io* non sarei l'uomo che sono. Quindi... cosa vuoi che facciamo esattamente?»

Cora deglutì a fatica. «Aiutatemi a trovarla, per assicurarci che sta bene.»

«Abbiamo l'indirizzo della proprietà che la famiglia Michaels possiede in Arizona. Quindi trovarla non dovrebbe essere un problema» disse Brick.

«Non siamo mercenari a pagamento» aggiunse Spike. «O guardie del corpo.»

«Siamo solo un gruppo di ex militari che possiedono un rifugio nei boschi» spiegò Tiny. «Non possiamo esattamente attraversare i confini dello Stato con degli AK47 e degli RPG e assaltare la sua casa» concluse con un piccolo sorriso.

Cora abbassò lo sguardo sulle mani e curvò le spalle. «Sì, lo so.»

«È una situazione delicata» proseguì Brick. «Ma per quello che vale... crediamo che qualcosa non quadri.»

Lei lo guardò, e Pipe poté vedere la speranza nei suoi occhi.

«Sembra che tu abbia fatto colpo su Pipe, e credimi, è difficile che succeda. Accetto di aiutarti per la lealtà e la fiducia che nutro nei confronti del mio amico.»

«Grazie» sussurrò.

«Non ringraziarmi ancora. Sono disposto a concederti il beneficio del dubbio e credo che probabilmente tu conosca la tua amica meglio di chiunque altro... ma come ha detto Spike, non siamo guardie del corpo, mercenari o specialisti della sicurezza. Non andremo in Arizona in veste ufficiale. Faremo il possibile per aiutarti a incontrare Lara, ma se *lei* dice che è tutto ok, non possiamo fare altro. Capito?»

Cora annuì.

«C'è qualche volontario che vuole andare con la signorina Rooney?» chiese Brick con un piccolo sorriso.

«Io» disse Pipe senza esitare.

Il sorriso del suo amico si fece più ampio. «Ovvio.»

«Anch'io» si offrì Owl.

«Accidenti, se ci va lui, ci vado anch'io» dichiarò Stone con una scrollata di spalle.

Pipe non ne fu sorpreso. I due uomini erano molto legati. Il fatto di aver rischiato di morire in un incidente in elicottero ed essere stati tenuti in ostaggio e torturati insieme aveva creato un legame indissolubile.

«Bene. Stone, ti metto al comando» disse Brick.

Pipe si acciglò. Non si trattava di una squadra delle forze speciali e lui non era il loro leader. D'altra parte, era praticamente la forza trainante del motivo per cui si trovavano tutti nel New Mexico.

«Non sei così condizionato dalla situazione come Pipe e Owl, dato che hanno conosciuto Cora a Washington. Mi aspetto che tu sia la voce della ragione, che non ti faccia coinvolgere emotivamente. Se ritieni che le cose siano sospette, ce lo riferisci e decideremo il da farsi. E tu» continuò, fissando lo sguardo su Cora «*non* fare nulla che possa mettere in pericolo i miei amici. O te stessa. O Lara, se è per questo. Vuoi sapere se sta bene? Allora il piano è questo: parlale, se possibile da sola, e senti cosa pensa davvero. Se ama questo Michaels, dovrai imparare a gestire il fatto che ora vive dall'altra parte del Paese. Ok?»

«Ma se non lo amasse? E se Ridge non la lasciasse andare via?»

Brick si accigliò e sospirò. «A quel punto penseremo a come prelevarla.»

Cora sembrò sollevata. «Va bene. Ma se posso dare un suggerimento...»

Spike rise. «Certo.»

«Forse sarebbe bene che cominciaste a pensare a una sorta di piano per farla uscire da lì mentre siamo via... sapete, per ogni evenienza.»

Quasi tutti gli uomini intorno al tavolo ridacchiarono.

«Non preoccuparti, lo faremo. Qualcuno ti ha detto che sei davvero testarda?» le chiese Brick.

Gli sorrise. «Sì. Lara.»

Lui annuì. «Bene. Penso che possiate partire dopodomani.»

«Aspetta... cosa? Perché non *ora*?» domandò, tornando seria.

«Perché dobbiamo pianificare» le rispose Stone. «Ci serve la planimetria della proprietà, dobbiamo capire qual è la migliore linea d'azione. Ci servono altre informazioni.»

Cora sospirò frustrata. Era ovvio che non ne fosse contenta, ma sembrò capire che aveva ottenuto ciò che voleva, cioè il loro aiuto, e che se avesse tirato troppo la corda avrebbe potuto perderlo.

«Vedremo se Tex riuscirà a procurarci delle immagini satellitari della proprietà e una sorta di programma degli orari di arrivo e partenza delle persone che vi lavorano. Forse saremo fortunati e riusciremo a scoprire le abitudini di Michaels o a vedere Lara in giro» disse Tonka. Era stato per lo più silenzioso, ma non era insolito per lui.

«Mi piacerebbe scoprire se Lara esce a prendere un caffè, se va in palestra o a fare yoga ogni mattina o qualcosa del genere, in modo da poterla beccare lontano dalla tenuta» concordò Stone.

Cora sbuffò. «Odia il caffè ed è allergica alla palestra.»

«Ecco. Ti pareva.» Stone sorrise.

Pipe non aveva detto molto durante la discussione, ma non poté più tacere. «Andremo a fondo della questione» la rassicurò.

Si voltò a guardarlo e, anche se annuì, lui vide la preoccupazione nei suoi occhi. Il suo rispetto per lei aumentò. Quello che stavano facendo non era esattamente pericoloso, almeno secondo lui, ma Cora avrebbe dovuto tenere a freno le sue emozioni se voleva che Lara le parlasse, e quella sarebbe stata la più grande difficoltà per lei. Non aveva dubbi.

«Ok, allora... Cora, ti va bene stare da Pipe?» le chiese Tiny. «Mi ha detto che ti ha messo a disposizione la stanza degli ospiti per la tua permanenza. Ti avremmo offerto uno degli chalet, ma siamo al completo.»

«Non c'è problema. Tanto non posso permettermi i vostri prezzi» disse con un piccolo sorriso.

«Non è quello che ho sentito» disse Spike, sorridendo. «A quanto pare hai seimila dollari a disposizione.»

«Oh, ma quelli servono per pagarvi» sostenne con un'espressione seria. «Li ho in borsa, ma l'ho lasciata in macchina. Posso andare a prenderla ora e...»

«No» la interruppe Brick. «Non hai sentito Spike dire che non siamo mercenari o guardie del corpo a pagamento?»

«Sì, ma...»

«Niente ma. Non prenderemo i tuoi soldi» disse con fermezza.

«Soprattutto dopo che abbiamo saputo che hai venduto tutte le tue cose per raccoglierli» aggiunse Tonka.

«C'è qualche possibilità di riavere tutto indietro?» le chiese Spike.

«O forse puoi comprare della roba migliore» disse Stone, che poi addirittura arrossì. «Cioè, non so cosa avevi prima, quindi magari è stata una cosa stupida da dire.»

«Aspetta, sono in contanti? Non dovresti portarti dietro tutti quei soldi» intervenne Owl.

«Possiamo cambiarli con un assegno circolare» propose Brick.

Cora stava guardando da un uomo all'altro, un po' scioccata dalla preoccupazione che le dimostravano, e ciò lo fece arrabbiare. Nessuno avrebbe dovuto essere così sorpreso quando delle persone erano gentili.

«Mi... mi serviranno per tornare a Washington con Lara, quando la libererò da quel bastardo» disse infine Cora.

Pipe non poté fare a meno di sorridere. Era così sicura di essere in grado di convincere la sua amica a tornare a casa. Sperava solo che sarebbe stato facile come lei voleva fosse.

«No, non lo farai» sbottò Pipe. «Me ne occuperò io.»

«Non puoi» gli disse lei.

«Posso, e lo farò. Consideralo parte dell'accordo per

avermi vinto all'asta, dato che non hai mai avuto la tua cena di lusso.»

«Ma *non* ti ho vinto» ribatté accigliata.

«Davvero?» Sollevò un sopracciglio.

Lo fissò a lungo, e a Pipe sembrò che fossero le uniche due persone al mondo in quel momento. Avrebbe dato qualsiasi cosa per sapere a cosa stesse pensando.

Era certo al novantanove per cento che lei non si stesse prendendo gioco di loro... ma se così fosse stato? Se l'avergli mostrato l'appartamento vuoto, aver indossato per l'asta un vestito modesto e delle scarpe da quattro soldi, se persino lo spiacevole confronto con Eleanor che aveva sentito per caso... fosse stato tutto parte di un piano elaborato?

Scacciò subito quel pensiero. Le emozioni di Cora erano troppo reali. Per quanto potesse essere una brava attrice, non era possibile che riuscisse a fingere così bene. Inoltre, non riusciva a trovare una sola buona ragione per cui potesse mentire sulla sua amica. Se per qualche motivo voleva andare in Arizona, c'erano cento modi più semplici per farlo.

«Manderò decisamente quei fiori a Eleanor» sussurrò infine lei.

Brick si schiarì la gola. «Allora... Pipe, se vuoi mostrarle il posto e spiegarle come funzionano le cose qui, Stone può rimettersi in contatto con Tex e vedere cos'altro ha trovato per noi.»

«Posso... posso vedere Melba? E Chuck e la sua compagna?» chiese Cora a Tonka. «Visto che starò qui solo per un giorno o poco più...»

Lui sorrise e Pipe fu felice di vederlo. Era sorprendente il cambiamento che Henley aveva prodotto nel suo amico; invece di nascondersi giorno e notte nella stalla, si era sforzato di partecipare maggiormente alla gestione del Rifugio.

«Ovvio. Sono quasi certo che anche Wally e Beauty saranno nella stalla» rispose lui.

«Wally e Beauty?» gli chiese.

«Vuoi dire che le tue ricerche da stalker non sono arrivate così lontano?» la prese in giro Pipe.

Cora si voltò verso di lui con uno sguardo inorridito. «Pipe! I tuoi amici hanno appena accettato di aiutare Lara, non voglio che cambino idea.»

«Li avevo già informati che hai fatto ricerche su di noi» replicò, senza un briciolo di rimorso.

«Fantastico. Semplicemente fantastico» mormorò con un sospiro.

«Andiamo» le disse, scoprendo che in realtà si stava divertendo. Non riusciva a ricordare l'ultima volta che aveva scherzato con una donna. Di solito erano troppo nervose per parlare con lui, oppure volevano il bad boy che il suo aspetto rappresentava.

Cora si alzò e si rivolse a Brick. «Grazie» disse con fervore. «Dico sul serio. Avevo intenzione di andare a Phoenix da sola se l'asta non avesse funzionato, ma so che con voi al mio fianco ho molte più possibilità di parlare con Lara e di farla scappare da lì.»

«Se vorrà andarsene» le ricordò Stone.

Cora ruotò gli occhi. «Lo vuole.»

«Non c'è di che» replicò Brick. «Ma ripeto, non abbiamo intenzione di assaltare la casa come se fossimo di fronte a un terrorista che sta pianificando l'assassinio del Presidente o qualcosa del genere.»

«Lo so» lo rassicurò.

Pipe non era sicuro se l'aveva detto solo per essere accondiscendente, o se pensava davvero che Ridge

Michaels stesse combinando qualcosa di malvagio dietro le mura della sua proprietà. In ogni caso, supponeva che l'avrebbero scoperto da lì a qualche giorno. Nel frattempo, non vedeva l'ora di mostrarle il Rifugio. Ne era orgoglioso come il resto dei suoi amici. Avevano lavorato duramente per renderlo ciò che era diventato.

Cora si diresse verso l'uscita seguita da Pipe. Una volta nell'atrio, trovarono Alaska seduta dietro il bancone, intenta a registrare un'ospite. Li guardò e sorrise prima di riportare la sua attenzione sulla donna che aveva di fronte.

Si ripromise di parlare con Brick del fatto che Cora aveva mandato delle mail e telefonato, senza ottenere risposta. Ma prima doveva farle fare il tour.

«Le porterò la valigia nel tuo chalet» disse Owl passando.

«Grazie.»

«Possiamo vedere prima la stalla?» gli chiese, e per la prima volta Pipe vide la donna che probabilmente era di solito. Il fatto di averle detto che l'avrebbero aiutata sembrava l'avesse rilassata come non lo era mai stata nel breve periodo da quando la conosceva. E doveva ammettere che gli piaceva molto vederla così. Non che non gli piacesse l'altra Cora. No, la sua testardaggine, la lealtà nei confronti dell'amica, l'atteggiamento che mostrava al mondo da donna combattiva e che non si curava di ciò che gli altri pensavano di lei... erano tutte cose che lo portavano a volerla conoscere meglio.

Sebbene fosse ansioso di arrivare a Phoenix e controllare la situazione di Lara, non poteva negare di non vedere l'ora di passare un giorno o poco più a conoscere Cora prima di partire. «Lungi da me l'idea di frappormi tra una donna e la mucca che vuole incontrare. Prima o poi, la gente vorrà venire al Rifugio per altri motivi e non solo per conoscere gli animali.»

Cora ridacchiò e quel suono gli arrivò dritto al cuore. Era spensierato, e aveva la sensazione che non lo facesse spesso.

Le aprì la porta del lodge e rimase scioccato quando iniziarono a camminare verso la stalla e lei gli prese la mano. Abbassando lo sguardo, vide le proprie dita tatuate intrecciarsi con le sue e, ancora una volta, il suo cuore ebbe un sussulto.

«Grazie» sussurrò lei stringendogli la mano.

Allora capì. Era sempre preoccupata per Lara proprio come lo era stata nel bel mezzo della discussione in quella sala conferenze, ma stava abbassando la guardia, lasciando trapelare la sua vulnerabilità. E fu una cosa bellissima. Un'altra dimostrazione di fiducia.

«Andremo a fondo di quello che sta succedendo» la rassicurò.

«Lo so. Spero solo che tu e gli altri non dobbiate arrivare ad usare le vostre abilità militari super segrete.»

Anche lui sperava la stessa cosa, ma cominciava a rendersi conto che se avesse dovuto usare alcune delle cose che aveva acquisito nel corso degli anni per tenere al sicuro quella donna e la sua amica, non avrebbe avuto alcun rimpianto.

Spike aveva ragione, non erano mercenari, sicari o guardie del corpo, ma Pipe sospettava che avrebbe fatto tutto il necessario per proteggere Cora ... e al diavolo le conseguenze.

CAPITOLO DIECI

Era frustrante non poter partire immediatamente per Phoenix, ma Cora capiva la necessità degli uomini di ottenere quante più informazioni possibili, prima di affrontare quella che nella sua mente era considerata una battaglia. Magari loro non pensavano che Lara fosse in pericolo o che Ridge Michaels la trattenesse contro la sua volontà, ma lei sapeva che era così. Sperava solo che fossero pronti per qualsiasi cosa li aspettasse dietro le porte della prigione in cui la sua amica era trattenuta. Poteva anche essere una proprietà di lusso con una dozzina di dipendenti che servivano e riverivano Ridge, ma era pur sempre una prigione.

Nel frattempo, era stata entusiasta di poter vedere il luogo di cui aveva letto e ricercato così a fondo. L'incontro con Melba era stato un momento memorabile. E le capre erano spassosissime, come molti ospiti avevano detto. Non appena si era avvicinata a loro, avevano subito cercato di masticarle i pantaloni.

I cani di Tonka, Wally e Beauty, erano ben educati e molto viziati. Era divertente vedere quell'uomo grande e grosso portare in giro Beauty come se fosse una piccola principessa... e in effetti lo era. I gatti della stalla erano amichevoli e aveva persino conosciuto Mutt, il cane a tre zampe di Brick.

Ma era stato Chuck a rallegrarla di più. Gli mancavano due zampe e viveva con la sua compagna in una casetta che Tonka aveva costruito contro un albero dietro la stalla. Con sua grande sorpresa, non appena si era seduta per terra con una manciata di noccioline, il piccoletto si era avvicinato mettendosi a mangiare davanti a lei.

«Gli piaci» disse Pipe a bassa voce dalla sua destra. Non aveva detto molto quando lei aveva conosciuto gli altri animali del Rifugio. Ora le era seduto accanto, limitandosi a guardare mentre lei era incantata dalla piccola creatura.

«Tendo ad andare più d'accordo con gli animali che con le persone» ammise Cora, mentre Chuck le dava un colpetto sulla mano per avere altre noccioline. Era adorabile il modo in cui se ne infilava una in bocca e poi ne portava un'altra nella sua casetta di legno. Pensò che fosse un po' triste vedere che quel piccolo scoiattolo si prendeva cura della sua compagna come nessuno aveva fatto con lei.

«È perché sanno che non farai loro del male.»

«Non possono saperlo» protestò, sollevando lo sguardo verso di lui.

Pipe era seduto con le braccia avvolte intorno alle ginocchia piegate, e invece di guardare Chuck stava fissando lei.

Sentendosi un po' a disagio, Cora si voltò di nuovo verso lo scoiattolo.

«Lo percepiscono» le disse.

Rimasero in silenzio per qualche secondo, prima che Cora sbottasse: «I tuoi amici non mi credono veramente.»

Fece una smorfia dopo quell'affermazione schietta. Anche se era vero, probabilmente non avrebbe dovuto dirlo.

Pipe si limitò a scrollare le spalle. «Questo è un territorio poco familiare per noi. Quando Alaska si è ritrovata nei guai, e anche con Jasna e Reese, è stato scontato fare tutto il necessario per aiutarle. Nessuno deve azzardarsi a toccare le persone che amiamo. Ma non conosciamo Lara. È più difficile inquadrare la situazione quando si ha a che fare con degli estranei.»

Cora annuì. Capiva totalmente. E lo rispettava ancora di più per essere stato onesto con lei.

«E le cose potrebbero prendere una brutta piega molto rapidamente se ci precipitassimo ad aiutare la tua amica e si scoprisse che in realtà non ha bisogno di aiuto.»

«Ne ha bisogno» non poté fare a meno di ribadire, mentre si voltava di nuovo a guardarlo.

Pipe accennò un sorriso.

«Senti, so che è una situazione complicata. Vi state fidando di me sul fatto che lei non è lì di sua spontanea volontà. Non mi conoscete, non conoscete Lara e, come tu stesso hai detto, rischiate molto per venire in Arizona con me. Nella migliore delle ipotesi è a rischio la vostra reputazione, e nella peggiore potreste venire feriti.»

Pipe sbuffò e Cora non riuscì a trattenere un sorriso a quel verso.

«Nessuno verrà ferito» le disse.

«Non puoi saperlo.»

La fissò con un'intensità che le sembrò un po' fuori luogo per quella situazione. «Nessuno verrà ferito» insistette. «Nelle tue indagini approfondite su di noi, ti sei persa la parte in cui sono elencati tutti i nostri successi e le medaglie che ci siamo guadagnati?»

Cora si accigliò. «Avete ricevuto delle medaglie?» chiese.

Pipe ridacchiò: «Non posso dirtelo. Sono cose top secret. Dico solo che quando hai puntato su di me e i miei amici, hai scelto bene. Non ci sarà difficile capire se Lara è lì di sua spontanea volontà o meno.»

«Davvero?»

«Davvero» rispose con sicurezza.

«Lui non ne sarà contento.»

«No.»

Cora riportò la sua attenzione su Chuck, che si era infilato in bocca quattro noccioline e stava disperatamente cercando di aggiungerne una quinta. «Non so cosa mi aspettassi quando sono andata a quell'asta, ma di sicuro non questo.»

«Questo?» le chiese.

«Di essere qui al Rifugio, seduta per terra a dare da mangiare a Chuck, e di sentirmi così tanto grata che tu sia stato disposto ad ascoltarmi, che non riesco nemmeno a esprimerlo a parole.»

«Vorrei dire qualcosa, ma non so se dovrei farlo.»

Sollevò lo sguardo. I suoi occhi erano ancora fissi su di lei. «Ti prego, fallo.»

Lui si leccò le labbra e ciò la fece distrarre per un attimo. Era davvero un bell'uomo. Non era mai stata con qualcuno che aveva la barba folta come la sua, ma ebbe un improvviso desiderio di sapere cosa si provava a baciarlo, per sentirla contro il viso. Era rimasta impressionata da tutte le cose che aveva letto su di lui, ma incontrarlo di persona e vedere quanto era educato, protettivo, premuroso e deciso ad aiutare una sconosciuta, non aveva fatto che aumentare la sua stima per lui.

«Non voglio la tua gratitudine» le disse.

Cora sbatté le palpebre. «Non la vuoi?»

«Quando ho sentito quella stronza dirti quelle cose orribili in quella sala da ballo, non ne ero per niente felice. Ho deciso di accompagnarti a casa per placare il mio senso di colpa per averle in qualche modo fatto vincere l'asta al posto tuo. So che non ha assolutamente senso. Non avevo alcun controllo sulle offerte. Ma mi sono sentito comunque in colpa. E nel breve lasso di tempo da quando abbiamo lasciato l'evento e raggiunto la tavola calda, i miei sentimenti riguardo all'accompagnarti a casa sono cambiati.»

Lo fissò, trattenendo il fiato.

«Sei la donna più autentica e leale che abbia mai incontrato. Non hai battuto ciglio di fronte al mio aspetto fisico. E non credere che mi sia sfuggito il modo in cui ti sei avvicinata a me quando siamo entrati in quella tavola calda a Washington, come se avessi cercato di proteggermi dagli sguardi sospettosi che mi lanciava l'hostess di sala. In effetti, nessun'altra donna ha mai avuto l'atteggiamento che hai tu nei miei confronti. Le altre o flirtano con me perché pensano che io sia un "bad boy" e vogliono un'avventura proibita, oppure attraversano la strada impaurite per non dovermi incrociare sul marciapiede.»

«Negli anni ho imparato che l'aspetto esteriore di qualcuno non ti fa capire che tipo di persona sia. Guarda Eleanor, per esempio. È bellissima. Potrebbe essere una modella e probabilmente lo *è* stata. Si avvicina molto a quella che la società ritiene l'immagine ideale della bellezza. Ma è marcia nell'anima. Le importa solo di se stessa e calpesta chiunque pur di attirare l'attenzione e stare sotto i riflettori.»

«Sono d'accordo. E tu non sei nemmeno lontanamente così.»

Lei fece una smorfia.

«Non lo intendevo in senso negativo. E se pensi che stia dicendo che non sei bella, ti sbagli.»

Cora non riuscì a trattenere una risata.

«Dico sul serio» insistette.

«Pipe, io sono bassa e grossa. Ho dei banali capelli castani, così come gli occhi. Non c'è niente di eccezionale in me.»

«Ti sbagli. Chiunque si prendesse il tempo di osservarti vedrebbe ciò che ho visto io. Hai una luce interiore così luminosa che brucia. Hai innalzato delle barriere enormi, ma ho visto cosa succede quando qualcuno le penetra. Persone come Lara. Faresti qualsiasi cosa per lei. La gente raramente sperimenta questo tipo di amore e di devozione. La tua amica è fortunata ad averti, Cora. E ai miei occhi, questo non ti rende solo carina, ma *bellissima*.»

Con sua grande sorpresa, le si riempirono gli occhi di lacrime. Accidenti, di solito non piangeva facilmente, ma da quando lo aveva conosciuto, era stata sul punto di farlo più di una volta. Sbatté le palpebre, cercando di scacciarle, e distolse lo sguardo da quello penetrante di Pipe.

«È stato troppo?» le chiese.

Sentì il divertimento nella sua voce, e annuì.

«Allora non dirò altro. Sei sicura di voler restare da me stanotte? Posso trovarti un albergo a Los Alamos se non ti senti a tuo agio.»

Lo fissò incredula. «E rinunciare alla possibilità di stare *al Rifugio*? Assolutamente no!»

Pipe ridacchiò. «Giusto.»

«Forse non vuoi la mia gratitudine, ma ce l'hai comunque. Ho dovuto lavorare duro per ottenere ciò che ho avuto di buono nella vita e, per qualche motivo, non ho dovuto fare il minimo sforzo per convincerti ad accettare di aiutarmi a trovare Lara. Non capisco perché, ma ti ringrazio.»

«Se potessi avere qualsiasi cosa esistente al mondo... senza problemi di denaro... cosa sarebbe?» le chiese.

Aggrottò le sopracciglia. Non capiva cosa c'entrasse quella domanda con i suoi ringraziamenti, ma volle assecondare quel cambio di argomento e ci pensò un attimo. Poi disse con dolcezza: «Una famiglia.»

Pipe fece un verso con la gola, incoraggiandola a continuare.

«È tutto ciò che ho sempre voluto. Da bambina pensavo che se fossi stata più bella, più simpatica, più gentile, più silenziosa, più estroversa, meno estroversa, più ordinata... scegli l'aggettivo che preferisci e io ho cercato di esserlo, forse mi avrebbe aiutato a farmi adottare. Non ha mai funzionato. Famiglia dopo famiglia, mi rimandavano allo Stato. Nessuno voleva tenermi e non ho mai capito perché. Più venivo rifiutata, più ci provavo. L'ho fatto per molto tempo, finché alla fine ho smesso di provarci del tutto.

Quando sono uscita dal sistema, ho iniziato a cercare un ragazzo che mi desse ciò che volevo... ed è stato un fallimento ancora più epico. E ripeto, non so perché. Credo di essere troppo... me stessa. Non mi piace usare vestiti e trucco per diventare qualcuno che non sono. Non sono disposta a mentire per gratificare l'ego di un uomo. Sono troppo schietta, troppo sfacciata.

Quindi, cosa voglio? Una famiglia tutta mia. Bambini da poter amare e che non passeranno nemmeno un giorno senza sapere che sono la cosa più importante della mia vita. Voglio avere un figlio biologico, se possibile, il che sta diventando sempre più un terno al lotto a causa della mia età, ma vorrei anche adottare. Magari trovare un bambino già cresciuto e che è stato mandato indietro più volte, e dargli una casa per sempre.»

«Non sto *giudicando*... ma c'è un motivo per cui non hai ancora adottato?» le domandò.

Cora sbuffò. «Ho fatto fatica a prendermi cura di me stessa. Sono finita sul divano di Lara fin troppe volte. Se avessi avuto anche un figlio sarebbe stato terribile. E poi... sai quanto è difficile adottare in questo Paese?»

«No.»

Si voltò a guardarlo per capire se la stesse prendendo in giro, ma quando vide la sua espressione capì che era completamente serio.

«Incredibilmente difficile» rispose. «Adottare un neonato sarebbe del tutto fuori questione per me. È troppo costoso, ed essendo una donna single con un reddito basso, non verrei comunque scelta. È un po' più facile adottarne uno più grande, ma comunque ci vogliono molti soldi e io sono ancora in fondo alla lista delle persone a cui lo Stato vorrebbe dare un bambino.» Sospirò.

Passarono uno o due minuti prima che Pipe parlasse di nuovo. «Tutto qui? Se i soldi non fossero un problema, è questo che sceglieresti? Una famiglia? Non una villa, uno yacht, un milione di dollari in banca?»

Scosse la testa. «Quella roba non dura. Ma se potessi dare una casa a un bambino, fargli sapere ogni giorno che è amato, al sicuro e libero di essere chi è, a prescindere da tutto... è ciò che vorrei.»

Pipe le prese la mano libera, quella che non teneva le noccioline per Chuck.

Sorprendentemente, Cora si sentì abbastanza tranquilla. Parlare della mancanza di una famiglia, della mancanza di *qualcuno* nella sua vita oltre a Lara, di solito la deprimeva. La faceva sprofondare in un baratro di disperazione difficile da scacciare. Ma farlo con lui, percepire che la ascoltava veramente, non la fece precipitare in quel baratro. Il Rifugio era davvero un luogo magico.

«E tu?» gli chiese, dopo un minuto di silenzio. «Cosa vorresti se il denaro non fosse un problema?»

Quando non rispose subito, si chiese se avesse esagerato. Non erano proprio amici... vero? E forse non si sentiva a suo agio a rispondere alla sua stessa domanda.

Proprio quando pensava che forse *avrebbe* dovuto accettare la sua offerta di alloggiare in città, lui parlò.

«Mio padre era nelle forze armate britanniche. Era quasi sempre dislocato all'estero... per sua scelta. Mia madre era amorevole, ma non ha affrontato bene l'assenza del marito. In realtà è crollata. Ho imparato da ragazzino che se volevo mangiare mentre mio padre era via, dovevo prepararmelo da solo. Facevo il bucato, pulivo la casa, mi occupavo del giardino e andavo persino a fare la spesa. Quando lui rientrava, la mamma tornava alla normalità, fingendo di non essersi appoggiata a un figlio così piccolo per mandare avanti la casa.

Mi voleva bene, come anche mio padre, ma non mi sentivo di poter invitare gli amici a casa, perché non sapevo di che umore sarebbe stata la mamma. Mi sono arruolato appena ho potuto e non mi sono mai guardato indietro.»

«Parli con i tuoi genitori?» gli chiese con dolcezza.

«Certo. In occasione delle festività e dei loro compleanni.»

«Come hai conosciuto Brick e gli altri?»

«Sai il tizio che sta cercando informazioni su Michaels?»

«Tex, giusto?»

«Esatto. Ci ha messi in contatto. L'ho conosciuto dopo

una missione andata completamente storta. Stava aiutando una squadra di Navy SEAL e ha preso la mia unità sotto la sua ala protettrice finché non siamo riusciti a lasciare il Paese. Ci siamo tenuti in contatto e quando ho deciso di congedarmi, mi ha presentato Brick. Il resto è storia.»

«Vorrei chiederti una cosa, ma non so se potrebbe offenderti» ammise.

«Vuoi sapere perché ho lasciato l'esercito» intuì Pipe.

Cora gli strinse la mano. «Sì, ma se non vuoi parlarne, capisco.»

«Non è una cosa che condivido molto, ma per qualche motivo mi sento a mio agio a parlarne con te.»

Sentì una stretta al petto. Di solito non era il tipo di donna con cui le persone si confidavano. Forse perché non permetteva mai a nessuno di avvicinarsi troppo, o perché loro non volevano farlo. Ma scoprì che voleva davvero conoscere meglio Pipe.

«Io e il mio team siamo caduti in un'imboscata durante quella che avrebbe dovuto essere una missione di routine per raccogliere informazioni. Eravamo in sei. Siamo stati eliminati uno dopo l'altro. Quando ho chiesto rinforzi, mi è stato detto che a causa del delicato equilibrio dei rapporti tra la popolazione locale e le forze armate, non potevano intervenire. Ho visto i membri della mia squadra venire massacrati davanti ai miei occhi. Il mio stesso Paese li ha gettati via come spazzatura... a causa della politica.»

Cora inspirò profondamente e si girò in modo da trovarsi di fronte a lui, che in quel momento stava fissando in lontananza con uno sguardo vuoto. Gli strinse forte la mano.

«Mi hanno sparato e devo essere svenuto. Quando mi sono ripreso, la gente del posto stava spogliando me e i miei compagni di tutto l'equipaggiamento. Ho finto di essere morto, sapendo che se avessero scoperto che in realtà non lo ero, per me non sarebbe finita bene. Ci hanno preso vestiti ed equipaggiamenti, tranne la biancheria intima, lasciandoci tra le macerie dell'edificio fatiscente in cui ci eravamo rifugiati.

Ho aspettato che calasse il buio, poi sono strisciato fuori, consapevole che da un momento all'altro avrei potuto essere scoperto e ucciso con una pallottola in testa. È stato un vero miracolo, ma sono riuscito a raggiungere la periferia della città e la foresta. Camminando, strisciando e inciampando sono tornato alla nostra base, che distava più di cinque chilometri. Quando ho raccontato l'accaduto al mio superiore, mi ha dato una pacca sulla spalla, mi ha detto che gli dispiaceva per la perdita dei miei uomini, ricordandomi anche che le mie missioni erano top secret. In pratica, mi stava avvertendo che se avessi detto a qualcuno quello che era successo, la mia carriera sarebbe finita.

Ma non aveva capito che era *già* finita. Io avevo finito. Come potevo tornare a essere l'uomo che ero prima? Quello che aveva creduto che coloro per cui lavorava avessero a cuore i suoi interessi? Avevano mandato a morire me e i miei uomini senza pensarci due volte. E per cosa? Perché la città si trovava tra la nostra base temporanea e il campo d'aviazione che usavamo per portare i rifornimenti.»

«Mi dispiace tanto» disse Cora, non sapendo che altro dire.

«Quell'anno ero in lista per un nuovo arruolamento e ho rifiutato. Ho faticato ad ambientarmi nella vita da civile» ammise. «Poco dopo ho iniziato a farmi tatuare. Il dolore dell'ago sembrava essere l'unica cosa che spegneva il tumulto nella mia testa. Se Tex non mi avesse messo in contatto con Brick e gli altri, non so cosa mi sarebbe successo.»

Cora si spostò e appoggiò la testa sulla sua spalla. Decise di sostenerlo così, in silenzio, dato che non sapeva cosa dire.

«So che quello che è successo ai miei compagni di squadra non è stata colpa del mio Paese. È stata una decisione presa da un uomo, o forse da un gruppo di uomini. Quello che hanno fatto quel giorno non si riflette su un'intera nazione. Ma non posso fare a meno di sentirmi come se l'Inghilterra mi abbia abbandonato. Sono stato felice di trasferirmi negli Stati Uniti. Non fraintendermi, ci sono altrettanti – o anche di più – problemi con il governo, ma comunque... stare nel New Mexico mi permette di respirare. Da quando mi sono trasferito, non ho mai sentito il bisogno di farmi tatuare.

Mi hai chiesto cosa vorrei se i soldi non fossero un problema, e per rispondere finalmente alla tua domanda... niente. Ho tutto ciò che potrei chiedere. Un gruppo di amici che, non ho il minimo dubbio, mi copriranno le spalle se le cose dovessero mettersi male. Uno chalet nel bosco dove mi sveglio ogni mattina e in cui respiro aria pulita. Uno scopo nell'aiutare gli altri ad affrontare i loro demoni. Sarei egoista se chiedessi qualcosa di più.»

Cora sollevò la testa e lui si voltò per incontrare il suo sguardo. «Non vuoi una famiglia?»

Pipe scrollò le spalle. «Mi sembrerebbe di chiedere troppo. Di far pendere la bilancia verso la categoria degli avidi.»

Gli sorrise. «Non credo che il mondo funzioni così.»

«Non voglio rischiare. Ma ti dirò una cosa: se trovassi una donna che mi amasse esattamente per come sono – un po' danneggiato e spaventoso per i bambini e le donne anziane – e che potesse vivere qui in mezzo al nulla senza battere ciglio, mi farei in quattro per darle tutto ciò che desidera. Gioielli, vestiti firmati, bambini. Non importa. Le darei tutto.»

«E se volesse solo qualcuno che la amasse senza vincoli e senza riserve?» sussurrò.

«Se fosse la mia donna saprebbe fino all'anima che morirei per lei» rispose con semplicità.

Le venne la pelle d'oca sulle braccia. Stavano facendo una conversazione filosofica e ipotetica... vero? Però le sembrava qualcosa di più.

Era quasi spaventoso quanto si sentisse in sintonia con Pipe. Erano due persone che provenivano dai lati opposti del mondo. Cresciute in modo completamente diverso, con esperienze contrastanti... eppure non si era mai sentita così vicina a qualcuno come stava succedendo con lui in quel momento. Nemmeno a Lara.

«Credo preferirebbe che tu *vivessi* per lei» sussurrò Cora.

«Già» replicò Pipe prima di fare un respiro profondo. «Vuoi continuare il giro?»

«Certo.» Non vedeva l'ora di vedere il resto del Rifugio, ma, soprattutto, voleva passare ancora del tempo con lui.

Pipe si alzò senza lasciarle andare la mano e aiutandola a mettersi in piedi. Poi le posò il palmo sulla schiena e la guidò attraverso la stalla. Lo faceva spesso, e anche se a Cora non era mai piaciuto che persone che non conosceva la toccassero, scoprì che si sentiva più al sicuro quando lo faceva lui.

Mentre camminavano, gli lanciò un'occhiata e notò quanto fosse vigile. I suoi occhi scrutavano costantemente l'ambiente circostante, come se si aspettasse che qualcuno saltasse fuori da una balla di fieno o altro. Ma ora che si era aperto e le aveva raccontato perché aveva lasciato l'esercito, lo capiva un po' meglio.

Invece di ritrovarsi a essere diffidente sul fatto che fosse un po' paranoico, si sentì... rassicurata. Ricordava che aveva fatto la stessa cosa a Washington; la sua testa era stata in costante movimento in cerca di eventuali problemi. In realtà era una cosa che faceva sempre anche lei, ma era una bella sensazione avere qualcun altro che stava in allerta. Con lui che vigilava, Cora sentiva di poter abbassare le barriere che teneva sempre innalzate, perché mentre le era vicino, niente e nessuno le avrebbe fatto del male. Non aveva dubbi.

«Vieni, ti mostro gli chalet degli ospiti, dove si trovano quelli dei proprietari e, se te la senti, forse ti porterò a fare una piccola escursione.»

«Oooh, mi fai vedere la Table Rock?»

Pipe ridacchiò guardandola. «Stalker» la prese in giro.

Cora sorrise. «Già» replicò. Aveva visto tra i tag del Rifugio le bellissime foto dei luoghi intorno alla proprietà postate dagli ospiti. E non vedeva l'ora di vedere la Table Rock di persona.

Una piccola parte di lei si sentiva ancora in colpa per il fatto che si stesse divertendo mentre Lara chissà cosa stava passando, ma presto sarebbe arrivato il momento di salvare la sua amica. Nel frattempo, aveva intenzione di assorbire ogni grammo di karma positivo che quel posto poteva offrire.

CAPITOLO UNDICI

QUELLA SERA CORA era seduta a tavola con il personale e gli ospiti del Rifugio, a gustare il delizioso cibo di Robert e a riflettere sulla giornata. Era ancora più impressionata da quel posto di quanto non lo fosse stata prima, il che la diceva lunga, perché era rimasta molto affascinata da ciò che aveva visto online.

Il Rifugio era davvero un luogo dove le persone potevano andare a rilassarsi, per allontanarsi dai demoni che avevano nella testa e nella vita. La Table Rock aveva superato tutte le sue aspettative. Poteva solo immaginare come sarebbe stato quel posto con gli alberi pieni di foglie, in estate o in autunno, ma il panorama le aveva tolto il fiato anche con gli alberi spogli.

Era rimasta sulla roccia a guardare il paesaggio per almeno dieci minuti, sentendosi... piccola. Non era mai stata molto in mezzo alla natura. Avendo vissuto in città tutta la vita, non aveva mai trascorso del tempo in campeggio o a fare escursioni nei boschi. Stare sul bordo di quella roccia e guardare chilometri e chilometri di foresta, all'improvviso aveva fatto sì che le cose che viveva ogni giorno, i fastidi che potevano metterla di cattivo umore per ore, sembrassero insignificanti.

«Lo senti?» aveva sussurrato Pipe accanto a lei.

Cora aveva potuto solo annuire.

«Vengo qui quando le cose diventano troppo da sopportare. Questo posto mi ricorda che siamo sulla terra per un periodo di tempo molto breve, che la mia vita è fugace. Mi dà un senso di pace.»

Aveva capito perfettamente.

«Sei fortunato. A vivere qui, intendo. È... è così bello che non riesco ad esprimerlo a parole.»

«Sì» aveva concordato Pipe. Poi le si era avvicinato, tanto che aveva potuto sentire il calore del suo corpo permearla, e avevano guardato in silenzio la bellezza che li circondava. Esitante, le aveva messo ancora una volta la mano sulla parte bassa della schiena, e non era riuscita a trattenersi dall'appoggiarsi a lui.

Non aveva idea di quanto tempo erano rimasti lì in quel modo, ma le sembrava ancora di sentire il suo tocco. Più tempo passava accanto a quell'uomo, più *desiderava* stargli vicino. Era come se avesse trovato una parte mancante della sua anima. Era una cosa sdolcinata, incredibile e ridicola.

Eppure, non riusciva a liberarsi della sensazione che Pipe fosse suo.

Lara l'avrebbe adorato. L'avrebbe incoraggiata a provarci, a non avere paura dei suoi sentimenti. Tra le due, lei era la più romantica, quella che vedeva sempre il meglio nelle persone. Che si innamorava in un batter d'occhio.

Il solo pensarci la fece accigliare. Mentre gli altri continuavano a mangiare, la preoccupazione per la sua amica la travolse di nuovo. Lara si trovava in quella situazione a causa della sua ingenuità. Aveva cercato di avvertirla che c'era qualcosa in Ridge che la rendeva nervosa, ma lei non era stata d'accordo e di conseguenza avevano litigato di brutto.

Alla fine, Pipe, che era seduto accanto a lei, si accorse del suo silenzio. «Stai bene?» le chiese a bassa voce.

Sbatté le palpebre e si rese conto di essersi persa nella sua testa, chissà per quanto tempo, ignorando completamente ciò che accadeva intorno a lei.

«Sì. Sono solo preoccupata per Lara.»

«Domani faremo dei piani» le assicurò. «Tex dovrebbe darci tutte le informazioni che è riuscito a trovare, così cercheremo di capire come metterci in contatto con lei e scoprire in che situazione si trova.»

Non sarebbe stato così facile, lo sapeva. Non avrebbe potuto bussare alla porta di Ridge e andarsene a braccetto con la sua amica a prendere un gelato o altro. Quell'uomo si era dato molto da fare per far innamorare Lara rapidamente. Così in fretta da farle accettare di trasferirsi in Arizona senza preavviso... sempre se lei aveva accettato. Dato che Cora non era riuscita a parlarle per sapere come fosse avvenuto esattamente quello spostamento, non era sicura di nulla.

«Ok» disse dopo un attimo. «Apprezzo che tu mi tenga informata, ma questo non cancella la preoccupazione per la mia amica. Lara... non è come me. È cresciuta serena. La sua famiglia è ricca. Non ha la minima idea di cosa significhi andare a letto con così tanta fame che sembra che lo stomaco si stia mangiando da solo. O andare a dormire sapendo che nel momento stesso in cui ti sdrai, qualcuno potrebbe entrare nella tua stanza e toccarti in modo inappropriato. Non ha mai dovuto chiedersi quando avrebbe avuto l'opportunità di fare un'altra doccia o se avrebbe vissuto in una casa completamente nuova da un giorno all'altro. E non ho *mai* voluto che sperimentasse tutto ciò. Mai. Ora temo che sia esattamente ciò che sta accadendo. Che stia subendo alcune delle cose che ho sopportato io da bambina... e che sia totalmente impreparata.»

Invece di rispondere, Pipe si alzò in piedi e le afferrò la mano, tirando su anche lei. «Abbiamo finito. Ci vediamo domattina» disse agli amici.

«Sarò qui presto, se dovessi svegliarti e volessi un po' di compagnia» la informò Alaska. «Devo lavorare un po' sul sito e sulle prenotazioni.»

«Anch'io mi alzo sempre presto» aggiunse Henley. «Porto Jasna a scuola e poi vado allo studio di Los Alamos. Se hai bisogno di qualcosa in centro fammelo sapere, così lo prendo prima di tornare qui verso l'ora di pranzo.»

«Io dormirò» ammise Reese con un sorriso un po' imbarazzato. «Non sono una persona mattiniera, a differenza di queste due strambe.» Sorrise. «E il bambino nella pancia mi stanca molto.»

«Sì, certo, è il bambino che ti tiene sveglia di notte e ti stanca» ironizzò Henley.

Tutti risero e Cora sorrise debolmente. Quelle donne erano così gentili con lei. Erano sostanzialmente delle estranee, eppure le avevano offerto il loro aiuto senza esitazione. Era un po' sconcertante, e si sentiva come se stesse aspettando che arrivasse la mazzata da un momento all'altro. Tipo che scoprissero qualcosa di lei che non apprezzavano e capissero che non era degna della loro amicizia.

Pipe scosse la testa come se fosse divertito dalle donne, poi iniziò a tirarla verso la porta. «Ringraziate Robert da parte mia!» gridò Cora, mentre veniva trascinata via.

«Non serve ringraziare» disse l'uomo entrando nella grande sala da una porta sul lato opposto.

Avrebbe voluto protestare, dirgli che doveva essere assolutamente ringraziato per il cibo straordinario che aveva preparato per cena, ma Pipe non gliene diede la possibilità. Camminava velocemente, tenendole la mano con una presa salda. Però aveva la sensazione che se gli avesse fatto capire che voleva che gliela lasciasse andare, lui avrebbe immediatamente allentato le dita.

Ma non aveva alcun desiderio di dirglielo. Anche se camminava in fretta, si assicurava che lei fosse al suo fianco, di non fare falcate lunghe che le impedissero di tenere il passo. Era premuroso, attento. E nonostante fosse buio, ed era sicura che nella foresta che li circondava ci fossero creature grandi e piccole che l'avrebbero spaventata se si fosse trovata faccia a faccia con una di loro, con lui si sentiva al sicuro, come sempre. Non avrebbe permesso a nessun orso, alce o chupacabra di mangiarla.

Sorrise a quei pensieri. Era difficile credere che con tutto ciò che stava succedendo, con la sua grande preoccupazione per Lara, potesse ancora sorridere.

Pipe la condusse al suo chalet, che le aveva indicato prima, ma non andò alla porta, la guidò verso un lato dell'abitazione. Con sua grande sorpresa, quando arrivarono sul retro, invece del portico che pensava avesse, come aveva visto in alcuni degli altri chalet, vide solo alcuni gradini che portavano alla porta posteriore.

Cosa più interessante fu la robusta scala a chiocciola all'angolo.

«Pipe?» gli chiese, mentre la conduceva proprio a quella.

«Sali» rispose.

Lei fece un piccolo sorriso, ma obbedì e salì sul primo gradino.

La scala era stretta e si concentrò per non inciampare

mentre procedeva. Quando arrivò in cima, non poté far altro che rimanere a bocca aperta.

C'era una terrazza sul tetto.

Da davanti lo chalet sembrava uguale a tutti gli altri, ma quella terrazza era... era letteralmente mozzafiato.

Non era enorme, forse tre metri per tre, ma aveva una robusta ringhiera tutt'intorno e Pipe vi aveva sistemato due sedie Adirondack con un tavolino basso nel mezzo, e un tappeto tondo che, secondo lei, era impermeabile.

Mentre osservava quello spazio, Pipe si diresse verso il lato sinistro e azionò un interruttore. Delle lucine colorate illuminarono la terrazza, ma con una luce soffusa che non avrebbe rovinato la vista notturna.

«Siediti» le ordinò. «Torno subito.»

Cora si voltò per chiedergli dove stesse andando, ma lui stava già scendendo la scala.

Troppo incantata per sedersi, si avvicinò alla ringhiera e inclinò la testa indietro per guardare in alto. C'erano alberi tutt'intorno allo chalet, ma lo spazio sopra la sua testa era completamente sgombro. L'aria della sera era frizzante... e ansimò, *ansimò* letteralmente, di fronte a uno spettacolo che non aveva mai visto prima.

Fissò quelle che sembravano milioni di stelle che brillavano sopra di lei.

Aveva sentito parlare di inquinamento luminoso, e sapeva che guardare il cielo notturno da un appartamento in città non poteva essere paragonato a quello che poteva apparire nella natura selvaggia, ma non immaginava che la differenza sarebbe stata così radicale.

Le stelle sembravano più luminose. Più vicine. Più maestose. Cora non volle nemmeno sbattere le palpebre per paura di perdersi qualcosa.

Doveva essere rimasta lì a fissare il cielo più a lungo di

quanto pensasse, perché sussultò sorpresa quando si sentì toccare la schiena.

«Scusa. Sono solo io» disse Pipe con voce bassa e profonda, allontanandosi per darle spazio dopo averla spaventata.

Cora si voltò e gli sorrise. «Pipe, tutto questo è... è fantastico.»

«Già» concordò. «Se vuoi sederti, le sedie sono perfette per guardare le stelle. Ho portato delle coperte perché fa un po' freddo.»

Non faceva solo un po' freddo, era freddissimo, ma non le importava. Annuì e si diresse verso una delle sedie, accomodandosi e appoggiandosi allo schienale. Pipe aveva ragione, era ottima per osservare le stelle, perché con la testa posata sullo schienale, l'angolo era perfetto per guardare verso l'alto senza allungare il collo.

Lui scrollò una coperta e la stese su di lei prima di accomodarsi sull'altra sedia. Non parlarono per un po', finché Cora non girò la testa. Le piccole luci intorno a loro le permisero di vedere l'uomo al suo fianco.

Con sua sorpresa, invece di guardare il cielo, Pipe stava fissando lei.

«Che c'è?» gli chiese, aggrottando la fronte.

«Ti piace?»

«Ovvio. Come potrebbe non piacermi?»

«Be', la sedia è dura, fa freddo, è buio e non è che il cielo sia divertente come un programma televisivo.»

Cora sbuffò. Un vero e proprio sbuffo poco elegante. Si sarebbe vergognata di quel verso, ma in quel momento era troppo impressionata. «Sai, se mi avessero chiesto cosa mi sarei aspettata vincendo una cena a quell'asta, non avrei mai detto, nemmeno tra un milione di anni, che sarei finita qui al Rifugio, seduta al buio, a fissare un cielo notturno che non ho letteralmente mai visto in tutta la mia vita, accoccolata sotto una coperta calda, con un uomo che ha più sfumature di quanto avrei mai pensato.»

Lui contrasse le labbra e solo allora rivolse l'attenzione verso l'alto. «Quando sento che sto per essere sopraffatto dai miei pensieri, vengo qui fuori e guardo il cielo. Una volta, mi trovavo nel deserto dell'Iran per una missione. Eravamo entrati furtivamente nel Paese e stavamo aspettando l'inizio della fase successiva dell'operazione. C'era un silenzio quasi assoluto, solo il rumore dei nostri respiri e il fruscio occasionale di qualcuno che si spostava sulla sabbia. Ero concentrato su ciò che stava per accadere quando mi è capitato di alzare lo sguardo. Ho letteralmente ansimato quando ho visto le stelle. Non avevo mai visto nulla di così maledettamente bello in vita mia, come laggiù, senza alcun inquinamento luminoso.

Quando sono arrivato qui, prima che venissero costruiti i nostri chalet, mi sono accampato spesso con una tenda. Mi sentivo più a mio agio all'aperto, senza quattro mura intorno a me. Sono migliorato molto riguardo alla sensazione di essere intrappolato, ma ho capito di voler costruire una terrazza sul tetto. Un posto dove poter guardare le stelle quando il mio disturbo post-traumatico da stress si scatenava e avevo bisogno di spazio. Ho dormito qui sopra più volte di quante ne possa contare. Poter guardare in alto e vedere le stelle, sapere che il mondo è molto più grande dei miei problemi... mi aiuta.»

Cora sospirò e rivolse di nuovo lo sguardo verso l'alto. Rifletté per un attimo su ciò che aveva detto, poi annuì. «Sì, aiuta.»

Nel silenzio che seguì, discusse tra sé e sé per qualche minuto... poi decise di fregarsene. Era sempre stata impulsiva. Diceva cose che probabilmente non avrebbe dovuto dire. Faceva stupidaggini. Perché quella sera avrebbe dovuto essere diverso?

Si alzò con la coperta avvolta intorno a sé e fece qualche passo verso la sedia di Pipe. Più che vedere, sentì il suo sguardo fisso su di lei. Senza dire una parola, si girò di lato e si sedette sulle sue ginocchia.

Con suo grande sollievo, non le chiese cosa stesse facendo. Non la cacciò via. Le sue braccia la circondarono mentre lei appoggiava la testa sulla sua spalla e si accoccolava a lui. Le sue gambe pendevano dal bracciolo della sedia e, a dire il vero, non era esattamente la posizione più comoda al mondo, ma Pipe era caldo e lei soddisfatta.

«Va bene?» gli sussurrò dopo un attimo.

«È perfetto» la rassicurò.

Sorridendo, si rilassò di più contro di lui.

Da che ricordava, Cora aveva sempre tenuto per sé le proprie emozioni. Da bambina aveva scoperto che piangere non serviva mai a nulla. Veniva comunque allontanata da una casa e collocata in un'altra. Se si comportava male, veniva etichettata come "difficile" e, ancora una volta, trasferita in un'altra casa. Se ammetteva di essere depressa, veniva portata in ospedale e le venivano somministrate delle pillole. Aveva imparato che era più facile tenere per sé ciò che provava. E anche se era passato molto tempo da quando era stata in affidamento, molto di ciò che aveva assimilato in quel periodo era diventato un'abitudine.

Con Lara riusciva a parlare di ciò che provava, ma lei era letteralmente l'unica persona con cui si era aperta. Fino a quel momento.

«Ho paura» ammise in un bassissimo sussurro.

Invece di dirle subito che sarebbe andato tutto bene, Pipe le chiese: «Di cosa?»

Cora sbuffò. «Di tutto.»

«Spiegati meglio.»

Sospirò. «Che Lara non ci sia più. Conosco le statistiche... quando le donne scompaiono per così tanto tempo, è improbabile che vengano ritrovate vive.»

«Non dico che non sia una possibilità» esordì Pipe... e sebbene non le piacesse ciò che aveva detto, apprezzò che fosse sincero e non stesse cercando di indorare la pillola. «Ma questo non sembra un rapimento normale. Michaels non ha tenuto nascosto di essere in Arizona e che Lara è con lui. Se avesse voluto farle del male o ucciderla, credo che l'avrebbe fatto a Washington. Che altro?»

«Non voglio che tu o i tuoi amici vi facciate male. Vi ho convinti ad aiutarmi e se dovesse succedere qualcosa a qualcuno di voi, non sono sicura di poter vivere con il senso di colpa.»

«Quello che succede da adesso in poi non è una tua responsabilità» le disse con decisione.

Cora si limitò a scrollare le spalle. «Anche se lo dici, non significa che non ne sentirò il peso.»

«Affronteremo questa situazione conoscendo i rischi e le conseguenze. Non pensiamo di poter arrivare alla porta della villa di questo tizio e chiedere di parlare con Lara e basta. Sappiamo che sarà molto più complicato.»

Incredibilmente, Cora sorrise.

«Perché quel sorriso?» le chiese.

«Ho pensato esattamente la stessa cosa prima, di andare a bussare alla porta di Ridge e chiedere di vedere Lara.»

Pipe strinse le braccia intorno a lei per un momento. Fu piacevole. «Di cos'altro hai paura?»

Si chiese se avrebbe dovuto dire ciò che le passava per la testa, ma dato che era buio e si sentiva più coraggiosa del solito, sbottò. «Di te.»

Ogni muscolo sotto di lei si irrigidì. «Di me? Hai *paura* di me?» le chiese, completamente scioccato.

«Sì.»

«Alzati, Cora» disse in tono strozzato.

Ma lei si rifiutò. Si rannicchiò ancora di più, se possibile. Pipe era abbastanza forte da alzarsi in piedi con lei in braccio e allontanarla fisicamente da lui, ma sperava davvero che non lo facesse.

«Mi fai provare cose che non ho mai provato. Che non ho mai pensato di poter provare» disse in fretta. «Lara è una romantica. Vede il principe azzurro dietro a ogni angolo. Ogni uomo che incontra potrebbe essere potenzialmente "quello giusto" per lei. Io sono l'esatto contrario. Io vedo un mostro nel corpo della maggior parte degli uomini che incontro. Ho imparato a mie spese che le persone non sono quelle che sembrano in superficie. Ma più ti sto vicina, più ho l'impressione che tu sia esattamente quello che mostri al mondo.»

«Uno strambo schizzato ricoperto di tatuaggi, perché farseli era l'unico modo in cui riusciva a sentire qualcosa di diverso da una sorta di distante annebbiamento?» chiese Pipe un po' duramente.

«Vedi? La maggior parte degli uomini non ammetterebbe che questo è il motivo per cui si sono fatti dei tatuaggi. Probabilmente direbbero solo che danno loro un aspetto cazzuto, o che amano quei disegni, o qualcosa del genere. Ma non tu. Sei più genuino di chiunque abbia mai incontrato. E... con te mi sento... al sicuro» disse sommessamente. «Sono i miei *sentimenti* per te che mi spaventano.»

A poco a poco, i muscoli sotto di lei si rilassarono, così continuò. «Mi piace il tuo aspetto. Mi è piaciuto che all'asta la gente avesse un po' paura di te. Avrei sicuramente vinto se quella stronza di Eleanor non avesse fatto ciò che fa sempre, cioè cercare di mettermi in quello che secondo lei è il mio posto... un gradino al di sotto di lei, solo perché è bella e ha i soldi.»

«Con me sei al sicuro» le disse Pipe.

«Lo so. Non sarei qui se non lo pensassi. Posso ammettere un'altra cosa?»

«Certo.»

«So che non dovrei volere un protettore. Sono una donna moderna e non ho bisogno di un uomo. Ma viaggiare fin qui mi ha aperto gli occhi. Di solito, quando mi faccio i fatti miei, alcuni uomini mi fissano. Pensano di avere il diritto di dire quello che vogliono, per quanto inappropriato, o di spogliarmi con gli occhi. Oppure mi ignorano completamente, mi guardano con aria assente, come se non fossi abbastanza importante da essere notata. Ma quando sono con te, nessuno mi tratta in modo irrispettoso. Mi è sembrato di potermi rilassare per la prima volta in pubblico. So che non è una cosa popolare per le donne volerlo o pensarlo, ma non posso farci niente.»

«Nessuno *oserà* guardarti in modo irrispettoso quando ci sono io.»

«Lo so. È quello che sto dicendo.»

«Penso che la maggior parte delle donne sia probabilmente una via di mezzo tra te e la tua amica Lara. Non pensano che ogni persona che incontrano possa essere la loro metà, ma non pensano nemmeno che abbia dei secondi fini» sostenne lui, dopo qualche minuto di confortevole silenzio.

«Sono d'accordo.»

«Non devi avere paura di me, Cora» le disse, in un tono che non riuscì a interpretare. «Non sono un pericolo per te. Fisicamente, emotivamente o in qualsiasi altro modo. C'è qualcosa in te che io...» Si interruppe.

«Sì» concordò Cora.

«Lo senti anche tu.» Non fu una domanda.

Annuì contro la sua spalla.

«Il momento non è dei migliori» ammise Pipe, e lei sentì chiaramente il divertimento nella sua voce.

«Vero? Grazie, universo, per aver messo sulla mia strada un uomo di cui penso di potermi fidare e che voglio conoscere meglio, proprio quando sta per scoppiare un casino.»

Pipe ridacchiò e quel suono vibrò attraverso di lei. Poi le mise una mano sulla nuca e gliela strinse delicatamente. Cora inclinò la testa per poter vedere il suo viso. Era così vicino. Poteva sentire il suo respiro caldo sulla guancia. Il profumo del caffè che aveva bevuto a cena. Il suo corpo cominciò a fremere sotto la coperta. Non si era mai sentita così connessa a un uomo. Come se volesse fondersi con lui.

«Una cosa che ho imparato negli anni» disse Pipe, «è che bisogna cogliere le opportunità quando si presentano. Non so dirti quante volte ci siamo trovati nel bel mezzo di un'operazione intensa e all'improvviso è successo qualcosa di assolutamente inaspettato: ragazzi che hanno iniziato una partita di calcio, un coro che si stava esercitando cantando delle canzoni bellissime, qualcuno che ci ha fornito casualmente informazioni che si sono rivelate fondamentali per uscire vivi da una particolare situazione. In tutti i casi, quando ho seguito la corrente – ho dato un calcio a quel pallone, mi sono fermato ad ascoltare una canzone, ho preso sul serio le informazioni che ci erano state date – alla fine le cose sono andate bene.»

«E quando non l'hai fatto? Quando hai continuato per la tua strada e ti sei concentrato su ciò che eri andato a fare?»

«Le cose sono andate a puttane» rispose senza mezzi termini.

«Quindi stai dicendo che non dovremmo ignorare ciò che proviamo» disse con un piccolo sorriso.

Le si contrasse la pancia quando le sorrise a sua volta. «Esatto.»

«Quindi, se ci viene voglia, dovremmo gettarci sul prato di Ridge e fare sesso selvaggio?» lo stuzzicò.

Pipe gettò indietro la testa e rise di gusto, e lei non si era mai eccitata così tanto in vita sua come in quel momento. Quando raddrizzò la testa, Cora avrebbe potuto giurare che i suoi occhi azzurri brillassero come le stelle sopra di loro.

«Non so se arriverei a tanto, ma magari potremmo iniziare con un bacio.» Mentre parlava, le accarezzava la nuca con il pollice, facendole venire la pelle d'oca sulle braccia. «Sai, per sondare il terreno.»

«Dici?» gli chiese, quasi senza fiato.

«Oh, sì. E per la cronaca... sei l'unica donna che ho portato quassù. Questo è il *mio* spazio. Dove vado quando ho bisogno di rilassarmi, di allontanarmi dal mondo. Il mio posto sicuro.»

Il suo cuore fece una capriola. Sapeva quanto era importante che lo stesse condividendo con lei.

«Ora è anche il tuo posto sicuro» aggiunse.

«No» disse Cora, scuotendo la testa. «*Tu* sei il mio posto sicuro. Ho la sensazione che non importa se siamo qui, su un aereo, in una caffetteria o in un nascondiglio sotterraneo di un terrorista... con te mi sento protetta.»

«Porca puttana» sospirò Pipe. «Sto per baciarti» la avvertì.

Gli sorrise. «Ok.»

Ma lui non si mosse. Si limitò a fissarla.

«Pipe? Pensavo che stessi per baciarmi.»

«Sì. Ma sto memorizzando questo momento. Non

capita tutti i giorni che un uomo incontri la donna che vuole sposare.»

Fu il turno di Cora di rimanere scioccata. «Cosa?»

«Lo so. Troppo in fretta. Ma non sono stupido. Capisco quando mi viene fatto un dono. Così come avevo capito che potevo prendermi del tempo per giocare con quei bambini, o per ascoltare un paio di canzoni. Ho quarantadue anni. Sono troppo vecchio per pensare con l'uccello, ma non abbastanza da non dare retta al destino quando mi dà una botta in testa per farmi rinsavire.»

«Non so...»

«Non oggi. E nemmeno domani. Non mi importa quanto tempo ci vorrà, ti dimostrerò che con me puoi essere te stessa. Che puoi abbassare la guardia, dirmi tutte le cose che provi, belle e brutte. Sarò il tuo protettore. Sarò tutto ciò che avrai bisogno che sia.»

Cora sapeva che avrebbe dovuto andare nel panico. Cose del genere non le succedevano. Era il tipo di situazione in cui avrebbe potuto trovarsi Lara. Un uomo che dichiarava di volerla sposare dopo averla conosciuta da solo un giorno, prima ancora di aver scambiato un solo un bacio... sì, era una cosa che sarebbe successa a Lara, non a lei.

Eppure, eccola lì. E sorprendentemente, più metabolizzava le sue parole, più l'idea la eccitava. «Va bene. Ma lo voglio fare qui. Sulla tua terrazza. Di sera. Con le lucine accese. Solo noi e chiunque ci sposi. Tutti gli altri possono stare sul prato a gioire per noi. E non indosserò un abito bianco.»

Cora non sapeva da dove fosse arrivata tutta quella roba, ma la sentiva giusta.

Pipe sorrise. «Sono d'accordo.»

Gli sorrise a sua volta. «Buon Dio, abbiamo appena

deciso come vogliamo che si svolga la nostra cerimonia di matrimonio quando non ci siamo ancora nemmeno baciati? Potremmo non essere in sintonia. Potremmo non avere alcuna intesa.»

«Oh, eccome se siamo in sintonia» ringhiò Pipe. Poi strinse le dita sul suo collo e abbassò la testa.

La baciò come se l'avesse fatto per tutta la vita. Senza alcuna esitazione o maldestro tentennamento.

Cora si aprì subito a lui e gli circondò il collo con un braccio, esortandolo ad avvicinarsi.

E aveva ragione. Tra loro c'era una forte sintonia. Più di quanto avesse mai sperimentato con chiunque altro. Nel momento in cui gli sfiorò le labbra con le sue, fecero scintille.

Inclinò la testa, desiderosa di approfondire il bacio. Le loro lingue si accarezzarono, mentre parlavano senza usare le parole. Pipe portò una mano sul suo viso, mentre adorava la sua bocca. Non poteva descriverlo in altro modo. Si strinse a lui con tutta se stessa, temendo di volare in mille pezzi se non lo avesse fatto.

Quando alla fine lui sollevò la testa, Cora si sentì quasi abbandonata. Aprì gli occhi e scoprì che la stava fissando come se non l'avesse mai vista prima. Il suo sguardo la fece sentire forte e debole allo stesso tempo... e molto femminile.

«Pipe?» disse.

«Porca puttana.»

Cora ridacchiò.

«Davvero, donna. È... non so cosa sia stato.»

«Penso che si possa dire con certezza che tra noi c'è intesa» affermò.

«Sì» concordò, prima di abbassare di nuovo la testa.

Questa volta il bacio fu dolce e lento, non appassionato come il precedente, ma non meno coinvolgente.

I capezzoli di Cora erano turgidi sotto la maglia e si sentiva molto bagnata tra le gambe. Per un bacio, tra l'altro. Non le era mai successo prima.

E non le era sfuggita l'erezione sotto il sedere. Ebbe l'improvviso pensiero che se si fosse spostata per mettersi a cavalcioni sulle sue ginocchia, le sarebbe bastato dimenarsi un po' e lui sarebbe stato dentro di lei.

Ma in quel momento Pipe staccò le labbra dalle sue, le circondò la schiena con un braccio, posò l'altro sulle sue gambe e se la strinse di nuovo contro il petto.

«Stavo scherzando sul fatto di fare sesso sul giardino di Ridge, ma ora penso che non sia da escludere del tutto come possibilità» gli disse con una piccola risata.

«Troveremo Lara, scopriremo cosa diavolo è successo, poi ti riporterò al Rifugio e faremo l'amore qui sulla nostra terrazza, con le stelle che brillano sopra la nostra testa.»

Cora si dimenò. Lo desiderava. Moltissimo. «Possiamo magari portare su una stufetta o qualcosa del genere? Perché il pensiero di spogliarsi al freddo non è molto romantico.»

Percepì più che sentire la sua risatina. «Sì, amore, possiamo farlo.»

Nella sua testa sapeva che con quel vezzeggiativo non le stava dichiarando il suo amore, era solo un modo che usavano i britannici rivolgendosi a qualcuno, lo aveva sentito abbastanza spesso nei programmi televisivi e letto nei libri. Tuttavia, qualcosa nel suo intimo si sentì appagato e compiaciuto per quell'appellativo. Non aveva desiderato altro che essere amata per tutta la vita, e sentire quella parola uscire dalle labbra di Pipe le fece desiderare ancora di più che fosse sincera.

Rimasero accoccolati per almeno un'altra mezz'ora prima che Cora sentisse penetrare l'aria fredda. Rabbrividì, nonostante fosse incollata a Pipe e sotto una coperta.

«È ora di entrare» le annunciò.

Lei mise il broncio. «Ma sto bene qui.»

«Bugiarda» le disse con dolcezza. «Stai congelando.»

«Ho solo un po' freddo.»

Lui sbuffò e si raddrizzò senza spostarla. Proprio come aveva pensato prima, avrebbe benissimo potuto alzarsi in piedi tenendola in braccio. Ma invece di farlo, la fissò con uno sguardo che non riuscì a interpretare.

Poi disse: «Il giorno più fortunato della mia vita è stato quando mi hanno scelto per partecipare a quell'asta e ho incontrato la mia stalker.»

Senza darle il tempo di rispondere, si alzò e la mise in piedi. Le tolse la coperta e la fece voltare verso la scala. «Te la ridò non appena sarai arrivata giù, non voglio che inciampi scendendo.»

Fu attraversata da un altro brivido, non a causa del freddo, ma perché era di nuovo protettivo. Scese con cautela la scala a chiocciola, mentre lui spegneva le luci per poi seguirla. Guardò ancora una volta in alto e rimase a bocca aperta quando una stella cadente attraversò il cielo.

«Porca miseria, l'hai vista?» chiese, mentre Pipe si fermava accanto a lei.

«Sì.»

«È stato... non ho parole. Incredibile. Bellissimo. Da togliere il fiato.»

«A me sembra che non ti manchino le parole» la stuzzicò.

Si voltò verso di lui e gli diede uno schiaffo sul petto. «Non prendermi in giro. Non ho mai visto una stella cadente prima d'ora. Aspetta, *era* una stella, giusto, non una meteora che sta per esplodere e decimare la terra.»

Lui ridacchiò e Cora decise che le piaceva il suono della sua risata. Voleva sentirla molto più spesso. «Era una stella» la rassicurò. «Dai, andiamo al caldo. È più tardi di quanto pensassi e domattina dobbiamo alzarci presto per parlare con i ragazzi.»

«Pipe?» Alzò lo sguardo su di lui.

«Sì?»

«Il modo in cui mi fai sentire quando sono accanto a te non ha nulla a che vedere con la gratitudine, ma devi permettermi di ringraziarti. Lara è l'unica famiglia che abbia mai conosciuto.»

«Fino ad ora.»

«Come, scusa?» chiese, inclinando la testa.

«L'unica famiglia che hai avuto... fino ad ora. Adesso hai me, i ragazzi, le loro donne, e non credere che mi sia sfuggito come Robert penda già dalle tue labbra. E anche Ryan. Sono sicuro che non appena conoscerai Jess, Jason, Hudson, Luna, Carly e Savannah, piacerai anche a loro.»

Cora strinse le labbra, cercando di non piangere. «Tu non capisci. Questa non sono io. Non faccio amicizia così facilmente. Sono la tipa strana, quella che la gente non capisce e con cui non lega.»

«Sbagliato. Questa *sei* tu. Hai solo avuto la sfortuna di non aver ancora trovato la *tua* gente. Qui accettiamo tutti così come sono. Siamo tutti strani, amore. Accettalo e sii esattamente chi sei destinata a essere. Ora, fila dentro, donna, vedo che stai tremando.»

Cora si lasciò spingere verso la porta posteriore dello chalet. Si sentiva un po' destabilizzata, ma più ottimista di quanto non lo fosse stata in tutta la sua vita.

Avrebbe trovato Lara, l'avrebbe allontanata da Ridge,

perché nel profondo sapeva che non era un bravo ragazzo, sarebbe tornata al Rifugio, avrebbe fatto sesso selvaggio con Pipe e avrebbe pensato al resto della sua esistenza.

Non si illudeva che le cose sarebbero state facili, ma cominciava davvero a credere che, forse, avrebbe potuto essere finalmente felice.

CAPITOLO DODICI

Pipe non era contento.

La situazione che si stava delineando non lo faceva sentire tranquillo e sereno. Non che non avesse creduto a Cora quando aveva insistito sul fatto che Ridge Michaels aveva rapito la sua amica, però senza prove non aveva potuto prendere decisioni definitive.

Ma ora che stavano ascoltando le nuove informazioni che Tex aveva scovato, non aveva dubbi che andare in Arizona e riprendersi Lara, se era ancora viva, non sarebbe stato facile.

Peter Ridge Michaels era il figlio di John Michaels, un uomo che aveva fatto i soldi brevettando un nuovo antidolorifico e che ora viveva in California. Pipe non conosceva tutti i dettagli del farmaco, ma a quanto pareva era molto forte e l'uomo aveva fatto molte pressioni per farlo entrare nelle reti di medici e farmacisti.

Però, un decennio dopo l'approvazione del farmaco da parte della FDA e la sua successiva prescrizione a milioni di persone, erano state sollevate questioni sulla responsabilità etica dei medici che lo prescrivevano ai loro pazienti, a causa del fatto che creava forte dipendenza.

Tutto ciò ormai era praticamente irrilevante, perché John Michaels aveva già da tempo cavalcato l'onda della popolarità della sua creazione, guadagnando milioni di dollari, prima di vendere la formula ricavandone ancora un bel po' di soldi. Nonostante il prezzo del farmaco fosse crollato e chiunque lo avesse prescritto fosse stato messo sotto accusa, la famiglia Michaels stava godendo dei benefici dei primi anni di successo dell'antidolorifico.

«Cosa c'entra Ridge con il farmaco?» chiese Owl. Avevano deciso di usare il nome con cui Lara e Cora conoscevano l'uomo, per non confondersi.

«Niente, per quanto ne so» disse Tex attraverso il telefono al centro del tavolo. «Ha beneficiato del fatto che suo padre ne fosse il creatore e ha a disposizione più denaro di quanto la maggior parte delle persone sappia cosa farne.»

«E allora perché avrebbe dovuto mettersi così a rischio rapendo Lara?» chiese Cora.

«Non prenderla nel modo sbagliato... ma non sappiamo se l'ha fatto» replicò Tex.

Pipe la sentì irrigidirsi accanto a lui.

«Comprendo quello che vuoi dire. Sono disposta ad ammettere che forse Lara si è trasferita volontariamente in Arizona con Ridge. È una romantica. Potrebbe essere stata così innamorata dell'idea dell'amore e del matrimonio da andare con lui. Forse si aspettava che si trattasse di un breve periodo di assenza, come ha detto al posto di lavoro. Forse ha trovato davvero il suo principe azzurro. Ma voglio comunque sentire dalle sue labbra che è lì di sua spontanea volontà.»

L'ammirazione di Pipe per lei aumentò. Aveva insistito

più volte sul fatto che la sua amica era stata rapita, ma era ancora disposta a considerare che forse si sbagliava.

«La famiglia Michaels ha una villa con ventiquattro stanze nella zona di Phoenix. Michaels senior ha alle dipendenze una dozzina di persone che entrano ed escono regolarmente dalla casa, giorno e notte. Ridge ha due guardie del corpo, una delle quali è sempre con lui. Nell'ultima settimana è stato visto a una raccolta di beneficenza, da solo, e non sembra esserci nulla di strano nei suoi impegni» proseguì Tex.

«Qualcuno ha visto Lara?» chiese Stone.

«Sì. Ridge l'ha portata fuori a mangiare un paio di settimane fa. Ha affittato l'intero ristorante per avere un po' di privacy.»

«Questo non prova che sia lì di sua spontanea volontà» disse Cora. «Potrebbe aver affittato il ristorante in modo che lei non potesse fare scenate o chiedere aiuto a qualcuno. La tiene completamente isolata, sia a casa sua sia, a quanto pare, in pubblico.»

«È un'ottima osservazione» concesse Tex. «Ho trovato delle immagini satellitari di lei nei giardini della proprietà, sempre con Michaels al suo fianco. Però quelle immagini risalgono a quando erano appena arrivati.»

«Ha fatto qualche telefonata? Ha parlato con qualcuno al di fuori della cerchia di Ridge?» chiese Brick.

«Non sono riuscito a trovare niente.»

Pipe guardò Cora e la trovò a fissarsi le mani, che erano strette in grembo. Odiava che si trovasse in quella situazione.

«Sta usando delle carte di credito?» domandò Tiny.

«In realtà, sì. Abbastanza regolarmente. Anche la famiglia Osler è molto benestante. Lara ha un fondo fiduciario piuttosto generoso, e alla morte dei genitori sarà l'unica erede del loro patrimonio, attualmente stimato intorno ai venti milioni di dollari.»

Cora alzò la testa e aggrottò le sopracciglia, fissando il telefono.

«A cosa stai pensando, Cora?» le chiese Tonka.

Lei gli lanciò un'occhiata. «Sapevo che i genitori di Lara erano facoltosi, ma lei è l'ultima persona che penseresti sia ricca. Lavora sodo, ma non guadagna molto come direttrice esecutiva di una scuola materna. È anche molto frugale. Non ama andare spesso a mangiare fuori, non compra molte cose. Quindi è strano che usi così tanto la carta di credito. Ogni tanto va a un ricevimento con i suoi genitori, ma è sempre stata più una ragazza da jeans e maglietta.»

«Dove spende i soldi? E a quanto ammontano le spese?» chiese Spike a Tex.

Sentirono l'altro uomo cliccare su una tastiera prima che dicesse: «Sembra che nelle ultime tre settimane abbia speso quasi centomila dollari. Ralph Lauren, Saks Fifth Avenue, un paio di gioiellerie, molti ristoranti rinomati e... oh. Be', merda.»

«Che c'è? Cos'hai trovato?» domandò Brick.

«Una grossa parte dei soldi è andata al Blue Moon» rispose.

«Che cos'è?» chiese Owl.

«Un club d'alto bordo per soli uomini.»

Cora si alzò bruscamente e cominciò a camminare avanti e indietro lungo tutta la sala conferenze. Pipe distolse lo sguardo da lei, mentre gli altri si lanciavano in una conversazione.

«Quindi, o porta Lara con sé o usa le sue carte di credito.»

«Perché portare Lara in Arizona se frequenta delle spogliarelliste?»

«E soprattutto, perché usare la carta di credito di Lara quando è pieno di soldi?»

«C'è una routine per quanto riguarda la sua frequentazione al Blue Moon?» domandò Stone.

Pipe riportò l'attenzione sui suoi amici.

«Più o meno, ma solo per la frequenza» rispose Tex. «Ci sono spese praticamente ogni sera.»

«Il che è un bene» disse Stone. «Possiamo andare al Blue Moon e vedere come stanno le cose. E sappiamo anche che è fuori casa ogni sera.»

«Ciò significa anche che possiamo andare lì mentre lui non c'è e vedere se riusciamo a parlare con Lara» concordò Owl.

Pipe si voltò verso Cora e fu sorpreso di vederla seduta a terra, contro il muro, con le braccia intorno alle ginocchia. Si allontanò dal tavolo e le si avvicinò. «Cora?» Si inginocchiò accanto a lei e le mise una mano sulla spalla.

Lei scosse la testa. «La sta usando per i *soldi*» disse con un tono così sconfitto, così pieno di amarezza, che gli fece venire voglia di prenderla tra le braccia e cullarla. «È la cosa che temeva di più. È uno dei motivi per cui non usciva molto con gli uomini. Credo abbia ritenuto che Ridge fosse l'ideale perché è altrettanto ricco, e per questo deve aver pensato di potersi fidare del fatto di piacergli per ciò che è e non per il conto in banca.»

«Torniamo alla domanda importante. Perché Michaels avrebbe bisogno dei suoi soldi se la sua famiglia è così ricca?» domandò Tiny.

«Tex?» disse Brick. «Qualche idea?»

Dal telefono sul tavolo si sentì il ticchettio della

tastiera, ma l'attenzione di Pipe era rivolta a Cora. Non sapeva come comportarsi e si sentiva impotente. Era chiaro che fosse sconvolta da quella notizia e lui non poteva fare nulla per aiutarla, se non rimanere al suo fianco.

«Non proprio» rispose Tex. «La sua famiglia è ricca e, come la signorina Osler, Michaels ha un fondo fiduciario da cui viene trasferito del denaro ogni mese.»

«C'è qualcosa che non quadra» borbottò Brick.

«Sono d'accordo» confermò Stone annuendo.

«Aspettate un attimo» disse Tex. «Mmm... sembra che per anni abbia ricevuto ventimila dollari al mese dal fondo, ma prima che iniziasse a frequentare Lara, è sceso a tremila.»

«È un calo enorme» sostenne Brick.

«Già» concordò Tex.

«Il paparino gli ha tagliato la maggior parte dei fondi prima che conoscesse Lara. Mi sembra un buon motivo» rifletté Tiny.

«Giusto. Quindi sappiamo che usa i soldi di Lara e che esce spesso, il che è positivo per noi» affermò Owl. «Forse andare a bussare alla porta non è un brutto piano.»

«Oppure possiamo parlare con le ragazze del Blue Moon» disse Stone. «Fare un po' di ricognizione e scoprire quali sono le sue preferite, vedere che tipo di informazioni possono darci.»

«Cora?» chiese Pipe. «Cosa pensi che dovremmo fare?»

Sollevò la testa e incontrò il suo sguardo «Trovare dove tiene Lara e portarla via da lì» rispose con fermezza.

«Penso che non dovremmo iniziare con una violazione di domicilio» disse Spike con un sorriso ironico. «Abbiamo buone conoscenze, ma l'ultima cosa che voglio è dover pagare la cauzione per farvi uscire tutti da una prigione dell'Arizona.»

«Aspetta, non era in Arizona che quel tizio faceva indossare ai detenuti biancheria intima rosa?» domandò Brick.

Pipe si concentrò completamente su Cora, ignorando le chiacchiere dei suoi amici. «Scopriremo cosa sta succedendo» le disse.

Lei scosse la testa. «Voleva solo trovare qualcuno che la amasse per quello che è non per i suoi soldi.»

«Sapevi del suo fondo fiduciario?»

Alzò gli occhi al cielo. «Certo. Siamo migliori amiche. So tutto di lei. Ma non le interessa il denaro. Voglio dire, è grata di averne perché le permette di avere un appartamento in una zona sicura della città e di fare ciò che ama, invece di dover trovare qualcosa che paghi meglio, ma non è il tipo di persona che desidera borse firmate e gioielli costosi. È eccessivamente generosa, dà sempre soldi ai senzatetto e compra un regalo a tutti i bambini della scuola materna durante le feste. Si assicura che tutte le famiglie a basso reddito abbiano un tacchino per il giorno del Ringraziamento, e se qualcuno dei suoi alunni arriva a scuola con i vestiti sporchi o con un aspetto trasandato, si reca personalmente dalle loro famiglie per controllare. E lo fa senza che nessuno abbia l'impressione di star accettando la carità. È davvero straordinaria, e scoprire che Ridge voleva solo i suoi *soldi*...» scosse la testa con tristezza.

«La tireremo fuori da lì» la rassicurò.

«E vi sono riconoscente... ma tu non capisci. Scoprire la verità su di lui probabilmente l'ha distrutta» disse Cora, appoggiando la fronte sulle ginocchia.

A Pipe non piaceva vederla così devastata. Si alzò, poi si chinò e le mise una mano sotto il gomito. La aiutò ad alzarsi con delicatezza, la condusse al tavolo e la fece sedere. Poi si accomodò su una sedia accanto alla sua e le mise una mano sulla coscia. Non gli importava che i suoi amici vedessero l'affetto che provava per lei. Non poteva *non* toccarla in quel momento.

«Partiremo domattina» disse Pipe. «Prendiamo un volo fino a Phoenix, andiamo da Michaels, vediamo se siamo fortunati e ci fa entrare. In caso contrario, sorvegliamo la casa e poi ci rechiamo al Blue Moon. A seconda delle informazioni che otterremo, partiremo da lì. Ok?»

«Vi mando via mail le foto satellitari della proprietà e gli indirizzi dei luoghi in cui sono state usate le carte di credito. Magari potete andare nei negozi con le foto di Lara e Michaels e vedere se qualcuno li riconosce» suggerì Tex.

«Sì, è un buon piano» concordò Stone.

«Puoi procurarci gli indirizzi dei dipendenti che lavorano nella tenuta? Forse possiamo avvicinare qualcuno di loro lontano dalla casa, per vedere se riusciamo a farci dire ciò che succede all'interno» aggiunse Owl.

«Certo. Vi manderò una lista di nomi e vedrò cosa riesco a scoprire su ognuno di loro.»

«Grazie per le informazioni» gli disse Brick.

«Non ringraziarmi» replicò Tex stizzito.

«Scusa, mi ero dimenticato che lo odi» ribatté l'altro con una piccola risata.

«Mi farò sentire. Cora?»

Lei sollevò la testa. «Sì?»

«Se la tua amica è trattenuta contro la sua volontà, gli uomini intorno a quel tavolo troveranno il modo di tirarla fuori da lì» la rassicurò Tex.

«Lo è» insistette lei con fermezza. «E spero tu abbia ragione.»

«Ce l'ho. Chiudo.»

Per un attimo nella stanza scese il silenzio. Poi Owl affermò con calma: «Non mi piace questa situazione.»

«Sono d'accordo» disse Stone. «Mi puzza da morire. Michaels avrebbe davvero rapito Lara solo per usare i suoi soldi perché suo padre lo ha sostanzialmente tagliato fuori?»

«Chi lo sa. Ma sono sicuro che Tex farà altre ricerche e lo scoprirà» sostenne Spike.

«Dovrete andare un po' prima all'aeroporto per registrare le vostre armi» disse Tiny.

Lo sguardo di Cora si spostò su Pipe. «Portate delle armi?» chiese.

Lui annuì. «Certo che sì. Ti turba?»

«No. Voglio dire, meglio così. È solo che... ho letto che qui al Rifugio le armi non sono permesse, e con tutte le incertezze, il fatto che non pensate davvero che Lara sia stata rapita, non ero sicura...» Si interruppe.

«Stalker» la accusò Pipe con tenerezza.

Fu ricompensato con un piccolo sorriso. Non vedeva l'ora di riuscire a farla sorridere con entusiasmo. Una volta che la sua amica fosse stata al sicuro e lei non sarebbe stata troppo stressata, avrebbe potuto rilassarsi completamente.

«Sebbene non permettiamo agli ospiti di portare armi nella proprietà, per ovvie ragioni, ciò non significa che non siamo preparati a proteggerci. E non esiste che io vada in Arizona per cercare di capire cos'è successo a Lara senza che ci sia un modo per proteggervi» le spiegò Pipe.

«Avevi... avevi un'arma con te quando eravamo a Washington? Non ricordo che tu abbia fatto qualcosa di particolare quando abbiamo preso il volo per venire qui.»

«Non vado mai da nessuna parte disarmato.»

Inclinò la testa e lo studiò.

«Come se Pipe avesse davvero bisogno di un coltello o

di una pistola per proteggersi. O per proteggere chiunque altro» aggiunse Tiny.

Cora trasalì lievemente, come se avesse dimenticato che non erano soli. Pipe si sentiva allo stesso modo. Quando era con lei, voleva dedicarle tutta la sua attenzione. E lì, con i suoi amici, poteva farlo. Poteva abbassare la guardia e non stare troppo in allerta.

Lei si voltò verso Tiny. «Davvero?»

«Sì. Siamo tutti piuttosto bravi nel combattimento corpo a corpo. Ma Pipe... è *il* maestro.»

Cora lo studiò di nuovo. «Ah.»

Le sorrise. «È tutto quello che hai da dire?»

«Sì. Oh, cioè, no. Puoi insegnarmi?»

«Cosa?»

«Come proteggermi se dovessi venire attaccata? Nel corso degli anni ho imparato alcune cose, in un certo senso ho dovuto farlo, ma mi piacerebbe essere allenata da un professionista.»

«Assolutamente sì» le disse senza esitazione. «La cosa principale che devi ricordare è di mirare ai punti deboli.»

«Tipo alle palle, con gli uomini?»

I suoi amici risero, ma lui tenne lo sguardo incollato al suo. «Sì, anche se onestamente gli uomini sono abituati che si miri lì. Io mi riferivo ai punti dei tessuti molli. Soprattutto gli occhi.»

Cora arricciò il naso.

«Lo so, è disgustoso. Ma ti garantisco che se infili un dito nell'occhio di chi ti attacca, lui o lei ti mollerà subito e ciò ti darà il tempo di scappare e chiedere aiuto. E questo deve essere il tuo obiettivo, non stare lì a combattere, ma allontanarti.»

Lei annuì, per nulla offesa. «Tenete un corso al Rifugio per questo tipo di cose?»

«No, perché?»

«Dovreste. Voglio dire, se le persone sono qui a causa di un'esperienza traumatica, potrebbero voler sapere come difendersi se dovessero trovarsi di nuovo in quel tipo di situazione.»

«Ha ragione» disse Brick annuendo. «È un'ottima idea e non posso credere che non ci avessimo ancora pensato. Grazie, Cora. Parlerò con Alaska e vedrò di farglielo inserire nel programma. Forse potremmo offrire un corso due volte alla settimana o qualcosa del genere, per massimizzare il numero di ospiti che possono partecipare.»

«Non sono bravo come Pipe nel corpo a corpo, ma sarei felice di aiutare» si offrì Spike.

«Idem» concordò Tiny.

«Anch'io» disse Brick.

«Non guardate me» affermò Owl, con una risatina ironica. «Ho fatto un po' di formazione durante l'addestramento di base, ma l'esercito era più interessato a insegnarmi a pilotare un elicottero che ad affrontare il nemico di petto.»

«Infatti!» convenne Stone scuotendo la testa. «Forse se ci avessero addestrati di più al combattimento corpo a corpo, ce la saremmo cavata meglio quando il nostro elicottero è precipitato.»

Pipe si accigliò. I suoi amici stavano ancora affrontando le conseguenze del periodo di prigionia, era ovvio, ed era orribile che non avessero dato loro gli strumenti necessari per sfuggire alla cattura; avrebbero dovuto pensare che essere tra i migliori piloti di elicottero del mondo non li avrebbe aiutati se fossero caduti in mani nemiche... cosa che avevano imparato nel peggiore dei modi.

«Vi terrò aggiornati se Tex dovesse comunicarmi qualcosa che possa influire su ciò che accadrà a Phoenix. Nel frattempo, assicuratevi di avere tutto ciò che vi serve per il viaggio, in caso contrario, fatemelo sapere e rimedieremo» disse Brick.

Pipe annuì. «Lo apprezzo molto.»

Il suo amico sospirò. «Comincio a capire perché a Tex non piace essere ringraziato. Quando ho avuto più bisogno di voi, quando quello stronzo è venuto al Rifugio per rapire Alaska, siete stati tutti lì per me, senza fare domande. Quindi, se arrivate in Arizona e scoprite che la situazione è più complicata di quanto vi aspettavate, è meglio se ci chiamate. Saremo lì in un attimo. Le donne possono mandare avanti le cose qui senza di noi. E non dovrai mai ringraziarmi per aver fatto ciò che andava fatto per te e per coloro a cui tieni» sostenne Brick, fissando intensamente Pipe.

Lui annuì, colmo di gratitudine. I suoi amici non gli avevano chiesto che tipo di rapporto avesse con Cora. Avevano semplicemente accettato ciò che potevano vedere con i loro occhi, cioè che lei era molto importante e non una persona qualsiasi a cui stava facendo un favore.

Poi Brick si rivolse a Cora. «Stai bene?»

«No. Sono sopraffatta. Arrabbiata con quello stronzo di Ridge. Spaventata a morte per la mia amica. Ma mi chiedo anche che cos'ho fatto nella vita per essere stata così fortunata da avere tutti voi al mio fianco. E a quello di Lara.»

«Ho una domanda... quanto sarebbe stato difficile per te accedere al conto di Lara per prendere in prestito i soldi da usare per l'asta?» chiese Brick, sporgendosi in avanti e studiandola attentamente. «Te lo chiedo solo perché presumo che dopo tutto quello che hai detto su di lei, su quanto è generosa e su quanto siete unite, potrebbe averti dato accesso ai suoi soldi.»

Le guance di Cora si infiammarono e, all'improvviso, Pipe era altrettanto curioso di sentire la sua risposta.

Lei scrollò le spalle, fissando il tavolo e alzando solo di tanto in tanto lo sguardo verso Brick. «Sono indicata sul suo conto corrente... per le emergenze. Mi ha portata alla sua banca l'ultima volta che ho perso l'appartamento e ho dovuto trasferirmi da lei. Mi ha detto che non voleva che rimanessi mai più senza casa e mi ha fatto promettere di usare i suoi soldi, se ne avessi avuto bisogno, per l'affitto o per pagare le bollette o altro» rispose. Dopo un attimo, sollevò il mento per guardarlo negli occhi. «Ma non l'ho mai fatto. Credo che sapere che era così disposta a darmeli mi abbia reso più determinata a *non* usarli.»

«Aspetta» disse Pipe confuso. «Hai venduto tutti i tuoi mobili, ogni singolo piatto e bicchiere della tua credenza, *tutti* i tuoi averi, per raccogliere seimila dollari da usare all'asta... quando avresti potuto semplicemente andare in banca e prendere quello che ti serviva? Cioè abbastanza da superare l'offerta di quella stronza di Eleanor?»

«Non sono soldi miei. E so che sembra una cosa stupida, perché mi servivano per aiutare Lara e, appunto, sono suoi, ma non ci sono riuscita.»

«Non sembra una cosa stupida» la rassicurò Tonka. «Semmai sembra che tu sia il tipo di persona che chiunque vorrebbe come supporto.»

Pipe si stupì ancora una volta di quella donna. Chiunque altro – letteralmente *chiunque* – avrebbe usato il denaro a sua disposizione senza pensarci due volte. Soprattutto in una situazione disperata. Ma non Cora. Probabilmente non ci aveva nemmeno pensato. Si era semplicemente comportata come faceva sempre... aveva contato su se stessa per risolvere un problema.

Be', non avrebbe dovuto farlo mai più. Ora aveva una

tribù di persone che la sostenevano. Che lo sapesse o meno.

«Bene. Allora... ho sentito che Alaska ha chiesto a Robert di preparare il suo famoso taco bar stasera per cena. Fidati quando ti dico che dopo uscirai dal lodge rotolando. Qualsiasi cosa usi per speziare la carne crea dipendenza. Ha anche accennato al fatto di volerti conoscere meglio. Volevo solo avvisarti» le disse Brick, facendole l'occhiolino.

Quello fece venire in mente una cosa a Pipe. «Prima di andare... Cora ha detto di aver mandato diverse mail per chiedere aiuto, prima di sapere dell'asta e che uno di noi avrebbe partecipato, ma non ha mai ricevuto risposta. Ha anche lasciato un messaggio in segreteria... senza risposta anche quello. Puoi chiedere delucidazioni ad Alaska?»

Cora si irrigidì accanto a lui. «Non è un grosso problema» disse rapidamente.

«Hai mandato delle mail?» chiese Brick, sorpreso.

«Sì, ma ripeto, non è un problema. Sono sicura che ricevete una valanga di richieste di aiuto.»

«Parlerò con Alaska» assicurò a Pipe, annuendo.

«No, ti prego, non farlo! Non voglio mettere nei guai nessuno. È stato stupido da parte mia. Non è che vi mettete a leggere una mail, credete a ciò che c'è scritto e saltate su un aereo o qualcosa del genere. Non essere arrabbiato con lei, Brick. Per favore.»

«Pensi che sia arrabbiato?» le chiese.

«Non lo sei?»

«No, affatto. Alaska si fa il culo per questo posto. Non ho idea di come abbiamo fatto a sopravvivere senza di lei per tutti questi anni. È un miracolo che siamo ancora in attività, se devo essere sincero. È lei che si occupa di tutte le questioni amministrative e penso che sia ora di assumere qualcuno per aiutarla. Hai ragione, non saremmo saliti subito su un aereo per aiutare un estraneo, ma mail del genere hanno bisogno di un secondo paio di occhi, in modo che vengano smistate.»

Cora non sembrò soddisfatta.

«Va tutto bene, amore» disse Pipe, desideroso solo di allontanare la preoccupazione che vedeva nel suo sguardo.

«Si arrabbierà perché l'ho messa nei guai» disse Cora a bassa voce.

Tonka rise e Pipe gli lanciò un'occhiataccia.

L'amico lo ignorò. «Alaska non si arrabbierà. Non con te, almeno. Probabilmente quando si renderà conto che hai mandato una mail si *rimprovererà* per non averti risposto. Immagino che si farà in quattro per farsi perdonare. È facile che insista per portarti a fare shopping, ti comprerà la cioccolata più buona che tu abbia mai mangiato, ti mostrerà tutti i posti migliori dove fare buoni affari... ha un cuore enorme. Non hai nulla di cui preoccuparti.»

«Tonka ha ragione» concordò Spike. «È il cuore e l'anima di questo posto, e non sarà contenta di aver trascurato le tue mail.»

«Un motivo in più per non dirglielo» borbottò, facendo sorridere gli uomini.

«Sei una brava persona, Cora Rooney» disse Tiny dopo un attimo.

«Sono d'accordo. E a questo proposito, devo andare a fare i bagagli» dichiarò Stone, allontanandosi dal tavolo.

Anche gli altri si alzarono, rassicurando Cora che avrebbero fatto tutto il possibile per aiutare Lara e che era in buone mani con Owl, Stone e Pipe.

Poi nella stanza rimasero solo loro due. Pipe entrò nel suo spazio vitale e le inclinò la testa, tenendole il viso con delicatezza come aveva fatto la sera prima. «La riporteremo a casa. Ti do la mia parola.»

Lei deglutì a fatica e gli afferrò i polsi. Si tenne forte, come se fosse a un passo dal volare in mille pezzi. «Adesso ho ancora più paura. Non posso credere che Ridge l'abbia rapita per i suoi soldi. E sappiamo tutti che i soldi spesso fanno fare alle persone cose disperate o stupide. E se l'avesse già ferita o uccisa?»

«Non credo l'abbia fatto. È stata vista in quel ristorante, ricordi?»

«Sì» mormorò. «Ma ancora non capisco cosa stia facendo quell'uomo. Non ha senso, e mi preoccupa.»

Preoccupava anche Pipe. «Impazzirai se cerchi di capire tutto in questo momento. Accantonalo, anche solo per qualche ora. Domani andremo direttamente alla sua proprietà e vedremo cosa riusciremo a scoprire.»

«E se non ci permette di vederla?»

«Allora passeremo al piano B. E poi a quello C, D e al piano E.»

«Abbiamo tutti questi piani?» gli chiese.

«No, ma li avremo. Una cosa che devi sapere è che noi delle forze speciali siamo abituati a cambiare le cose al volo.»

«Ok.»

«Bene. Hai fame?»

Cora scosse la testa.

«Ok. Vuoi andare alla stalla a trovare Chuck e gli altri?»

Scosse di nuovo la testa.

«Cosa vuoi fare?»

«Stressarmi. Chiedermi cosa sta passando Lara. Pensare a come riportarla a casa.»

Pipe non poté fare a meno di sorriderle. Aveva sperato che smettesse di preoccuparsi, ma da vera amica qual era, non ci riusciva. «Va bene, che ne dici di questo... torniamo al mio chalet, preparo il pranzo, ci sediamo sulla terrazza e mi racconti di Lara. Di quello che vi piace fare a Washington. Del vostro lavoro e dei bambini con cui lavorate. Ti va?»

Sollevò lo sguardo su di lui. «Lo faresti per me? Mi permetterai di annoiarti a morte raccontandoti ancora una volta quanto sia fantastica?»

«Penso che farei qualsiasi cosa per te» rispose con sincerità.

«Non ci conosciamo nemmeno veramente.»

«Non è così. Conosciamo le cose che contano.»

Pensava che non avrebbe ribattuto, ma alla fine annuì. «Già.»

«Già» concordò, provando un senso di soddisfazione.

«Magari possiamo baciarci ancora un po'?» gli chiese, con un piccolo sorriso.

«Penso che si possa fare.»

«Pipe?»

«Sì?»

«Quando tutto questo sarà finito, voglio farmi un tatuaggio. Verresti con me?»

«Ne sarei onorato.» E proprio in quel momento, un nuovo disegno cominciò a insinuarsi nella mente, nonostante non fosse interessato da anni a farsene un altro.

Una chiave... perché apre le cose, e sembrava che Cora gli stesse lentamente affidando la chiave per fargli comprendere chi fosse nel profondo. Inoltre, anche lei stava penetrando le sue barriere.

Immaginò un filo spinato intorno alla chiave, a simboleggiare il fatto che l'avrebbe custodita a costo della vita e non avrebbe approfittato della sua fiducia. Voleva anche incorporare un lupo in qualche modo, poiché l'animale era noto per la sua lealtà. Forse la chiave sarebbe stata appesa al collo del lupo o stretta tra i suoi denti.

«A cosa stai pensando?» gli chiese.

Pipe tolse le mani dal suo viso e se la tirò contro il fianco, mentre andavano verso la porta. «Come voglio il mio prossimo tatuaggio.»

Lei ridacchiò. «Perché non sono sorpresa?»

«Perché mi conosci» rispose semplicemente.

Percepì lo sguardo di Cora mentre camminavano. «Comincio a pensare che sia così» mormorò, più a se stessa che a lui.

Le sue parole lo fecero sorridere. Non era esattamente un libro aperto, ma con lei si era aperto più di quanto avesse fatto con chiunque da molto tempo. Non aveva mai parlato dei motivi per cui aveva lasciato l'esercito e il Regno Unito. Eppure lei non lo aveva giudicato. Lo aveva semplicemente ascoltato. Che era quello di cui aveva bisogno.

No, ciò di cui aveva bisogno era quella donna. Non aveva mai incontrato nessuno come lei e aveva la sensazione che non sarebbe più successo. La sentiva familiare, come se fossero insieme da anni invece che meno di due giorni. Si sentiva connesso con lei a un livello che non aveva mai raggiunto con nessun'altra.

Sarebbe stato un idiota a lasciarla andare, e lui non lo era. Dovevano trovare il modo di aiutare Lara e poi le avrebbe detto chiaramente, se non l'avesse già fatto, che la voleva nella sua vita.

Probabilmente lei avrebbe voluto tornare a Washington con la sua amica, e non le avrebbe mai chiesto di lasciare la città in cui viveva da sempre. Avrebbe dovuto parlare con Brick e vedere se poteva continuare a essere il proprietario del Rifugio pur vivendo dall'altra parte del

Paese. Se fosse stato possibile, sarebbe stato fantastico, altrimenti avrebbe venduto la sua quota.

Si guardò intorno mentre camminavano... e fu sorpreso di scoprire che non lo spaventava il pensiero di lasciare tutto ciò che aveva conquistato in quel posto per una donna, anche se l'aveva appena conosciuta. Gli sarebbe mancato, ma avrebbe anche fatto di tutto per guadagnarsi la fedeltà di Cora, perché sapeva nel profondo del cuore che sarebbe stata la cosa migliore che avesse mai fatto in vita sua. Ne era certo.

Proseguirono verso lo chalet, e in un certo senso si sentì più leggero di quanto non fosse da molto tempo. Aveva un piano. Un piano che prevedeva farle capire, senza il minimo dubbio, che voleva il per sempre. Cora desiderava una famiglia... e lui sarebbe stato felice di dargliela. Non sarebbe mai più stata sola, se Pipe avesse avuto voce in capitolo.

CAPITOLO TREDICI

«MI DISPIACE TANTO!» disse Alaska con tristezza quando Cora entrò al lodge quella sera.

Aggrottò le sopracciglia per l'angoscia che percepì nella voce della donna. Non le piaceva. Non le piaceva affatto.

Prima era riuscita a rilassarsi con Pipe. Avevano fatto proprio ciò che le aveva suggerito... erano tornati al suo chalet e si erano seduti sulla terrazza sul tetto a mangiare i panini che lui aveva preparato, e a parlare di Lara. Alla fine la conversazione si era trasformata in un discorso su se stessa. Di quello che le piaceva fare nel tempo libero, del suo lavoro alla scuola materna, dei migliori ristoranti economici di Washington.

Si erano accomodati sulle sedie, ma Pipe aveva spostato il tavolo che li separava per mettersi accanto a lei. Dopo aver mangiato, le aveva tenuto la mano e Cora poteva giurare di percepire ancora il tocco del suo pollice che le accarezzava il dorso. Solo quando si erano alzati per tornare giù, Pipe l'aveva presa tra le braccia e l'aveva baciata. Era stato un bacio tenero, che le aveva fatto desiderare qualcosa di più.

All'ora di cena era stata impaziente di andare al lodge per il taco bar che Robert aveva preparato per gli ospiti e il personale. Era difficile credere che fossero tutti così... *gentili*. Nella sua esperienza, non si era mai integrata nei gruppi di persone, e le donne raramente sembravano interessate a conoscerla.

Ma Alaska, Henley, Ryan e Reese, insieme agli altri che aveva incontrato fino a quel momento, erano l'opposto. Sembravano felici di avere quell'opportunità. Per certi versi, le pareva di trovarsi in una dimensione alternativa, come se da un momento all'altro la bolla sarebbe scoppiata, tutti avrebbero visto la "vera" Cora e di conseguenza l'avrebbero esclusa.

Non appena era entrata al lodge, Alaska si era diretta verso di lei per scusarsi.

«Non hai nulla di cui scusarti» le disse Cora.

«Invece sì! Non avrei dovuto ignorare le tue mail e il tuo messaggio telefonico.»

«Non c'è problema.»

«In mia difesa posso dire che riceviamo parecchie mail alla settimana da persone che vogliono assumere i ragazzi. E loro non vogliono fare quel tipo di lavoro. Cioè, *potrebbero*, perché sono dannatamente bravi, ne so qualcosa, ma non ho mai pensato di mostrare nessuna delle mail a Drake perché era una cosa che non avevano mai preso in considerazione. Le ho solo scorse velocemente e cancellate.» Sembrava triste per quell'ammissione. «Ma se mi fossi presa il tempo di leggere le tue con più attenzione, forse ne avrei parlato con i ragazzi.»

«Lo capisco, davvero» le disse, detestando che fosse così turbata.

«Comunque, ne ho discusso con Drake, e anche se non aiuta la tua situazione, abbiamo concordato che da adesso in poi metterò tutte le mail di quel tipo, cioè di persone che vogliono assumere i ragazzi per il loro passato militare, in una cartella separata, e lui o qualcun altro le esaminerà e deciderà come procedere.»

«Sei... no, non importa» mormorò Cora, cambiando idea sulla domanda che aveva sulla punta della lingua.

«Sono cosa?»

Sospirò. «*Sei* d'accordo? Cioè, che il tuo ragazzo... ah, questa parola non si addice *affatto* a Brick... faccia qualcosa di potenzialmente pericoloso per aiutare qualcun altro?»

Le due donne si trovavano in un angolo del grande salone. Pipe stava parlando con Owl e Stone da un lato, gli ospiti ridevano e socializzavano, mentre Henley, Jasna e Reese erano in fila al buffet.

«A essere sincera, sì» rispose Alaska. «Drake e i suoi amici erano eccellenti nel loro lavoro precedente. L'ho sperimentato in prima persona quando mi hanno salvata. Se mi preoccupo per lui? Assolutamente sì. Ma il pensiero che qualcun altro abbia disperatamente bisogno del tipo di aiuto che ho avuto io, e non lo riceva, mi darebbe il tormento. Non so cos'hanno intenzione di fare, come si organizzeranno, ma vedremo cosa succederà. Se alla fine non vorranno farlo, potranno consigliare di rivolgersi a dei loro amici che fanno quel tipo di lavoro o chiedere raccomandazioni a Tex.

E per il fatto che Drake è il mio ragazzo...» Alaska sorrise e lanciò uno sguardo dall'altra parte della stanza, verso l'uomo in questione. «Credo di essere pronta a farlo diventare mio marito.»

Cora spalancò gli occhi. «Wow, fantastico.»

«Sì. Siamo già fidanzati e so che lui vuole sposarsi, ma io ho sempre rimandato. Penso sia perché stavo aspettando che capitasse l'inevitabile, sai? Che lui rinsavisse e si rendesse conto che sono la stessa sfigata di quando eravamo al liceo. Ma giuro che ogni giorno che passa ci avviciniamo sempre di più. Non riesco a immaginare di non vivere il resto della mia vita con lui.»

«È meraviglioso» disse Cora con un enorme sorriso. Era davvero felice per lei.

«Lo penso anch'io. E sospetto che Tonka e Henley stiano pensando a una cerimonia civile, anche se so che Jasna vuole organizzare qualcosa di enorme nella stalla, coinvolgendo tutti gli animali.» Risero. «Non credo che Tonka ne sia entusiasta, ma farà qualsiasi cosa per rendere felici le sue ragazze. Dubito che il Rifugio diventerà una location per matrimoni, perché non è stato creato per questo, ma sapere che le mie migliori amiche hanno iniziato qui la loro vita matrimoniale mi rende felice.»

Cora sorrise. «L'atmosfera di questo posto è molto serena e rilassata.»

«È così» concordò Alaska. «Andiamo, il mio stomaco mi sta urlando contro. I tacos di Robert sono i migliori in assoluto. Ma del resto, tutto quello che fa è delizioso.»

La trascinò per accodarsi alla fila, e mentre aspettavano il loro turno per riempire i piatti, Pipe, Owl e Stone le raggiunsero.

«State complottando per ottenere il dominio del mondo?» scherzò Pipe, cingendole la vita da dietro con un braccio e chinandosi su di lei.

Cora inclinò la testa e gli sorrise. «Ovvio» replicò.

«Brick ti ha detto che vogliamo iniziare le classi di difesa personale?» chiese Owl ad Alaska. «Pipe ha detto che le avrebbe tenute lui, e io e Stone parteciperemo a tutte.»

«Sì!» rispose lei, con gli occhi spalancati per l'eccitazione. «Penso sia un'ottima idea. Ho già dato un'occhiata al programma per vedere dove possiamo inserirli. Penso nel pomeriggio, dopo il pranzo, ma non *subito* dopo, almeno diamo il tempo a tutti di digerire. In estate sarà utile per le persone che non vogliono fare escursioni con il caldo e in inverno darà agli ospiti un'opzione in più per fare qualcosa al chiuso. Ho parlato con Ryan, Jess, Luna, Savannah e Carly e anche loro sono entusiaste.» Fece una mossa di karate e sorrise a Pipe.

Lui ridacchiò e Cora ne sentì il rimbombo contro la schiena. Ancora una volta, un'ondata di desiderio le attraversò il corpo. Era una sensazione così poco familiare. Non era da lei, ma non la odiava. Come avrebbe potuto se a causarla era Pipe?

«Vacci piano, guerriera ninja» disse ad Alaska.

Lei rise e si voltò verso la coda del buffet per prendere un piatto.

Pipe si chinò e le sussurrò all'orecchio: «Tutto bene?» Rabbrividì quando il suo respiro caldo le solleticò la pelle.

«Sì.» Lo guardò e sussurrò: «Non mi odia.»

«Ovvio» replicò lui, aggrottando le sopracciglia.

«Tu non capisci. Le donne di solito non vanno d'accordo con me.»

«Questo perché percepiscono le barriere che hai innalzato e che le tiene a distanza» ribatté con fermezza. «Ma ad Alaska non importa. E nemmeno alle altre. Probabilmente perché anche loro avevano delle barriere simili e riconoscono uno spirito affine.»

Cora lo fissò. Aveva ragione? La sua difficoltà a fare amicizia era causata da una sorta di vibrazione negativa che *emanava*?

«Tocca a te, amore. Prendi un piatto.»

Voltandosi, vide che c'era molto spazio tra lei e Alaska. Prese un piatto sentendosi un po' stordita.

Pipe si avvicinò ancora di più, stringendole il braccio intorno alla vita. «Questo posto ti guarirà... se glielo permetterai.» Le baciò la tempia e si raddrizzò.

La pelle le formicolò nel punto in cui le sue labbra l'avevano toccata. Aveva la sensazione che avesse ragione. Si era sentita a casa fin dal momento in cui era arrivata al Rifugio. Certo, non era lì da molto, ma ogni minuto che passava la faceva sentire più... normale. Non che sapesse bene cosa fosse la normalità.

Aveva passato la vita a venire rifiutata da tutti. Da sua madre e da suo padre, da innumerevoli famiglie affidatarie, dai datori dei tanti lavori che aveva fatto nel corso degli anni, dagli uomini e dalle donne che aveva incontrato lungo la strada. Ma dal momento in cui aveva alzato lo sguardo e aveva stabilito un contatto visivo con Pipe, mentre lui era su quel palco per l'asta, aveva sentito un cambiamento. In se stessa? Nel tempo? Nell'universo? Non ne era sicura. Sapeva solo di essersi sentita più a suo agio nella propria pelle dal primo istante in cui aveva parlato con lui.

Dato che era occupata a cercare freneticamente di scacciare le lacrime, ammucchiò il cibo nel piatto alla cieca. Non importava cosa aveva preso, tutto aveva un profumo e un aspetto delizioso. Quando si sedette al tavolo accanto a Henley, che la salutò con entusiasmo come se non la vedesse da mesi e non da poche ore, Cora ebbe un'improvvisa rivelazione: tutto ciò che aveva cercato per tutta la vita era proprio lì. Nel bel mezzo del nulla, nel New Mexico. In quell'ambiente accogliente e tranquillo che non avrebbe mai pensato di poter apprezzare nemmeno in un milione di anni. Era una ragazza di città, ci aveva vissuto per tutta la vita, ma sedersi sul tetto di Pipe, inspirare l'aria frizzante dell'inverno, vedere come tutti al lodge interagivano rispettandosi a vicenda... lo aveva fatto diventare un desiderio profondo e viscerale.

Voleva tutto.

Voleva appartenere a un gruppo di persone come quello.

No. Voleva appartenere a *quel* gruppo di persone.

Ma era essenzialmente un'estranea. E c'era una buona possibilità che, a causa sua, Pipe, Owl e Stone potessero ritrovarsi in pericolo quando sarebbero andati in Arizona.

Cora strinse i denti. Con forza.

Non poteva permettere che accadesse.

Sì, voleva il loro aiuto, ma non con il rischio che qualcuno si facesse male o si mettesse nei guai. Non poteva fare una cosa del genere a quelle persone che l'avevano accettata così di buon grado. Non poteva fare qualcosa che causasse dolore o disperazione ai loro cari.

Giurò che se Ridge avesse chiamato la polizia, o se fosse successo qualcosa di pericoloso, avrebbe fatto tutto il necessario perché gli uomini del Rifugio stessero fuori dai guai. Spike aveva scherzato sul fatto di essere arrestati per violazione di domicilio, ma se fosse servito, lei avrebbe fatto ciò che andava fatto senza coinvolgerli.

«A cosa stai pensando?» le chiese Pipe mentre si sedeva.

«A niente.»

«A me non sembra» mormorò.

«È solo che... apprezzo tutto quello che state facendo per aiutare Lara. Quando ho iniziato le ricerche sul Rifugio, non mi sarei mai aspettata tutto questo» disse, indicando l'intera stanza, come per cercare di racchiudere tutto ciò che stava provando.

Pipe la studiò per un lungo e intenso momento. Infine, disse: «Mangia.»

Cora sbatté le palpebre, poi ridacchiò.

«Che c'è?»

«Pensavo che avresti detto qualcosa di profondo.»

Sorrise. «Qualcosa tipo che troverai le persone che sei destinata a trovare quando sarà il momento giusto? Quando ne avrai più bisogno?»

Cora lo fissò. «Sì. Proprio così.»

Le diede una lieve gomitata. «Mangia, Cora. Domani sarà una giornata stressante.»

«E mangiare la renderà meno stressante?» chiese ironicamente.

«No. Ma ti darà l'energia necessaria per superarla. Per fare ciò che va fatto. Per essere presente per Lara, per essere forte.... i tacos di Robert sono i migliori.»

Oh, che uomo. Cora si divertiva davvero a stargli vicino. Il che fu una bella rivelazione, perché fino a quel momento c'era stata solo un'altra persona con cui le piaceva davvero passare del tempo: Lara.

Ma ora si accorse che non vedeva l'ora di sapere che cos'aveva fatto Henley tutto il giorno. Com'era andata Jasna a scuola. Cosa avevano mangiato le capre che non avrebbero dovuto mangiare. E come stava Chuck.

C'erano così tante cose che voleva sapere... piccole cose quotidiane... e all'improvviso le sembrò di non avere abbastanza tempo per conoscere tutto.

«Ehi, Cora, il Vietnam Veterans Memorial di Washington è così bello come sembra nelle foto?» chiese Jasna.

«Non parlare con la bocca piena» Henley rimproverò la figlia.

«Scusa» disse lei con un sorriso, passandosi un braccio sulle labbra. «Ma lo è? Ho visto le foto di tutti i monumenti e delle altre cose che ci sono lì, e sembra tutto *eccezionale!*»

«*È* eccezionale, ma sai qual è il mio posto preferito?» chiese alla ragazza.

«Qual è?»

«Il cimitero nazionale di Arlington. È solenne e triste, ma allo stesso tempo bellissimo. Una cosa che tutti dovrebbero vedere nella vita è il cambio della guardia alla Tomba del Milite Ignoto. Ho pianto la prima volta che l'ho visto.»

Jasna inclinò la testa. «Davvero?»

«Sì» rispose annuendo.

«Pensi che possa trovare un video online?» chiese Jasna a sua madre.

«Sono sicura di sì... *dopo* cena» le disse Henley con decisione.

«Ok» acconsentì subito, poi riportò l'attenzione sul suo piatto.

Mentre Cora si gustava i tacos più deliziosi che avesse mai mangiato in vita sua, e sì, gli altri avevano ragione, Robert doveva mettere una specie di droga nella carne, perché creavano davvero dipendenza proprio come i biscotti, si ritrovò a partecipare alle conversazioni che si svolgevano intorno a lei. Di solito non succedeva. O rimaneva in silenzio, non sapendo come contribuire al discorso, o veniva ignorata.

Aveva conosciuto Luna, la figlia di Robert, che andava ad aiutarlo quando poteva. Studiava all'università di Los Alamos ed era bellissima, con lunghi capelli castani e intelligenti occhi marroni. Era anche accogliente esattamente come tutti gli altri.

L'ora di tornare allo chalet di Pipe arrivò fin troppo presto, e Cora salutò tutti quasi a malincuore. Odiava il fatto che quella potesse essere l'ultima volta che li vedeva. E fu un'altra rivelazione.

«Fai attenzione» le disse Alaska, abbracciandola.

«Lo farò.»

«Spero che troverai la tua amica» disse la dolcissima Jasna, prima di correre fuori dalla porta, presumibilmente per cercare in internet il video del cambio della guardia.

«Non sottovalutare quel tizio» la avvertì Henley aggrottando un po' la fronte. «Non conosco tutta la storia, ma se qualcuno ha rapito la tua amica, deve averlo fatto per un motivo importante per lui. E non vorrà ammetterlo... o lasciarla andare.»

«Lo so» la rassicurò. Ed era così. Era già arrivata a quella conclusione, anche prima di sapere che lui aveva usato la carta di credito di Lara in uno strip club.

«Portala qui» disse Reese quando la abbracciò. «Prima di tornare a casa tua, intendo.»

Cora non sapeva bene cosa rispondere. Innanzitutto, era più contenta di quanto potesse esprimere a parole che Reese sembrasse non avere dubbi sul fatto che avrebbero trovato Lara e sarebbero riusciti a portarla via da Ridge. E *voleva* tornare lì, più di ogni altra cosa. Ma c'era ancora il problema degli chalet prenotati da mesi e non sapeva cosa avrebbe voluto fare Lara. «Vedremo» finì per dire.

L'altra annuì, poi fece un passo indietro.

Ryan si avvicinò a Cora, la abbracciò a lungo e le sussurrò all'orecchio: «Sii astuta. Gli uomini come quello che ha rapito la tua amica non sono così intelligenti come credono. Combinano sempre casini. Aspetta il momento in cui succederà e approfittane.»

Annuì quando lei si tirò indietro e la fissò negli occhi per qualche secondo. In quel momento sospettò che Ryan nascondesse molte cose. Vide in quella donna le stesse barriere che lei stessa aveva innalzato. Ma svanì tutto rapidamente quando Ryan sorrise. «E se questo stronzo ricco ha un elicottero in giro, Owl e Stone possono far volare quel giocattolo... penso che dovreste prenderlo, proprio come lui ha preso la tua amica.»

Tutti intorno a loro risero, ma Cora si limitò a sorridere. C'era stato... *qualcosa* nell'espressione di Ryan che le aveva fatto pensare che non stesse scherzando. Si chiese se fosse a conoscenza di cose che le altre donne non sapevano, se avesse ascoltato qualcos'altro di cui i ragazzi avevano discusso. Ma non ebbe il tempo di fare domande perché all'improvviso Robert fu lì.

L'abbracciò e le disse che l'indomani mattina le avrebbe fatto trovare un'infornata di biscotti da portare con loro. Salutò Jess, Carly e Jason, rispettivamente due addette alle pulizie e un addetto alla manutenzione. Poi ricevette un cenno del mento dagli amici di Pipe, con la promessa che si sarebbero visti al mattino presto, prima di essere trascinata fuori dalla porta e condotta verso lo chalet.

Camminarono in un silenzio confortevole, e quando arrivarono Pipe aprì la porta e la tenne aperta per farla entrare. La chiuse subito dietro di loro e disse: «Penso che dovremmo rinunciare alla terrazza sul tetto stasera. Dobbiamo alzarci presto. Se hai bisogno di qualcosa, fammelo sapere.»

Cora annuì e si diresse subito verso la stanza degli ospiti, dove aveva dormito la notte precedente. Aveva bisogno di tempo e spazio per pensare. Le sembrava che il suo mondo fosse stato stravolto negli ultimi due giorni; tutto ciò che credeva di sapere era stato messo in discussione. Aveva sempre pensato di essere strana, troppo perché la gente si sentisse a proprio agio con lei. Come se avesse avuto una specie di insegna luminosa che solo gli altri potevano vedere e che annunciava a tutti che non era degna. Aveva sempre pensato che essendo stata rifiutata da tutti coloro che avrebbero dovuto amarla e tenerci a lei, non avrebbe dovuto nemmeno preoccuparsi di lasciare che gli altri si avvicinassero.

Ma stare al Rifugio per soli due giorni l'aveva cambiata radicalmente. La maggior parte delle persone avrebbe alzato gli occhi al cielo dicendo che era ridicola. Che non era possibile che visitare un posto potesse cambiare così rapidamente i suoi sentimenti verso il mondo. Ma si sarebbero sbagliati.

Pipe e gli altri le avevano dimostrato che forse *era* degna di avere degli amici. Che il rifiuto da parte di quelli che appartenevano al suo passato non riguardava lei, ma piuttosto *loro*. Quella rivelazione fu sconvolgente. Soprattutto ora che aveva capito che molti dei suoi problemi nel fare amicizia erano dovuti al suo atteggiamento. Perché si aspettava di non piacere alle persone.

Usò il bagno, si lavò i denti e si mise una maglietta lunga prima di infilarsi sotto le coperte. Fissando il soffitto si chiese, dopo qualche ora che non ci pensava, cosa stesse facendo Lara in quel momento. Stava soffrendo? Stava bene? Magari *era* andata in Arizona con Ridge di sua spontanea volontà... ma sapeva che lui spendeva i suoi soldi? Sapeva dello strip club?

Aveva troppe domande e nessuna risposta, ma grazie a Pipe e ai suoi amici sperava di averle presto.

Chiuse gli occhi e fece un lungo respiro. Aveva bisogno di riposare per essere in grado di superare Ridge in astuzia. Ci volle un po', ma alla fine cadde in un sonno agitato.

———

«No!»

Pipe si svegliò di soprassalto e fu in piedi prima ancora

di registrare l'esclamazione di panico di Cora. Per sicurezza aveva lasciato la porta della camera da letto aperta, e ne fu felice. Si mosse silenziosamente lungo il corridoio, pronto a eventuali pericoli in agguato nel buio. Arrivò alla porta della stanza degli ospiti senza incidenti, solo per sentirla gridare un'altra volta.

«Farò la brava! Ti prego, fammi restare!»

Il suo cuore si spezzò di fronte a quella supplica. Esteriormente sembrava sicura di sé e spavalda, ma da quello che aveva detto sul desiderio di avere una famiglia tutta sua, e dopo aver sentito quello che aveva passato da bambina nel giro degli affidamenti, era ovvio che stesse ancora lottando con il suo passato.

Pipe accese la luce del corridoio e aprì la porta della stanza degli ospiti. Vide Cora rigirarsi sul letto. Andò subito al suo fianco, con l'unico pensiero di calmarla.

«Cora» disse in tono basso, per non spaventarla. «Svegliati.»

Quelle parole non sembrarono penetrare nel suo incubo.

«Vi prometto che non causerò alcun problema. Non rimandatemi indietro!»

Il suo cuore non poté sopportare altro. Si sedette sul bordo del materasso e le mise le mani sulle spalle, scuotendola dolcemente nel tentativo di svegliarla. «Cora, amore, svegliati. Va tutto bene, è un incubo.»

Lei aprì gli occhi e lo fissò per un attimo... poi fece un enorme respiro tremante che si trasformò in un singhiozzo.

Pipe si sdraiò accanto a lei e la abbracciò. Se ci avesse riflettuto, forse non avrebbe agito in modo così audace, ma era stato troppo disperato di tranquillizzarla. «Shhh» mormorò, quando la sentì rannicchiarsi contro di lui. «Va tutto bene. È stato solo un sogno. Sei al sicuro.»

Le accarezzò la schiena, tenendola contro il suo petto. In quel momento si accorse di essere andato da lei solo con i boxer. Di solito dormiva nudo, ma per rispetto al fatto che c'era anche lei in casa, li aveva messi. Cora non sembrò accorgersi o preoccuparsi di ciò che indossava o meno, gli affondò il naso nel petto, e la sentì tremare.

«Non era un sogno» disse, dopo aver ripreso a respirare. «Era un ricordo. Uno dei tanti. Arrivavo in una nuova casa, abbassavo la guardia e poi scoprivo che mi rimandavano indietro. Ero troppo vecchia, troppo silenziosa, troppo rumorosa, troppo stupida, troppo lenta, troppo brutta...» Sospirò. «Alla fine, i motivi non avevano più importanza. Ero come un cane randagio che avevano accolto, per poi rendersi conto che ero più problematica di quanto avessero previsto.»

Odiò la disperazione che sentì nella sua voce. «Era un problema loro» disse un po' troppo duramente, ma senza riuscire a smorzare i toni. «Tu non hai fatto nulla di male.»

Lei non rispose, sembrò solo cercare di avvicinarsi ancora di più.

Pipe si rese conto, con improvvisa chiarezza, che probabilmente non aveva avuto molti contatti fisici nella vita. Essere in affido doveva aver significato ricevere pochi abbracci mentre cresceva. La strinse di più. Bene, non sarebbe più successo. A partire da quel momento, si sarebbe assicurato che sapesse di essere degna di ricevere amore. Di essere amata. Di essere toccata in modo affettuoso. Non era mai stato un tipo espansivo, ma per lei poteva cambiare.

Rimase così a lungo, con Cora incollata al suo petto. A un certo punto pensò che si fosse addormentata, e allentò la presa con l'intenzione di tornare in camera. Ma non appena cercò di allontanarsi, lei si lamentò aggrappandosi a lui.

«Rimani?» sussurrò, non appena la strinse di nuovo tra le braccia.

«Sei sicura?»

Annuì contro di lui. «Probabilmente domani sarò imbarazzatissima, ma... ti va di restare? Non è un invito a... sai. È solo che... mi fai sentire così bene. Protetta.»

Pipe trattenne la sua rabbia. Odiava che si sentisse in dovere di dirgli chiaramente che non voleva che rimanesse per fare sesso. Ovvio che non lo voleva. Aveva fatto un brutto sogno e si sentiva destabilizzata. Non era il tipo d'uomo che se ne approfittava. «Non c'è bisogno di essere imbarazzati» le disse. «Non sono mai stato così a mio agio come in questo momento, amore.»

Nessuno dei due disse altro. Pipe non sentì il bisogno di parlare. Gli bastava tenerla tra le braccia e di essere il suo riparo dalla tempesta di ricordi che stavano facendo il possibile per sopraffarla.

Le promise che sarebbe rimasto e Cora si addormentò pochi minuti dopo. Lui rimase sveglio, tenendola stretta e con un milione di pensieri in testa.

Aveva sentito un detto molte volte: "Sii gentile. Ogni persona che incontri sta affrontando una battaglia di cui non sai nulla", ma quella notte era stata la prima volta che lo aveva capito veramente. A vederla dall'esterno, Cora sembrava avere tutto sotto controllo. Aveva un lavoro, una migliore amica e dava l'impressione di essere forte e appagata, se non addirittura felice. Ma nel profondo, stava lottando. Proprio come a volte faceva lui.

Pipe era per lo più soddisfatto della sua vita, ma provava ancora risentimento per quello che era successo nell'ultima missione. Per aver avuto la sensazione che, per sopravvivere, non aveva avuto altra scelta che trasferirsi in un Paese diverso e coalizzarsi con uomini che non conosceva.

Quegli uomini erano diventati i suoi migliori amici. Il Rifugio era parte di lui come lo era stato essere un soldato del SAS. Eppure, c'erano giorni in cui non voleva fare un bel niente, se non sedersi sulla terrazza sul tetto ad amareggiarsi per il suo passato.

Cora aveva passato cose molto peggiori, e a una tenera età. Quando avrebbe dovuto interessarsi ai ragazzi, al trucco o ai voti, aveva dovuto preoccuparsi di dove avrebbe dormito notte dopo notte, chiedendosi se uno degli adulti a cui era stata affidata avrebbe cercato di abusare di lei nel modo peggiore. E l'impatto emotivo di tutto quel turbamento era evidente: aveva quasi quarant'anni e ancora incubi sulla sua infanzia.

Pipe appoggiò il mento sulla sua testa e chiuse gli occhi. Avrebbe voluto poter tornare indietro nel tempo e sistemare le cose per lei, ma ovviamente era impossibile. Quello che *poteva* fare era assicurarsi che Lara, l'unica persona al mondo di cui Cora non aveva dubbi sul fatto che la amasse esattamente com'era, stesse bene.

E in seguito si sarebbe impegnato duramente per dimostrarle che *era* amata anche da altri. Che aveva degli amici e una rete di supporto. Che solo perché gli altri le avevano voltato le spalle, non significava che lo avrebbe fatto anche *lui*.

Avrebbe dovuto essere in preda al panico per la direzione che stavano prendendo i suoi pensieri, invece sentì solo pace.

Aveva già deciso che se lei fosse stata incline all'idea, si sarebbe trasferito volentieri a Washington per vedere come sarebbero potute andare le cose tra loro.

Ma stando lì, con lei tra le braccia... cambiò idea.

Invece di offrirsi subito di trasferirsi dall'altra parte del Paese, avrebbe prima fatto del suo meglio per convincerla a rimanere *lì*. Nel New Mexico. Al Rifugio. Le donne di Brick, Spike e Tonka avevano fatto la stessa cosa ed erano felicissime.

Cora amava quel posto, non era difficile da capire, anche se ci aveva passato poco tempo. Si trovava bene. Era un luogo di pace e di guarigione, e lei ne aveva bisogno. Tornare a Washington, dove gente come Eleanor non riusciva a vedere che persona straordinaria fosse Cora, era del tutto sbagliato.

A Los Alamos c'erano scuole materne dove avrebbe potuto lavorare... e non avevano parlato di aprire il Rifugio a persone con bambini? Forse poteva diventare responsabile di un centro di assistenza all'infanzia proprio nella proprietà.

Più ci pensava, più amava l'idea. Naturalmente, il fatto che piacesse a lui non significava che piacesse anche a Cora. Troppe persone nella sua vita avevano fatto bei discorsi, ma al momento del bisogno le avevano voltato le spalle. Doveva dimostrarle con i *fatti* che era serio riguardo a ciò che stava nascendo tra loro.

E avrebbe iniziato trovando Lara e riunendo le due migliori amiche. In seguito, avrebbe affrontato tutto un giorno alla volta. Ma una cosa sapeva per certo... anche se era stato costretto a partecipare a quell'asta, era stata la cosa migliore che avesse mai fatto in vita sua, perché lo aveva portato dritto da Cora.

CAPITOLO QUATTORDICI

IL MATTINO SEGUENTE, Cora fu svegliata da Pipe che le baciava la fronte. Era accanto al letto, chinato su di lei, con le sue braccia che la intrappolavano.

«Buongiorno.»

«Buongiorno» farfugliò lei.

«Dobbiamo alzarci e prepararci.»

«Ok.»

Le sorrise. «Sei sveglia?»

«Sì.»

«Sei sicura?»

«Mm-mm.»

Il suo sorriso si fece più ampio. «Bene. Faccio partire il caffè. Se non sento scorrere l'acqua entro tre minuti, non ti lascerò bere la miscela speciale con note di amarena che sto per preparare.»

«Cattivo» borbottò.

In risposta, Pipe si abbassò e la baciò sulle labbra. «Alzati» ripeté, poi si raddrizzò e si diresse verso la porta. Cora non poté fare a meno di ammirare il suo sedere mentre se ne andava.

Fu allora che si rese conto che lui non indossava altro che un paio di boxer. Avrebbe dovuto provare imbarazzo, timidezza o altro, invece si sentì... tranquilla.

Arrivato alla porta, Pipe si voltò. «Cora?»

«Sì?»

«Stanotte ho dormito benissimo, come non succedeva da tanto tempo.» Le fece un sorrisetto. «Tre minuti.»

Poi se ne andò.

Cora sospirò, chiuse gli occhi e si stiracchiò. Anche lei aveva dormito come un sasso. Be', dopo l'incubo, ecco. Odiava i sogni che faceva ancora di tanto in tanto. Aveva cercato in tutti i modi di lasciarsi il passato alle spalle, ma a volte il suo cervello amava rivangare la sua orribile infanzia, come per ricordarle che le cose potevano sempre andare male o peggiorare.

La sera prima, nel momento in cui Pipe l'aveva stretta tra le braccia, si era sentita protetta. Dagli orrori della sua infanzia, dalle prese in giro degli altri bambini perché non aveva una famiglia, dalla paura di essere una senzatetto. Da tutte le cose brutte.

«Due minuti e mezzo!» gridò Pipe dalla sua stanza in fondo al corridoio.

Cora non riuscì a trattenere la risatina che le sfuggì dalle labbra. Era difficile credere che trovasse qualcosa di divertente in quel momento, considerando ciò che li attendeva quel giorno, ma era così.

«Sto andando!» disse, mentre portava le gambe giù dal materasso per alzarsi e dirigersi verso il bagno. Invece di soffermarsi sull'incubo o sul fatto che Pipe aveva passato la notte a letto con lei a tenerla stretta, si lasciò pervadere da una lieve eccitazione. Aveva fatto di tutto per arrivare a quel momento, per scoprire cosa stava realmente accadendo alla sua amica. E quel giorno sarebbe successo. La polizia o i genitori di Lara potevano anche non crederle, ma era più che mai certa, soprattutto dopo tutto quello che aveva scoperto Tex, che fosse trattenuta contro la sua volontà.

Doveva solo arrivare a lei, farle ammettere che voleva tornare a casa, e l'avrebbe portata via. Ridge non sarebbe stato in grado di fermarla, non con Pipe, Owl e Stone che la supportavano.

Cora strinse i denti determinata. Non avrebbe lasciato l'Arizona senza Lara. Si sarebbe assicurata che la sua amica fosse al sicuro, a qualunque costo.

———

Ore dopo, la determinazione di Cora era un po' scemata, sostituita dall'apprensione. Il volo si era svolto senza problemi e avevano noleggiato una Jeep Wrangler. Ora erano parcheggiati in strada, a poca distanza dalla villa di Ridge Michaels.

«Quindi davvero devo solo andare lì e bussare alla porta?» chiese nervosamente.

«Penso sia preferibile che aggirarsi nella proprietà e rischiare un'accusa di violazione di domicilio» disse Stone con un'alzata di spalle.

«Per me va bene, ma non andrai da sola» la informò Pipe.

Cora lo guardò e si rese conto che era molto teso. Erano sul sedile posteriore e davanti c'erano Stone e Owl, il quale era concentrato sulla casa e scattava foto dal sedile del passeggero, mentre aspettavano che... succedesse qualcosa.

«Avrei più possibilità di parlare con Lara se andassi da sola. Non avete esattamente un aspetto inoffensivo.»

«Ma Michaels potrebbe decidere di prendere anche te» ribatté Pipe. «E non succederà se Stone o Owl ti accompagnano.»

Inclinò la testa e lo osservò. «Perché loro? Perché non vieni tu?»

Lui sbuffò. «Sì, certo.»

«No, davvero, perché?»

«Guardami, amore. Un riccone come Ridge Michaels non lascerà entrare in casa sua uno come me. Gli basterebbe uno sguardo per capire che c'è qualcosa di strano.»

Cora aggrottò le sopracciglia, poco contenta del modo in cui si era denigrato. «O forse ti guarderà e capirà di aver combinato un grosso guaio. Si farà la cacca addosso e ci lascerà prendere Lara senza fare storie.»

Le labbra di Pipe ebbero un guizzo.

«Non è divertente!» obiettò.

«Si farà la cacca addosso?»

Cercò di non sorridere, ma era così agitata, così piena di energia nervosa, che non riuscì a trattenersi. «Sì, be', dire parolacce non mi ha fatto guadagnare amici, quindi sto cercando di moderarmi.»

«Non ce ne frega niente se dici parolacce» disse Owl.

«No» concordò Stone. «Nemmeno noi ci tratteniamo molto.»

«E per la cronaca, sono d'accordo con Cora» aggiunse Owl. «Michaels ti vedrà con lei e saprà che ha dei rinforzi. Non è detto che ci consegnerà la sua ragazza, ma...»

«*Non* è la sua ragazza» ringhiò lei.

«Giusto, scusa.»

«Continuo a credere che non sia una buona idea, ma va bene, non ti lascerei in ogni caso andare lì da sola. Però vi avverto, se questo Michaels dovesse tentare di fare qualcosa, se dovesse toccarla, non posso promettere che manterrò la calma.»

«Ricevuto» disse Stone.

«Ottimo» aggiunse Owl.

«Allora, qual è il piano?» chiese Cora. «Abbiamo una storia di copertura?»

«Storia di copertura? Cora, lui sa chi sei, che vivi a Washington, e il fatto che ti presenti all'improvviso alla sua porta chiedendo di vedere Lara non dovrebbe essere una grande sorpresa, visto quanto siete legate. Non abbiamo bisogno di una storia di copertura.»

«Giusto. Scusa, sono solo nervosa.»

Pipe le prese la mano. «Sarò lì con te.»

Lei annuì, facendo un respiro profondo. «Lo so. E lo apprezzo molto.»

«Owl, hai visto qualcosa che non abbiamo colto dalle immagini satellitari che ci ha inviato Tex?»

«Sì, hai presente quel grande spazio piatto che pensavamo fosse un campo da tennis?» rispose, osservando la proprietà con un binocolo. In quel quartiere elegante non c'erano molti alberi, quindi la casa era piuttosto in vista. Il perimetro era circondato da un basso muro di mattoni, da cui si poteva vedere al di sopra e che era abbastanza facile da scalare, se necessario. C'erano cactus sparsi per tutto il quartiere e l'abitazione che stavano sorvegliando aveva un cancello sul vialetto.

«Sì. E allora?» chiese Pipe.

«*Non* è un campo da tennis.» Abbassò il binocolo e si voltò con un sorrisetto verso Stone. «È una piazzola di atterraggio.»

«Sul serio?» chiese, sedendosi più dritto e fissando la casa.

«Sì. Si vedono le pale di un elicottero spuntare da dietro.»

«Ridge ha un elicottero?» domandò Cora. Sentì un brivido lungo la schiena ricordando le parole di Ryan sul fatto di portarglielo via, proprio come Ridge aveva fatto con Lara, e si chiese di nuovo se la donna fosse stata a conoscenza dell'esistenza del mezzo o se avesse solo tirato a indovinare.

«A quanto pare» disse Owl, sollevando di nuovo il binocolo. «Sembra un R66 Turbine.»

Stone fece un basso fischio. «Però! Non è l'elicottero civile più costoso in circolazione, ma non è esattamente economico.»

«Come diavolo può permetterselo se sta usando le carte di credito di Lara?» chiese Cora.

«È quello che vorrei sapere. Anche se potrebbe essere di paparino. E perché poi ne ha *bisogno*?» aggiunse Pipe.

«Be', credo che in questo momento non abbia importanza. Sto diventando sempre più nervosa a stare seduta qui. Possiamo farlo e basta?» incalzò. «Voglio vedere Lara di persona.»

Stone si voltò e le disse: «Fai attenzione.»

Avrebbe voluto alzare gli occhi al cielo, ma si limitò ad annuire.

«Iniziamo raccogliendo informazioni» aggiunse Owl. «Dobbiamo sapere cosa succede in quella casa, se il personale domestico lo sta aiutando con qualsiasi cosa stia facendo a Lara o se sono all'oscuro di tutto. Nella migliore delle ipotesi, lei se ne tornerà a casa con te, ma se non vuole fartela vedere, non perdere la calma. Torneremo con un altro piano.»

«Voi e i vostri piani» borbottò.

Stone ridacchiò.

«Ok, facciamolo» disse Pipe.

Le strinse le dita prima di lasciarle andare e afferrare la maniglia della portiera.

Cora uscì dal suo lato e le sembrò quasi impossibile di essere davvero lì e di avere tre ex militari letali che l'aiutavano... un supporto molto maggiore di quello che aveva sognato di avere. «Ti prego, fa' che funzioni» mormorò, poi Pipe fu lì. Le prese la mano e la sensazione delle sue dita calde contribuì molto ad alleviare il suo nervosismo.

Lui iniziò a camminare verso la casa, parlando sottovoce. «Rimani calma, qualunque cosa dica. Non dire che sai delle carte di credito. Di' solo che sei qui perché sei preoccupata per Lara e che ti sei presa dei giorni di ferie per venire ad assicurarti che stia bene.»

«Lo so.» Ne avevano già parlato, ma temeva comunque di rovinare tutto dicendo la cosa sbagliata.

Si diressero verso il lungo cancello che portava al vialetto. Aveva accanto un ingresso pedonale e, con sua grande sorpresa, non era chiuso a chiave. Entrarono e percorsero il vialetto.

La casa era grande, ma non imponente come alcune ville che aveva visto. Aveva enormi colonne bianche sulla facciata che sembravano un po' pacchiane lì nel sud-ovest del Paese, dove sarebbe stato più appropriato qualcosa che si armonizzasse con la vegetazione. Il cortile non aveva molta erba, c'era per lo più pietrisco. Vide una persona che stava facendo dei lavori in giardino, ma per il resto aveva l'impressione che lei e Pipe fossero gli unici presenti.

«Fai un respiro profondo, ce la puoi fare» le disse, stringendole le dita.

Non credeva che sarebbe riuscita a portare avanti quel piano se non fosse stato per l'uomo al suo fianco. Avrebbe fatto qualsiasi cosa per la sua amica, ma ora aveva un po' paura, soprattutto dopo aver scoperto di più su Ridge. Se non avesse saputo nulla, probabilmente si sarebbe presentata alla porta con la sua solita spavalderia, ma ora che era sicura che stava mentendo spudoratamente per qualche motivo sconosciuto e che non sapeva nemmeno se Lara fosse ancora viva, stava andando un po' nel panico.

Raggiunsero la porta d'ingresso prima che fosse pronta. Si voltò a guardare Pipe e vide che stava osservando tutto intorno. Era alla ricerca di... cosa? Qualche pericolo? Malintenzionati che saltavano fuori da dietro un cactus con un coltello? Non ne aveva idea, ma, ancora una volta, era contenta che fosse lì.

Senza esitare, Pipe sbatté un paio di volte il batacchio della porta, facendola trasalire per il forte rumore che produceva il metallo colpendo il pannello. Aveva le mani sudate, ma si aggrappò con tutta se stessa a lui.

Bussò di nuovo e ci vollero ancora un paio di minuti prima che finalmente sentissero qualcuno dall'altra parte. Non poté fare a meno di chiedersi se ci fosse voluto così tanto tempo perché Ridge aveva dovuto nascondere Lara. O l'aveva minacciata. O qualcosa di altrettanto spaventoso.

Quando la porta si aprì, non si trovarono davanti Ridge, ma un uomo probabilmente dell'età di Cora. Era un po' più alto di Pipe e molto muscoloso e si sentì subito intimidita.

«Qualsiasi cosa vendiate, non la vogliamo» disse, incrociando le braccia sul petto.

Il suo atteggiamento la irritò, facendole ritrovare il coraggio. Raddrizzò le spalle e rispose al suo sguardo con un'occhiata delle sue. «Buon per voi, ma non stiamo vendendo nulla. Mi chiamo Cora Rooney e sono qui per vedere Lara Osler.»

«Non riceve visite» rispose l'uomo senza esitazione.

«Mi riceverà» affermò, sollevando il mento con ostinazione.

«No, intendo che non sta abbastanza bene per vedere qualcuno.»

Si sentì rivoltare lo stomaco. «Che cos'ha?»

«Non ho alcuna intenzione di rivelare i problemi della padrona di casa a degli estranei che si presentano alla nostra porta» disse l'uomo con disprezzo.

«Senta, sono la sua migliore amica. So tutto quello che c'è da sapere su Lara. So che ha dei crampi fortissimi quando ha il ciclo e che solo un cuscinetto riscaldante e l'Advil possono aiutarla. Odia i frutti di mare e deve togliere quei pezzetti di funghi, di cui non si sente nemmeno il sapore, da qualsiasi piatto a base di crema di funghi. Mi creda, non sono *un'estranea*. La conosco da quando avevamo quindici anni e sono venuta fin qui da Washington per vederla e assicurarmi che stia bene.»

«Sta bene» affermò l'uomo, senza lasciarsi persuadere dalla sua dichiarazione.

«Vorrei vederlo con i miei occhi» obiettò lei.

Il tizio non cambiò idea. «Mi dispiace, no» insistette, senza sembrare affatto dispiaciuto.

«Sarebbe un peccato dover coinvolgere le autorità in questa faccenda» disse Pipe. «Tutto quello che vuole è vedere la sua migliore amica, assicurarsi che stia bene. È da un po' che non la sente e Lara ha lasciato Washington all'improvviso. Ci lasci entrare, permetta a Cora di vederla e ci toglieremo dai piedi.»

Lo sguardo inquietante di Colosso Glaciale si spostò su Pipe, e le si accapponò la pelle quando lo studiò da capo a piedi prima di socchiudere gli occhi. «La signorina Lara non si sente bene. Sono certo che sarà felice di sapere che siete passati a trovarla. Le dirò di mandarvi un messaggio più tardi.»

«No!» gridò Cora. Il suo cuore batteva a mille. C'era qualcosa che non andava, se lo sentiva. Lo sospettava già da prima, ma ora ne era convinta.

L'uomo lasciò cadere le braccia e allargò le gambe come per essere più stabile sui piedi. Sembrava pronto per... cosa? Non lo sapeva. Un confronto? Pensava che lo avrebbe aggredito?

Però gli occhi del tizio non erano su di lei, ma su Pipe.

Si voltò a guardarlo e capì perché la posizione dell'uomo era cambiata. Era consapevole che l'aspetto esteriore di Pipe poteva intimorire alcune persone, anche se non aveva mai avuto paura di lui. Nemmeno una volta.

Ma in quel momento, se fosse stata lei la destinataria dello sguardo che stava rivolgendo a Colosso Glaciale, se la sarebbe fatta addosso. Contraeva la mascella, aveva gli occhi socchiusi e la mano che non teneva la sua era stretta a pugno lungo il fianco. I suoi muscoli erano tesi, come se fosse a un secondo dal perdere il controllo con quel tizio. Il che probabilmente non era una valutazione sbagliata.

«Di' a Michaels che torneremo» lo avvertì con un tono che sembrava un'ottava più basso del suo solito.

«Certo» replicò.

«Per favore, dica a Lara che sono qui» si affrettò ad aggiungere Cora. Non si illudeva che qualcuno avrebbe detto alla sua migliore amica che gli aiuti stavano arrivando, ma poteva sperare. «Le dica anche che Jenny Thompson le manda i suoi saluti e che mi incontrerò presto con lei.»

Erano miseri indizi, soprattutto perché sentiva che c'era meno del due per cento di probabilità che quell'idiota le trasmettesse il messaggio... se fosse stata ancora viva per riceverlo.

Jenny Thompson era una ragazza che se la prendeva sempre con Cora al liceo. Non era altro che una bulla che aveva amato tormentarla, prendendola in giro per il fatto che era una bambina in affidamento e nessuno la voleva. Un giorno, Lara si era stancata delle sue provocazioni e le si era scagliata contro dicendole che era meglio essere una bambina in affidamento senza famiglia che avere un assassino come padre.

Era stata una frase dura e crudele, ma aveva avuto l'effetto desiderato. A quanto pareva, non era noto a tutti che il padre era stato giudicato colpevole di omicidio di primo grado e stava scontando l'ergastolo. Jenny l'aveva poi lasciata in pace e poco dopo aveva cambiato scuola.

Con quegli indizi voleva far sapere a Lara che le copriva le spalle. Che non si sarebbe arresa a prescindere da tutto.

Colosso Glaciale non rispose alla sua richiesta, continuò solo a fissarli entrambi.

«E di' a Michaels che forse ci vedremo al Blue Moon più tardi. Ho sentito dire che è il migliore locale della zona» aggiunse Pipe, prima di fare un passo indietro.

Cora lo imitò, non che avesse scelta, visto che le teneva la mano come in una morsa.

L'uomo socchiuse gli occhi e contrasse anche lui la mascella, prima di voltarsi e chiudere loro la porta in faccia.

«Porca puttana» mormorò Pipe, prima di spingerla giù dal portico e tornare sul vialetto.

«Immagino che d'ora in poi il cancello da cui siamo entrati verrà chiuso a chiave» disse Cora un po' stordita.

«Probabile.»

Arrivarono alla Jeep e salirono sul sedile posteriore.

«Allora?» chiese Stone con impazienza. «Immagino che non l'abbiate vista.»

«No, non l'abbiamo vista. E se il gorilla che ci ha accolti alla porta è un'indicazione, la situazione non è positiva» affermò Pipe.

«Nessuna traccia di Lara?» chiese Owl.

«No» rispose Cora, con le spalle curve.

«Prossimo passo... Blue Moon» dichiarò Pipe.

«Pensi che lo troverai lì dopo che hai chiarito di sapere che Ridge frequenta quel posto?» domandò Cora.

«No. Ma voglio parlare con le persone. Vedere se spende soldi con una spogliarellista in particolare.»

«Voglio ancora sapere il perché di quell'elicottero» mormorò Owl.

«Deve essere di suo padre. Anche se avrebbe senso che Ridge lo usasse, se non vuole si sappia che ha problemi di soldi. Andare in giro con quell'affare darebbe seguito a una certa immagine» disse Stone con un'alzata di spalle.

Gli uomini continuarono a parlare, ma lei li ascoltò a malapena. Si sentiva incredibilmente delusa. Aveva davvero pensato che sarebbe riuscita a vedere Lara. Che avrebbero bussato alla porta, Ridge avrebbe dato un'occhiata a Pipe e l'avrebbe lasciata parlare con la sua amica. Ma essere stati fermati in quel modo, e non sapere nemmeno se era viva... era stato un colpo che stava faticando ad assorbire.

«Hotel» disse all'improvviso Pipe, riscuotendola dalla nebbia in cui si trovava la sua mente.

«Ok» replicò Stone, girando la chiave nell'accensione e allontanandosi dal marciapiede.

Cora rimase con gli occhi incollati alla casa di Ridge mentre la oltrepassavano. Era terribile essere così vicini eppure così lontani dallo scoprire cosa stesse succedendo alla sua amica.

Pipe le strinse di nuovo la mano. Gliel'aveva lasciata solo per il tempo necessario a salire in macchina, e gli era grata per il suo sostegno silenzioso.

Apprezzò anche che non le avesse detto banalità del tipo che era sicuro che Lara stesse bene. Sapevano entrambi che probabilmente non era così... soprattutto dopo il modo in cui quell'uomo si era fermamente rifiutato di farli entrare in casa.

Si voltò verso il finestrino a guardare il paesaggio che scorreva. Le si riempirono gli occhi di lacrime e la sua vista si annebbiò, mentre lottava per mantenere la calma. Non poteva perdere Lara. Non poteva proprio.

Sentendosi sola come non si era mai sentita crescendo, cercò disperatamente di non scoppiare a piangere.

Poi percepì Pipe chinarsi verso di lei. Non si voltò a guardarlo perché non voleva che vedesse le sue lacrime. «Ti do la mia parola, amore, la aiuteremo.»

Chiuse gli occhi. Le era abbastanza vicino che il suo respiro le scaldò il collo mentre le parlava all'orecchio. Annuì, ma non si voltò. Non riusciva a immaginare un mondo senza Lara. Era la sua roccia. La sua ancora. Era tranquilla, gentile, affidabile e un perfetto equilibrio con la sua sfacciataggine e la tendenza ad agire prima di pensare. Senza di lei, Cora sarebbe stata persa.

Doveva stare bene. Doveva e basta.

CAPITOLO QUINDICI

A PIPE non piaceva che Cora fosse diventata silenziosa. Il più delle volte trasudava un senso di inarrestabilità. Di testardaggine. Ma dopo l'incontro con lo stronzo che si era rifiutato di lasciarli entrare a vedere la sua amica, era sembrata sottotono, quasi scoraggiata. E lo odiava. Preferiva di gran lunga la donna che non aveva paura di contraddire le forze dell'ordine e i genitori di Lara. Che teneva testa a lui e ai suoi amici. Che faceva ciò che riteneva necessario senza esitare.

Era andato a parlare con Owl e Stone e l'aveva lasciata nella loro stanza d'albergo, sollevato che non avesse avuto problemi a condividerla. All'inizio aveva pensato di andare al Blue Moon a indagare da solo, ma i ragazzi non avevano avuto difficoltà a convincerlo a non farlo. Sentiva il bisogno profondo di stare con Cora. Di assicurarsi che stesse bene. Non che pensasse che lei avrebbe fatto qualcosa di avventato, più che altro non poteva sopportare di vederla soffrire e non essere presente per cercare di alleviare il suo dolore.

Quando tornò, la trovò seduta nella stessa identica

posizione di quando era uscito mezz'ora prima, apparentemente persa nei suoi pensieri. Non esitò ad avvicinarsi alla sedia e ad accovacciarsi davanti a lei.

«Cora?»

Sollevò lo sguardo su di lui. «Te ne vai presto?» gli chiese in tono piatto.

«No. Se ne occuperanno Owl e Stone.»

Lei aggrottò leggermente le sopracciglia. «Pensavo che ci andassi *tu*.»

«Ho cambiato idea. Andranno lì, vedranno cosa riescono a scoprire e domattina ci aggiorneranno.»

«E poi?»

«Ci muoveremo in base a ciò che hanno scoperto.»

Il suo sguardo tornò a essere distante. «Giusto.»

«Guardami» le ordinò.

Cora sospirò, ma obbedì.

«Entreremo in quella casa e troveremo Lara.» Attese una reazione, ma non la ottenne. «Te lo giuro.»

«È uno schifo, Pipe. Siamo così vicini, eppure lontanissimi dal trovare risposte. Odio tutta questa situazione. La *odio*» disse con veemenza.

«Troveremo una soluzione» la rassicurò, mettendole le mani sulle spalle.

Lei se le scrollò di dosso e si alzò, iniziando a camminare avanti e indietro nel piccolo spazio accanto al letto. «Dobbiamo fare qualcosa *adesso*! Non possiamo stare qui ad aspettare che quello stronzo le faccia ancora più male. Che la uccida, se non l'ha già fatto!»

Fu sorpreso da quel cambio repentino, era passata dallo sconforto alla rabbia... ma ne fu anche felice. Preferiva di gran lunga quella Cora rispetto all'ombra della persona che aveva trovato appena entrato.

Si alzò in piedi e le si avvicinò con cautela.

«Non toccarmi» lo avvertì, alzando una mano.

Pipe ignorò le sue parole e la attirò con forza tra le braccia. Cora lottò per qualche secondo prima di arrendersi e di abbandonarsi contro di lui. Lo abbracciò e lo strinse così forte che non era sicuro se lo avrebbe mai lasciato andare. Il che gli andava benissimo. Camminò all'indietro verso il letto e riuscì a salirci sopra senza staccarla da lui.

Rotolò finché non la portò sotto il proprio corpo e le prese il viso tra le mani. «È viva» disse con fermezza.

«Non puoi saperlo.»

«Sì che lo so. Altrimenti perché Michaels ha una maledetta guardia del corpo che risponde alla porta? Ha bisogno di lei viva per qualche motivo, probabilmente per accedere ai suoi soldi. Dimmi una cosa, se lei non si mettesse in contatto di tanto in tanto con la sua famiglia o con chi amministra il suo fondo, i soldi continuerebbero a venirle versati?»

Cora aggrottò le sopracciglia sorpresa, come se non avesse mai considerato quell'ipotesi. «In realtà, no. Non credo. Si è lamentata in più di un'occasione che è una rottura chiamare l'uomo che ogni mese fa il versamento sul suo conto. A quanto pare è un chiacchierone e le è difficile terminare la telefonata.»

«Appunto. E se non fosse viva, credo che Ridge non avrebbe problemi a incontrarti di persona per dirti che se n'è andata. Si inventerebbe una storia sul fatto che hanno litigato, è scappata e lui non l'ha più vista. È quello che fanno gli assassini per cercare di farla franca. È viva, Cora, ci credo con tutto il cuore, e farò di tutto per allontanarla da lui.»

Lo fissò per quelli che le sembrarono minuti, ma che in realtà erano stati probabilmente solo pochi secondi.

Poi si sollevò verso di lui e incollò le labbra alle sue.

Lo baciò quasi con disperazione. Grugnendo, Pipe rotolò di nuovo fino a mettersela sopra. Cora alzò la testa e lo fissò, respirando a fatica.

«Ti voglio» affermò lei senza mezzi termini.

Ogni muscolo del suo corpo si irrigidì. Anche lui la desiderava. Così tanto da spaventarlo. Ma non aveva intenzione di approfittare della situazione.

Come se potesse leggergli nel pensiero, lei si accigliò. «Non farlo» gli ordinò.

«Cosa non devo fare?»

«Non pensare che non sappia cosa sto dicendo. Che non sia lucida, o che sia influenzata dal dispiacere o altro. Ogni volta che faccio qualcosa che dovrebbe scoraggiarti e farti pensare: "Wow, questa donna è pazza, devo allontanarmi da lei", in realtà fai di tutto per tenermi più vicina. Non ho mai conosciuto nessuno come te, Pipe. E non mi sono mai sentita così prima d'ora.»

«Così, come?» non poté fare a meno di chiedere.

«Come se potrei esplodere in un milione di pezzi se non riuscissi ad averti dentro di me. Come se stare vicino a te mi desse stabilità, mi facesse sentire che sono davvero degna di affetto. Di... di essere amata.»

«Su questo non c'è dubbio» disse con fermezza.

Cora scosse la testa. «Non capisci» sussurrò. «Per tutta la vita mi sono sentita come una spettatrice che osserva dall'esterno. Che guarda le persone trovare l'amore, legarsi. Sentendomi come se mi mancasse il gene che mi permette di avere quella possibilità. Ma con te... nel momento in cui ti ho visto su quel palco, è scattato qualcosa dentro di me. Era come se ti stessi aspettando.»

Pipe si leccò le labbra. Aveva provato esattamente la stessa cosa. Era stato sconcertante. Non credeva molto nel destino o nell'amore a prima vista, ma con quella donna tutto ciò che pensava di sapere era stato stravolto. Come se il destino avesse riso di lui dicendogli: "Vedi?"

«Sei sicura?» Non poteva negarle nulla, e Dio sapeva che la desiderava quanto apparentemente lo desiderava lei.

Non rispose, ma si afferrò l'orlo della maglia e se la sfilò dalla testa prima che lui potesse battere ciglio. Si mise a cavalcioni su di lui in reggiseno, e Pipe rimase senza fiato. Era talmente bella che faceva quasi male guardarla.

La sua Cora era formosa. Supponeva che qualcuno l'avrebbe definita robusta, ma lui vedeva solo curve femminili, e i suoi palmi fremevano per la voglia di toccarle.

Non sapeva per quanto tempo rimase immobile sotto di lei, ma abbastanza da farle aggrottare le sopracciglia con un'espressione di incertezza che le offuscò lo sguardo.

Odiava averle causato anche solo un secondo di dubbio.

Si rizzò di colpo a sedere e Cora emise un piccolo grido sorpreso prima che lui la baciasse. Infilò la lingua nella sua bocca e la tenne stretta contro di sé con una mano sul collo e l'altra sulla schiena che, senza esitare, fece risalire fino al gancio del reggiseno. Lo slacciò abilmente, poi staccò le labbra dalle sue e si tirò indietro.

Lei gli sorrise quasi timidamente e abbassò le braccia, lasciando scendere le spalline e di seguito le coppe che le coprivano i seni.

«Porca puttana!» esclamò lui vedendola nuda per la prima volta. Era perfetta. Letteralmente perfetta. Mentre la fissava, i suoi capezzoli cominciarono a inturgidirsi e non poté impedirsi di abbassare la testa e prenderne uno in bocca. Lei lo aiutò inarcandosi, e quando glielo succhiò con forza, fu ricompensato dal dimenarsi dei suoi fianchi e da un lungo gemito. Il capezzolo si inturgidì ulteriormente, come se chiedesse ancora di più di quel tocco.

E Pipe le diede ciò che desiderava. La divorò. Succhiò, morse, leccò. E a ogni carezza, lei si dimenava di più. La sua Cora non era un'amante passiva. Si strusciava contro di lui affondandogli le unghie nella pelle, chiedendogli di più.

Pipe la lasciò andare all'improvviso, facendola cadere sul letto. Andò con le mani al bottone dei suoi jeans e glieli strattonò giù. Con suo grande sollievo, sentì Cora ridacchiare mentre sollevava i fianchi per aiutarlo. Aveva dimenticato che indossava ancora le scarpe e impiegò un attimo per toglierle, così come i calzini, prima di sfilarle del tutto i pantaloni.

Lei gli sorrise, agganciò i pollici sotto l'elastico delle mutandine e le spinse giù. Pipe le diede una mano a toglierle e le gettò di lato. Poi si buttò su di lei con un ringhio e le spalancò le gambe.

«Sì, Pipe... ti prego, sì.»

Aveva bisogno di assaggiarla più di quanto avesse bisogno di respirare. Non si era aspettato che succedesse quando aveva deciso di rimanere in albergo, mentre Owl e Stone sarebbero andati a indagare al Blue Moon. Ma ora che l'aveva sotto di sé, non riusciva a frenarsi.

Cora portò le mani sulla sua testa e gli afferrò i capelli, troppo lunghi, quasi con forza, mentre lui la leccava lungo le pieghe della fica. Aveva un sapore paradisiaco. Non gli era mai piaciuto molto farlo, aveva fatto sesso orale pochissime volte, ma con Cora pensò che non ne avrebbe mai avuto abbastanza del suo sapore.

Si teneva ben rasata, e andò subito con un dito sul clitoride per esporlo alla sua bocca, abbassò la testa e succhiò con la stessa forza che aveva usato sul capezzolo.

Cora gridò e quasi gli strappò i capelli. «Pipe!»

Lui non rispose. Era troppo occupato. Chiuse gli occhi e si perse nella sensazione e nel sapore di Cora. Le sue cosce gli strinsero la testa e diventò difficile respirare, ma non gli importava.

La sua fica era bagnata e le infilò un dito dentro mentre le succhiava e stuzzicava il clitoride. Lei sussultò ancora una volta, e all'improvviso aprì le gambe più che poté. «Di più, Pipe. Più forte!»

Sorridendo contro di lei, sollevò la testa e guardò il dito scomparire dentro il suo corpo. Quando lo tirò fuori, luccicava dei suoi umori. Alzò gli occhi e incontrò il suo sguardo, e il fatto che lo stesse osservando mentre le dava piacere, lo eccitò. Si mise il dito in bocca e lo succhiò. Cora spalancò gli occhi prima di far ricadere la testa sul materasso.

«Dovrebbe essere disgustoso, ma è sinceramente la cosa più eccitante a cui abbia mai assistito» disse verso il soffitto.

Pipe abbassò di nuovo la testa per leccarle il clitoride, più e più volte con un ritmo costante, e nel frattempo le spinse delicatamente dentro un dito... poi un altro.

Lei cominciò a muovere i fianchi, scopando le sue dita e rendendogli difficile tenere la bocca sul suo punto più sensibile. Il suo cazzo era così duro nei jeans che gli faceva male, ma non aveva intenzione di fermarsi e slacciare la cerniera per darsi sollievo. Non avrebbe tolto le mani o la bocca finché non fosse venuta.

Il corpo di Cora cominciò a tremare mentre si avvicinava all'orgasmo. Pipe leccò più velocemente, poi chiuse le labbra intorno al clitoride e succhiò. Per un attimo lei si bloccò, portandolo a chiedersi se le stesse facendo male, ma poi sollevò i fianchi, facendo andare le sue dita più a fondo, e cominciò a contrarsi intorno a loro, che ora scivolavano ancora più facilmente grazie all'orgasmo.

Il modo in cui si dimenò tra le sue braccia lo fece sentire virile come mai in vita sua. Era stato *lui* a procurarle quel piacere. Quando Pipe la sentì provare ad allontanarsi dalla sua lingua, sollevò la testa, ma solo quanto bastò per osservare gli umori fuoriuscire tra le sue gambe. Non riuscì a trattenere il sorriso soddisfatto che si aprì sul suo volto.

«Pipe... di più... ne ho bisogno.»

La sua Cora voleva di più? Glielo avrebbe dato.

Si spostò all'indietro, notando che lei sembrava quasi senza forze, e infatti non si mosse quando lui si mise in ginocchio per togliersi la maglia. Non si vergognava dei suoi tatuaggi, ma c'erano state volte in cui aveva visto sguardi disgustati quando si era tolto i vestiti davanti a una donna. Il suo petto e le braccia erano un miscuglio di disegni. Non c'era un tema coerente, se li era fatti semplicemente per la pace che gli dava l'ago.

Con suo grande sollievo, Cora non ne fu disgustata. Al contrario, si leccò le labbra e si alzò a sedere, cercando di tirargli giù la cerniera dei jeans.

Pipe avrebbe potuto impedirglielo e toglierseli da solo, ma gli piaceva troppo avere le sue mani su di lui per fermarla. La donna che aveva davanti era una vera e propria dea. Le sue tette rimbalzavano mentre si muoveva, aveva ancora le gambe aperte e gli umori che continuavano a fuoriuscire. Era stato *lui* a provocarlo. E avrebbe fatto molto di più, finché entrambi sarebbero svenuti per la stanchezza.

———

Stare con un uomo non le era mai sembrato così giusto. Non era il tipo di donna che andava a letto con qualcuno che aveva appena conosciuto, ma Cora non provava il minimo rimpianto per ciò che stava accadendo. Pipe l'aveva fatta venire con un'intensità che non aveva mai provato in vita sua. Sembrava sapesse esattamente come toccarla e che non gli importasse se lei nel frattempo non riusciva a stare passiva sotto di lui, rendendogli le cose più difficili. Ed era una fortuna, perché non avrebbe potuto rimanere ferma con le sensazioni che le aveva fatto provare.

E ora, guardandolo in ginocchio sopra di lei, con il corpo tatuato in bella mostra, Cora sentì un nuovo fiotto di umori fuoriuscire dal suo corpo. Lo desiderava. Ma voleva anche assicurarsi che lui provasse le stesse bellissime sensazioni.

Per una volta nella vita, non si vergognò del suo corpo mentre era seduta davanti a lui. Non sentì il bisogno di tirare in dentro la pancia, di cercare di far sparire i rotolini di grasso. Non le importava che le sue tette fossero disuguali e un po' troppo cadenti per i suoi gusti. Come avrebbe potuto, quando la guardava e si leccava le labbra come se non vedesse l'ora di farla diventare di nuovo il suo lecca-lecca personale?

Pipe non aveva finto il piacere che lui stesso aveva provato nel farlo, e quando si era messo in bocca il dito ricoperto dei suoi umori, Cora aveva quasi avuto un orgasmo. Ma per quanto le piacesse essere leccata da lui, lo voleva dentro di sé. Voleva che la scopasse. Con intensità.

Gli sorrise e gli tirò giù la cerniera dei pantaloni, assicurandosi di accarezzargli l'uccello, e Pipe spinse i fianchi verso di lei facendola sorridere di più. Glieli abbassò insieme ai boxer e, senza dargli la possibilità di alzarsi per toglierseli, si chinò in avanti. Inclinò il suo cazzo duro come la roccia verso di lei, si infilò in bocca la punta e la succhiò con forza, proprio come lui aveva fatto con il capezzolo.

Fu felice quando imprecò – adorava quando diceva "porca puttana" con quell'accento sexy – e le afferrò la testa iniziando a muoversi avanti e indietro, mentre lei glielo succhiava facendo del suo meglio per dargli piacere in quella posizione scomoda.

A Cora piaceva il sesso. Ciò non significava che lo facesse in modo indiscriminato. Anzi, era molto esigente quando sceglieva un partner sessuale, e amava il potere che le dava avere in bocca il cazzo di un uomo.

Con Pipe non era diverso... eppure lo era. Non si trattava di farlo solo per dargli piacere. No, era qualcosa di più profondo. Non conosceva il motivo, ma sapeva che fare sesso con lui le avrebbe cambiato la vita.

Invece di lasciarsi turbare, accolse quel sentimento.

Cora leccò e succhiò e usò le mani per accarezzargli le palle, mentre lo soddisfaceva. A un certo punto, lui le bloccò la testa e cominciò a scoparle la bocca, e ne apprezzò ogni secondo. Gli conficcò le unghie nelle cosce e tenne duro, mentre lui si perdeva nel piacere che gli stava dando. Proprio quando pensava che stesse per venirle in gola, Pipe sembrò riprendere il controllo.

Si tirò fuori dalla sua bocca e la fissò per alcuni secondi. Il suo cazzo era bagnato di saliva e di liquido preseminale. Una goccia andò a finire sulla sua gamba e rabbrividì.

Lui fece un ringhio profondo e praticamente si buttò giù dal letto. Cadde sul sedere mentre lottava per sfilarsi i jeans al di sopra delle scarpe, senza fortuna.

Cora ridacchiò. Si era mai divertita facendo sesso? No. La risposta era decisamente no. Scivolò più in su sul letto, si sdraiò e spinse giù le coperte. Sentendosi più sexy che mai, mise le braccia sopra la testa, allargò le gambe e aspettò che Pipe si liberasse dei vestiti e la raggiungesse.

Quando lui si alzò dal pavimento e la vide in quel modo, l'espressione di desiderio sul suo volto le fece mancare il respiro.

Prima ancora che potesse battere le palpebre, fu sopra di lei, coprendola dalla testa ai piedi, e lo adorò immensamente. Si afferrò ai suoi bicipiti e sentì gli umori che fuoriuscivano dal suo cazzo permearle la pancia.

Abbassò lo sguardo e sospirò di piacere vedendolo così vicino a dove lo voleva. Dove ne aveva bisogno.

«Ti prego, prendimi» lo implorò.

Lui esitò.

«Cosa c'è che non va?» gli chiese, temendo all'improvviso che ci stesse ripensando.

«Ho più voglia di stare dentro di te che di respirare, ma non ho nulla con cui proteggerti. Nemmeno in un milione di anni mi sarei aspettato che succedesse, quindi non ho preservativi.»

E in quel momento Cora si innamorò. Qualsiasi altro uomo avrebbe accettato senza pensarci due volte quello che gli stava chiaramente offrendo. Lei non aveva minimamente accennato alla contraccezione, e molti uomini non ci avrebbero nemmeno pensato. Pipe non era uno di quelli, e ciò glielo fece amare ancora di più.

«Non è il periodo a rischio» gli disse.

«Non usi niente?» le chiese.

Le si strinse lo stomaco. Era un problema insormontabile? Scosse la testa, non volendo mentirgli.

«Potresti rimanere incinta» sostenne, con uno strano luccichio negli occhi.

«È possibile, ma ripeto, non credo ci sia il rischio.»

«Dovrei fare la cosa giusta, aspettare per poterti proteggere, ma non ce la faccio. Se rimarrai incinta, voglio far parte della vita del bambino. Non sarò un padre assente.»

Lei spalancò gli occhi.

«Sì o no, amore. E sii sicura della tua risposta, perché se sarà positiva, sarai mia tutta la notte. Una sola volta non sarà sufficiente. Ho bisogno di te come ho bisogno dell'aria per respirare. Non lo capisco e non mi interessa nemmeno, so solo con tutto me stesso che tu sei quella giusta per me. Ma se non sei sicura di voler essere una madre, se non sei sicura di volere che sia *io* il padre di tuo figlio, devi dire di no. Adesso.»

Le sue parole le fecero fremere tutto il corpo. Era difficile credere che quell'uomo fosse reale. C'era la possibilità che una volta attenuata la passione del momento e placata la loro lussuria, si sarebbe pentito di ciò che aveva detto. Anche se non pensava sarebbe successo.

«Non riesco a immaginare un padre migliore per mio figlio» sussurrò.

Per tutta risposta, Pipe si abbassò, si prese il cazzo tra le dita ricoperte di tatuaggi – che fu erotico da morire – e fece scorrere la punta su e giù sulle sue pieghe. E Cora aprì di più le gambe.

Un attimo dopo, sprofondò in lei. La allargò come nessun uomo aveva mai fatto, e la lieve sensazione di dolore fece aumentare la sua eccitazione.

«A posto?» le chiese a denti stretti.

«Di più!» lo implorò.

Pipe sorrise e spinse, finché non arrivò incredibilmente ancora più a fondo. Mentre si teneva sospeso e fissava il punto in cui erano uniti, i capelli gli caddero sulla fronte.

«Così?» le chiese.

«Sì» sussurrò Cora.

Si era aspettata che iniziasse a spingere, invece rimase immobile in quella posizione.

«Pipe?»

«Sì?»

«Cosa stai facendo? *Muoviti.*»

«Non posso.»

«Cosa? Perché?» gli chiese preoccupata. Ebbe la visione assurda di dover chiamare i soccorsi e che dei paramedici sarebbero entrati nella stanza trovandolo bloccato dentro di lei per qualche motivo.

«Perché questa è la cosa più incredibilmente perfetta che abbia mai provato in vita mia e non voglio che finisca. Sei così calda, così bagnata. E mi stai stringendo così forte che temo esploderei se solo muovessi un muscolo.»

Cora si rilassò. Per fortuna non c'era niente che non andava. «È bellissimo anche per me sentirti così.» Quelle parole erano completamente inadeguate per descrivere ciò che stava provando, ma in quel momento non aveva l'energia mentale per trovare un modo migliore di dirlo.

Pipe la fissò mentre tirava lentamente indietro i fianchi e poi affondava di nuovo dentro di lei.

Gemettero.

Lo fece un paio di volte, e sebbene fosse una sensazione bellissima, Cora aveva bisogno di qualcosa di più.

«Più forte, Pipe.»

La ignorò, scegliendo invece di torturarla con quelle spinte lente e misurate.

Per ripicca, gli conficcò le unghie nel sedere. Ma lui si limitò a sorriderle.

«Adoro le tue unghie, amore. Avanti, lascia il segno su di me.»

Socchiuse gli occhi, cercando di pensare a cosa fare per

affrettare i tempi. Posò lo sguardo sul suo petto, i cui muscoli si contraevano a ritmo con le sue spinte costanti, mentre si teneva sospeso sopra di lei con le braccia. Fu colta da un impulso e agì.

Si sollevò sui gomiti, attaccò la bocca appena sopra il suo capezzolo e succhiò più forte che poté.

Sembrò funzionare. Pipe grugnì. Poi le mise la mano sulla nuca per sostenerla, mentre lei si impegnò a fargli il più grande succhiotto che avesse mai avuto in vita sua.

Con sua grande gioia, le spinte controllate divennero più frenetiche. Quando pensò di avergli lasciato un bel marchio, su sua richiesta, e lasciò ricadere la testa sul cuscino, i suoi movimenti avevano accelerato in modo esponenziale.

Lui abbassò lo sguardo e sorrise vedendo il livido rosso sul petto.

«Meglio di qualsiasi tatuaggio. Forse andrò a farmelo immortalare con l'inchiostro.»

Cora gli sorrise. «Bene. Come vuoi. *Dopo* che mi avrai scopata» gli ordinò.

Il sorriso svanì dal suo volto quando, finalmente, Pipe cominciò a prenderla con più forza.

Lei sollevò i fianchi per assecondare ogni sua spinta e il rumore della loro pelle che sbatteva era forte nella stanza altrimenti silenziosa. Prima che se ne rendesse conto, la stava scopando con intensità e velocità, ed era una sensazione incredibile. Ogni volta che lui arrivava in fondo, sentiva un lieve dolore, ma era solo una bellissima aggiunta all'esperienza.

«Sto per venire» la avvertì, tenendosi sopra di lei. «Ti riempirò con il mio sperma e lo guarderò colare tra quelle pieghe gonfie, poi ricomincerò da capo.»

«Fallo» disse Cora, incitandolo. Non era vicina al

secondo orgasmo, ma non vedeva l'ora di guardarlo perdere il controllo. Non aveva mai visto niente di più sexy di Pipe che incombeva su di lei, che aveva le gambe intorno alle sue cosce mentre la scopava.

Lui grugnì e si spinse così tanto dentro il suo corpo da farla gridare. Poi ringhiò forte e venne.

Ma invece di crollare su di lei come si era aspettata, si tirò su. Le aprì di più le gambe, rimase sepolto nella sua fica e cominciò a sfiorarle il clitoride.

«Pipe!» urlò, mentre l'orgasmo che sembrava così irraggiungibile montava rapidamente.

Lui fissava il punto in cui erano uniti, concentrato a darle piacere, e fu quasi travolgente. Non aveva mai avuto un uomo così determinato ad assicurarsi che lei venisse. Si sarebbe accontentata anche solo dell'orgasmo che le aveva procurato prima.

«Così. Vieni sul mio cazzo. Sento i tuoi muscoli contrarsi intorno a me ed è una cosa indescrivibile. Lasciati andare, amore, fammelo sentire.»

Tra un respiro e l'altro, Cora crollò. Ebbe la sensazione di volare e che l'unica cosa che la tratteneva sulla terra fosse la presa che aveva sulle braccia di Pipe. Le sue cosce tremavano mentre cercava di spingersi avanti e indietro sul suo cazzo, ma lui la teneva così saldamente che non riusciva a muoversi. Poteva solo perdersi nelle sensazioni. Non aveva idea di quanto fosse durato il suo orgasmo, ma quando finalmente tornò in sé e lo guardò, lui teneva ancora gli occhi concentrati tra le sue gambe. Percepì i loro umori fluire tra le natiche.

«Guardaci» sussurrò, quando si rese conto che era di nuovo in sé.

Cora sollevò la testa, guardò in basso e inspirò bruscamente.

Il cazzo semiduro di Pipe era ancora sprofondato nel suo corpo, le pieghe della sua fica tese intorno a lui. I loro bacini erano incollati e le sue cosce tatuate le tenevano allargate le gambe. Era una visione così carnale ed erotica che la fece dimenare nella sua presa.

Sollevò lo sguardo e le sorrise, poi all'improvviso rotolò tenendola a sé e il suo cazzo scivolò fuori. Cora si ritrovò seduta sopra di lui, con il suo uccello bagnato di umori tra di loro che spuntava da in mezzo le sue pieghe gonfie e leggermente indolenzite.

«Sento i nostri umori sul cazzo» le disse.

Cora non avrebbe mai immaginato che fosse un uomo che parlava sporco. Ma le piaceva molto.

«È quello che succede quando non si usa il preservativo» replicò lei alzando le spalle.

Lui si accigliò. «L'avevi già fatto?»

«Be', no. Ma l'ho letto.»

Il suo sorriso tornò. Abbassò la testa per guardare il punto in cui gli aveva fatto il succhiotto.

«Mi dispiace?» gli disse con un sorrisetto.

«No, non è vero. Ma chi la fa l'aspetti» replicò lui un secondo prima di sollevarsi e attaccarsi alla pelle accanto al capezzolo.

Cora strillò e cercò di allontanarsi, ma la sua presa era inesorabile. Non sarebbe andata da nessuna parte, ma ridacchiò mentre lui succhiava. Quando si tirò indietro, fissò ciò che aveva fatto con un'espressione soddisfatta.

«Buon Dio, Pipe. Mi lascerà un segno enorme» si lamentò.

«Già» concordò.

«Credo di aver dimenticato di dirti che ho la pelle delicata» disse ridendo. «Mi scotto facilmente. Quando gli insetti mi mordono mi vengono dei bruttissimi bozzi.

Credo che quel succhiotto resterà lì fino a quando non sarò vecchia.»

«Bene. Se si dissolve, te ne farò un altro.»

«Sei impossibile.»

«No, mi piace il mio marchio su di te, così come mi piace il tuo su di me.»

In un attimo quel momento si fece intenso.

«Cosa stiamo facendo?» sussurrò Cora.

«Non ne ho idea. Ma mi sembra più giusto di qualsiasi altra cosa abbia mai fatto» le rispose serio.

Non poté ribattere a quell'affermazione perché provava la stessa sensazione.

Sentì il suo cazzo contrarsi contro di lei e abbassò gli occhi, sorpresa di vedere che stava diventando di nuovo duro.

«Di già?» chiese incredula, dimenandosi sopra di lui e accarezzandolo con la fica ancora bagnata.

«A quanto pare» disse ironicamente. «Mettimi dentro e cavalcami.»

Cora finse di accigliarsi. «Che prepotente. Magari non voglio.»

«Invece sì» replicò con un sorriso sfacciato.

Lo voleva. Lo voleva assolutamente. Senza dire altro, si sollevò in ginocchio e glielo prese in mano, se lo infilò tra le gambe e si abbassò.

Ansimarono entrambi.

«Sul serio, se potessi vivere qui, lo farei» le disse.

Lei ridacchiò.

Pipe fece un piccolo gemito sexy. «Porca puttana, donna. L'ho sentito sull'uccello.»

Ciò la fece ridere di più.

Ma la risata lasciò rapidamente il posto ai gemiti

quando Pipe cominciò a strofinarle il clitoride con un dito e chiuse l'altra mano su un seno.

«Cavalcami, amore. Intensamente. Lascia che ti riempia di nuovo.»

E a quello le si contrasse la pancia. Come potevano quelle parole suonare così sexy? Ma non si lamentò, fece semplicemente come le aveva chiesto e come lei desiderava. Lo cavalcò fino a raggiungere l'orgasmo e a far perdere la testa a lui, che riversò il suo seme nella profondità del suo corpo, proprio come aveva promesso.

CAPITOLO SEDICI

PIPE SI SVEGLIÒ BEN consapevole di dove si trovava, di chi teneva tra le braccia e di cosa avevano fatto. Per tutta la notte.

Avevano dormito un po', poi si erano svegliati e avevano fatto di nuovo l'amore. Non era mai stato così insaziabile. A dire il vero, era sorpreso di essere riuscito a farselo rizzare così tante volte. Senza dubbio non sarebbe stato in grado di farlo tutte le notti, ma per la loro prima volta era contento di essere riuscito a dare tutto quel piacere a Cora.

Abbassò lo sguardo e vide il segno che lei gli aveva lasciato sul petto. Era rosso e a chiazze, e risultava visibile anche con i tatuaggi. Lei era appiccicata al suo fianco, con un braccio sopra il suo petto e una gamba sulla sua coscia, e stava un po' sbavando sulla sua pelle nuda.

Chiuse gli occhi, desiderando rimanere così per sempre, di svegliarsi così ogni mattina per il resto della vita.

Mentre faceva quei pensieri, Cora si mosse contro di lui. Aspettò che si rendesse conto di dove si trovava e di ciò che avevano fatto. Non sapeva se sarebbe stata imbarazzata o se magari avrebbe fatto finta che non fosse successo niente. Anche perché non era vero. *Era* successo qualcosa di immenso.

Pipe si era innamorato perdutamente.

«Giorno» borbottò, accoccolandosi di più a lui.

Rimase sorpreso per un attimo. Piacevolmente sorpreso. Strinse la presa sulla sua schiena, attirandola di più a sé. «Buongiorno» replicò.

Lei sospirò. «Ne avevo bisogno. E avevo bisogno di te.»

Pipe annuì e si voltò per baciarle la testa. «Anch'io.»

«Ma dobbiamo alzarci e dare il via all'operazione "Portiamo via Lara da quei bastardi".»

Le sue parole lo fecero ridacchiare. «Già» concordò.

Ma nessuno dei due si mosse.

«Pipe?»

«Sì, amore?»

«Questa notte... è stato... di solito non sono così.»

«Così come?»

«Così... vogliosa.»

Lui ridacchiò. «Nemmeno io.»

Cora sollevò la testa per poterlo guardare. «Non ci credo. Trasudi sensualità.»

«No. Sei tu che la fai emergere.»

«Ce la facciamo emergere a vicenda» ribatté lei.

«A quanto pare» replicò con un'alzata di spalle.

«Io... non ne sono pentita. Volevo solo che lo sapessi.»

Il suo rispetto per quella donna aumentò. «Bene. Perché altrimenti non ne sarei felice. Questa notte è stata...» Cercò la parola giusta. «Perfetta» disse infine.

«Già.»

«E visto che siamo sinceri... voglio vedere come andrà tra noi dopo che avremo trovato la tua amica.»

Gli sorrise. «Mi piace. Sia l'idea di continuare, sia il fatto che sembri sicuro che troveremo Lara.»

«Bene. Vai, usa il bagno per prima, io intanto mando un messaggio ai ragazzi per sapere com'è andata.»

«Ok. Pipe?»

«Sì?»

Lo fissò per un po', poi gli fece un piccolo sorriso. «Niente.»

«Puoi dirmi tutto. Lo sai, vero?»

«Lo so. È solo che... se dovessi *rimanere* incinta... non che io pensi sia successo, ma se dovesse succedere... non ti costringerò a fare niente.»

Pipe si accigliò. «Cosa ti ho detto ieri sera?»

«Lo so, ma ho pensato che forse era solo la foga del momento.»

«Non lo era» disse con fermezza. «Farò parte della vita di mio figlio o di mia figlia... così come voglio far parte della vita di sua madre. Non volterei mai le spalle al sangue del mio sangue. Mai.»

«Ok.»

«Ok» concordò lui.

Si era aspettato che Cora sarebbe stata timida quando fosse arrivato il momento di alzarsi. Non indossava nulla e non aveva una vestaglia. Certo, la sera prima aveva esaminato ogni centimetro del suo corpo e gli era piaciuto tutto ciò che aveva visto, ma era mattina e non era più in preda alla passione. Invece, rimase di nuovo sorpreso quando lei spinse via il lenzuolo e scese dal letto, dirigendosi verso il bagno senza nemmeno cercare di nascondersi.

Pipe sentì il cazzo contrarsi e scosse la testa per lo stupore.

Lei si girò all'ultimo momento, dandogli una visione frontale della sua perfetta nudità. Vide chiaramente il segno che le aveva lasciato sul petto. Era rosso scuro ed enorme; aveva decisamente ragione, la sua pelle era molto delicata. Se lo sarebbe ricordato quando le avrebbe fatto un altro succhiotto. Ed era determinato a fare in modo che ci *fosse* un'altra opportunità.

Vide dei piccoli lividi sulle sue cosce e sulla vita, dovuti al fatto che l'aveva stretta un po' troppo. Non camminava come se provasse dolore e pensò che glielo avrebbe detto se fosse stato troppo brusco, quindi si permise di provare un pizzico di orgoglio maschile per essere stato *lui* a marchiarla. Inoltre, mentre stava lì a fissarlo, Pipe vide una piccola goccia dei loro umori scendere lentamente lungo l'interno della sua coscia.

Lei arricciò il naso e disse: «Non importa cosa succederà. Non importa se troveremo Lara o meno, non dimenticherò mai la notte scorsa, né la rimpiangerò. Mi hai fatta sentire desiderata, Pipe. Amata. Grazie.» A quello si girò e scomparve in bagno.

Avrebbe voluto alzarsi e andare da lei. Dirle che *era* amata. Che *era* desiderata. Ma avevano delle cose da fare. E se avesse ammesso il suo amore per lei, probabilmente sarebbero finiti di nuovo a letto. Sebbene non rimpiangesse quello che avevano fatto e fosse ansioso di rifarlo, sentiva anche il bisogno impellente di trovare Lara. Non riusciva a togliersi di dosso la sensazione che il tempo stringesse.

Avevano fatto la prima mossa e Michaels doveva sapere che Cora non avrebbe lasciato la città solo perché il suo scagnozzo non le aveva permesso di vedere la sua amica. No, probabilmente era nel panico, stava cercando di sistemare la situazione a suo vantaggio. Pipe aveva la sensazione che non fosse una cosa positiva per Lara.

Doveva parlare con Owl e Stone e vedere cosa avevano

scoperto la sera precedente allo strip club, *se* avevano scoperto qualcosa. Poi avrebbero fatto la loro mossa, prima che Michaels potesse fare la sua.

———

Dopo essersi incontrati tutti a colazione, andarono al piano di sopra, nella stanza di Owl, per discutere di ciò che lui e Stone avevano appreso la sera prima.

Cora si accomodò sull'unica poltrona presente nella stanza, Pipe rimase in piedi accanto a lei e Owl si sedette sul letto appoggiandosi alla testiera.

Stone incominciò a camminare avanti e indietro e disse: «È stato strano. Mi aspettavo di scoprire che Michaels avesse una ragazza preferita e che era per questo che spendeva tanto. Sapete come funziona, un uomo riempie di soldi e di regali una delle ragazze nell'illusione che si sposeranno e vivranno per sempre felici e contenti... e faranno del sesso fantastico per il resto della loro vita. Ma non è ciò che sta facendo. Sì, lancia in giro banconote, gift card e oggetti acquistati nei negozi di lusso come se fosse la fatina dei soldi. Ma richiede la lap dance a *tutte* le ragazze. Non ha mostrato una preferenza per nessuna di loro.»

«Non è proprio così. Gli piacciono quelle con le tette grosse» disse Owl in tono calmo.

«Va al club a degli orari particolari?» chiese Pipe.

«Sì. Ci va tutte le sere. Nell'ultimo mese ha saltato solo qualche serata qua e là» rispose Stone.

Si accigliò. «Era lì ieri sera?»

«No» disse Owl.

«Porca puttana» imprecò, passandosi una mano tra i capelli. «L'abbiamo spaventato.»

«È quello che penso anch'io» concordò Stone.

«Quindi, che si fa?» chiese Owl.

«Possiamo provare a chiedere di nuovo di vedere Lara» propose Pipe. «Oppure vedere se riusciamo a entrare in casa da soli e trovarla. O chiamiamo la polizia e facciamo presente le nostre preoccupazioni, sperando che facciano un controllo per vedere se è tutto a posto.»

«Penso che Brick non sarebbe entusiasta della seconda opzione» suggerì Cora.

Pipe annuì. «Forse no, ma non sarebbe nemmeno sorpreso. E poi, chi dice che ci *beccherebbero* se facessimo irruzione?»

«Ehm... allarmi, telecamere, guardie del corpo» disse lei con un'alzata di spalle.

«Sono sicuro che potremmo aggirarli, se ne avessimo davvero bisogno» sostenne Owl con sufficienza. «Che sia da esaminare l'elenco dei collaboratori inviato da Tex? Ieri notte, quando sono tornato, ho dato un'occhiata e ci sono alcune persone che forse potremmo usare a nostro vantaggio.»

«Aspetta, a che ora sei tornato?» gli chiese Cora, con evidente preoccupazione.

Era un'altra cosa che Pipe amava di lei. Il fatto che si preoccupasse sempre per gli altri.

«Verso le due. Non riuscivo a dormire, non è una novità. Comunque, dopo aver chiesto un po' in giro nel club, abbiamo scoperto che sembra sia sempre la stessa guardia del corpo ad accompagnare Michaels al Blue Moon. Un certo Arlo Harvey.»

«Arlo. Che razza di nome è?» borbottò lei.

«Cosa sappiamo su di lui?» chiese Pipe, cercando di non ridere per la domanda di Cora.

«Ha ventisette anni. Si è arruolato nei Marines subito

dopo il liceo e ci è rimasto per qualche anno. Si è fatto male cadendo mentre camminava nella base dove era di stanza, rompendosi il polso in modo piuttosto grave. È stato congedato per ragioni mediche e ha fatto qualche lavoretto di sicurezza in magazzini e aziende, prima di essere assunto da John Michaels quando sono partite le cause per il farmaco che aveva prodotto. Ora è con Ridge da un paio d'anni» spiegò Owl.

«E?» domandò Pipe.

«E cosa?»

«Tutto qui? Qual è il suo background? Ha qualche condanna sulla fedina penale?»

«Tutto normale. Una bella infanzia. È stato un marine discreto. Nessuna condanna. Sembra essere leale, si assicura che nessuno dia fastidio a Ridge, lo segue ovunque vada e tiene la bocca chiusa.»

«Be', sembra che siamo a un punto morto» sospirò Cora. «Deve sapere se Lara è in casa, no? Voglio dire, se è così vicino a Ridge, non dovrebbe saperlo?»

«Forse, o forse no» disse Owl. «Non vive nella tenuta. Si presenta quando gli viene richiesto e per i suoi turni programmati, e basta.»

«È sposato? Ha una fidanzata?» chiese Stone.

«No a entrambe le domande.»

«Mmm. E quel tizio che ha risposto alla porta ieri?» domandò Pipe.

«Carter Grant» disse Owl, tornando a guardare il telefono. «È anche lui una guardia del corpo di Michaels, ma è stato assunto da Ridge stesso, non da suo padre. Da quello che Tex è riuscito a scoprire, si sono conosciuti online. Carter era interessato ai bitcoin della società di Michaels e hanno iniziato a parlare. Una cosa tira l'altra e lo ha assunto come guardia del corpo per quando Arlo non è di turno. Non è sposato, non ha una fidanzata e il suo background è piuttosto noioso. Trentacinque anni, qualche lavoro non molto interessante, nessuna laurea. E no, prima che tu lo chieda, nessuna condanna.»

«Aspetta... Carter Grant?» chiese Cora con un piccolo sorriso.

«Sì. Perché? Lo conosci?» le domandò Owl, sedendosi più dritto sul letto.

«No, non lo conosco affatto, ma è buffo. Nella mia testa lo chiamo Colosso Glaciale, perché, be', ne ha l'aria. È solo un po' ironico che le iniziali del suo nome siano le stesse: CG.»

Le labbra di Pipe ebbero un guizzo. Non era per niente divertente, ma in qualche modo l'osservazione di Cora allentò un po' la tensione. Anche i suoi amici sorrisero e scossero la testa.

«Ok, scusate, andate avanti. I due sono guardie del corpo. CG ovviamente sa di Lara perché non sembrava confuso quando abbiamo chiesto di vederla, e aveva già pronta la scusa che non stesse bene. Ma lui vive nella tenuta?»

Era una buona domanda e anche Pipe voleva sentire la risposta.

«Credo di sì, visto che sulla lista non c'è nessun indirizzo per quanto riguarda Grant. E hai ragione, dopo ciò che hai detto riguardo all'incontro di ieri, è ovvio che sappia di Lara, o di quello che potrebbe esserle successo.»

Pipe si accigliò. Aveva evitato di pensare che Lara Osler potesse essere deceduta e non voleva che Cora si soffermasse su quell'aspetto. Preferiva continuare a pensare che si trattasse di una missione di salvataggio e non di recupero di un corpo.

«Già» disse lei sommessamente, facendolo irrigidire.

Era chiaro che non le fosse sfuggito ciò che intendeva Owl.

«Comunque, ci sono altre persone che vivono e lavorano in quella casa. Sarah Latimer è la cuoca. Vive lì, il che ha senso, visto che si occupa di tutti i pasti. Alice Green è la capo governante. È responsabile degli altri dipendenti a ore che fanno le pulizie, il bucato e tutto ciò che serve a mantenere l'ambiente immacolato. Steve Browning è l'addetto alla manutenzione. Nessuno dei due vive nella casa, ma abitano lì vicino e i loro affitti sono pagati dall'amministratore della proprietà. Nora Walker si occupa del giardino, Joel Ackerson è sia autista sia pilota dell'elicottero. Porta in giro Ridge, e anche suo padre quando è nella residenza, tipo alle conferenze in California e a Las Vegas, o a cena a Flagstaff o ad altri eventi mondani. Benjamin Fox è il direttore della tenuta. Supervisiona tutti i dipendenti e in generale si assicura che tutto fili liscio. È anche responsabile di cose ordinarie come pagare le bollette e assicurarsi che gli addetti alla spazzatura raccolgano i rifiuti.»

«Quindi, ancora una volta, la domanda è... qualcuna di queste persone sa qualcosa di Lara?» chiese Stone.

«Se lo stai chiedendo a me, non lo so. Sembra che, a parte Grant, siano stati tutti assunti dal paparino. Ma se c'è qualcuno che lo sa, molto probabilmente è uno dei dipendenti che vivono in casa. Anche quando Ridge non c'è, mantengono i loro orari e l'abitazione pronta per l'eventuale arrivo dei membri della famiglia Michaels» disse Owl.

Sollevò gli occhi dal telefono. «Ma forse vi interesserà di più sapere che la società di bitcoin di Michaels...» Fece una pausa ad effetto.

«Sputa il rospo» ringhiò Stone.

«È andata a farsi benedire. A quanto pare è un amministratore delegato di merda e ha speso più soldi di quanti ne abbia guadagnati. Sta perdendo denaro a destra e a manca. È riuscito a mantenere l'apparenza di essere ricco, ma è una stronzata.»

«Questo spiega perché ha bisogno dei soldi di Lara» disse Cora.

«Credo di sì» concordò Owl con un cenno del capo.

«Questo, e il fatto che suo padre gli ha tagliato i fondi che riceveva ogni mese fino a ridurli quasi a zero» aggiunse Pipe.

«Dato che io posso operare sul conto di Lara, pensate che potrei entrare e cancellare le sue carte, per rendergli più difficile usare i suoi soldi? Potrebbe lasciarla andare se non può accedervi.»

«Oppure potrebbe decidere di sbarazzarsi di lei, visto che non gli serve più» sostenne Stone senza mezzi termini.

Cora sbiancò. Era evidente che quella supposizione l'avesse colta di sorpresa, e si arrabbiò un po' per il poco tatto del suo amico.

«Oh, merda, non ci avevo pensato» sussurrò lei. «Allora che facciamo? Odio l'idea che Ridge le prosciughi i conti, ma non voglio che vada fuori di testa e le faccia del male se non può più accedere ai suoi soldi.»

«Penso che dovremmo tornare in quella casa» disse Owl. «Magari questa volta vengo con voi. Assicuriamoci che Michaels e i suoi scagnozzi capiscano che non si tratta solo di Cora che vuole parlare con la sua amica.»

«Quindi lo minacciamo» disse Stone con un tono implacabile.

«Sì» concordò l'altro.

«Ma potrebbero comunque rifiutarsi di farcela vedere» sostenne Cora. «Cioè, sono felice se vieni anche tu, ma come potrebbe questa cosa far cedere CG o Ridge tanto da permetterci di vedere Lara?»

«Potrebbe funzionare» replicò. «Ma in questo modo dimostreremo chiaramente che non abbiamo intenzione di andarcene finché non l'avremo vista, e che se non lo faranno subito, chiameremo la polizia. Di certo loro non lo farebbero per denunciarci per violazione di domicilio. Credo proprio che non vogliano che i poliziotti si avvicinino alla tenuta.»

«E saremo armati» le disse Pipe. «Nel caso in cui tentino di fare qualcosa.»

Il viso di Cora perse ancora più colore, se possibile. «Oh, Dio, questa cosa ci sta sfuggendo di mano» mormorò.

Stone le si avvicinò e si accovacciò davanti a lei. Non la toccò, ma ottenne la sua attenzione. «Pensi che non siamo in grado di occuparci di questa situazione? Che non possiamo proteggere te e Lara?»

«Non è questo» protestò.

«E allora, qual è il problema?»

Fece un respiro profondo. «Quando ho deciso di provare a vincere un appuntamento con un rappresentante del Rifugio a quell'asta, non pensavo che saremmo finiti qui. E non voglio che qualcuno di voi si metta nei guai o, Dio non voglia, che vi sparino per quello che vi ho chiesto di fare.»

«Non ci spareranno» la rassicurò.

«Assolutamente no» aggiunse Owl. «Magari io e Stone non siamo bravi come gli altri in certi aspetti dell'addestramento delle forze speciali, ma non siamo nemmeno degli sprovveduti.»

«Non è questo, è solo che...» Sospirò. «Voi mi avete creduta quasi subito. Potevate avere qualche dubbio, ma non mi avete mai trattata come se fossi pazza o se stessi gonfiando le cose a dismisura. Non ho mai... non posso... non sono abituata a questo» sbottò.

«Abituata a cosa?» chiese Pipe, dando una piccola gomitata a Stone, che recepì il messaggio e si alzò in piedi, facendo un passo indietro e lasciandogli prendere il suo posto di fronte a Cora. Le mise le mani sulle ginocchia. Aveva bisogno di toccarla, di farle sapere che era lì per lei.

«Sentirmi supportata, creduta, importante. E lasciarvi andare incontro a un potenziale pericolo non è un modo per ripagarvi.»

«Ti supportiamo, Cora. Ti crediamo. E sei *molto* importante. Il tuo valore non è determinato da chi erano i tuoi genitori, da quanti soldi hai o dal lavoro che fai. Riguarda il tipo di persona che sei. E tu, Cora Rooney, sei una luce che risplende in quello che può essere un mondo spietato. La tua lealtà è...» Pipe scosse la testa, cercando di trovare la parola più adatta.

Owl lo batté sul tempo. Il suo amico si era spostato e ora sedeva sul bordo del letto e i suoi occhi erano incollati a Cora. «Tutto.»

Pipe annuì. «Sì. La tua lealtà è tutto. Per questo vale la pena correre un piccolo rischio. Troveremo Lara. Troveremo le prove del motivo per cui Michaels l'ha rapita. Pagherà per quello che ha fatto. Puoi anche non credere a tutto quello che ti dico, ma a questo devi credere.»

«Non abbiamo paura di Michaels o delle sue cosiddette guardie del corpo. Io e Owl abbiamo attraversato l'inferno e non lasceremo che questi ricchi stronzetti ci freghino» aggiunse Stone con fermezza.

«Vorrei dire una cosa, ma Pipe diventa strano quando lo faccio» disse Cora.

«Pipe è strano a prescindere» replicò Stone con una risata. «Dilla.»

«Solo... grazie» affermò, con una sincerità che trasparì forte e chiara. «Non so cos'avrei fatto se non ci foste stati voi.»

«Avresti trovato un modo» sostenne Owl. «Da quello che ho capito, sei testarda e piena di risorse.»

«È vero» ammise con una piccola risata. «Quindi... il piano B è tornare in quella casa e bussare di nuovo alla porta?» chiese.

«Cerchiamo di mantenere le cose semplici» rispose Stone. «E penso che aggiungere Owl al mix sia un'ottima cosa. Una dimostrazione di forza non guasta.»

«Senza contare che aggiungiamo una velata minaccia, per sicurezza. Immagino che Michaels non voglia avere un gruppo di poliziotti che si aggira per la casa. Chissà cosa sta nascondendo lì dentro... a parte Lara.»

«È strano che mi senta un po' dispiaciuta per suo padre?» chiese Cora. «Probabilmente non sa nemmeno cosa sta facendo il figlio.»

Pipe non si era mosso, era ancora accovacciato di fronte a lei. «Non esserlo» disse un po' troppo duramente. Quando lei aggrottò la fronte, fece un respiro profondo e cercò di moderare il tono. «Non so quante case abbia quella famiglia, ma hanno fatto i soldi grazie alle persone che, in questo Paese e non solo, hanno assunto i farmaci che John Michaels ha praticamente imposto. Sì, sono legali, ma lui doveva già sapere che davano dipendenza, molto prima che venissero annunciati al mondo. Non sappiamo quante persone siano passate a roba più pesante quando non sono più riuscite a ottenere le prescrizioni. E in tutto questo, continua a ostentare la sua ricchezza. Voglio dire, ha un maledetto elicottero. Per cosa? È eccessivo e non necessario.»

«Non so, a me non dispiacerebbe avere un elicottero» disse Stone ridendo.

«Vero? Pensa a quanto velocemente potremmo arrivare ad Albuquerque se ne avessimo uno. Forse potremmo convincere Brick ad aggiungere una piattaforma di atterraggio e un hangar» concordò Owl.

«È deducibile dalle tasse!» esclamò Stone. Poi si fece serio. «Sapete, pensavo che non avrei mai più voluto volare, ma dopo la missione per salvare Reese da quei bastardi di spacciatori, mi sono reso conto di quanto mi era mancato.»

«Anche a me» disse Owl annuendo. I due uomini si scambiarono uno sguardo. Avevano passato l'inferno insieme ed era ovvio che ora fossero sulla stessa lunghezza d'onda.

Pipe si voltò verso Cora. «Se non ti senti a tuo agio, possiamo andare io e Owl a parlare con Michaels e il suo scagnozzo.»

«No. Non se ne parla. Se c'è anche solo l'un per cento di possibilità che funzioni e che ci lascino vedere Lara, non voglio perdermela.»

«Come pensavo, ma dovevo offrirti questa opzione.»

Cora lo fissò e si morse il labbro.

«Che c'è?» le domandò Pipe.

Scosse la testa e chiese sommessamente: «È questo che si prova ad avere una famiglia? Avere delle persone disposte ad aiutarti quando le cose vanno male? Che ti coprono le spalle a prescindere da tutto?»

«Sì, amore. È così» le rispose, addolorato per il fatto che lei non avesse mai avuto quel tipo di sostegno.

«Sì, ora siamo i tuoi fratelli» le disse Owl con un sorriso.

«Fratelli maggiori fastidiosi che accoglieranno il tuo ragazzo alla porta con un fucile e si assicureranno che sappia che se non ti riporta a casa prima del coprifuoco, dovrà rispondere a noi» aggiunse Stone.

Gli occhi di Cora scintillavano quando guardò Pipe.

«*Io* non sono tuo fratello» la avvertì con un piccolo ringhio.

Il suo sorriso si fece più ampio. «Lo spero proprio» ridacchiò.

Owl e Stone risero.

«Va bene, basta stare seduti qui a oziare» disse Pipe, alzandosi e tendendole la mano. «Abbiamo del lavoro da fare.»

«Ehi, alcuni di noi hanno lavorato fino a notte fonda» ribatté Owl.

«Oh, anche noi abbiamo lavorato» replicò lei, con un sorriso enorme. «Lavorato *duro*.»

Pipe non poté fare a meno di apprezzare che non fosse imbarazzata per ciò che avevano fatto. Era di buon auspicio per il futuro della loro relazione.

«Sono felice per voi» disse Stone. «Ed era ora.»

A quel punto il sorriso di Cora scomparve. «Non è che ci conosciamo da così tanto» si affrettò ad aggiungere.

Il suo amico fugò la sua ansia. «Quando lo sai, lo sai. E se pensi che ti giudicheremo, smettila. Gli uomini come noi... dopo tutto quello che abbiamo passato, quando troviamo la persona giusta non esitiamo ad agire. La vita è troppo breve per non inseguire ciò che desideri.»

«Puoi giurarci» concordò Owl.

«Esatto» aggiunse Pipe annuendo.

Per un attimo sembrò un po' sorpresa, ma poi un'espressione di sollievo le attraversò il viso. «Va bene» disse infine.

«E adesso, diamoci da fare. Non mi piace che ieri sera Michaels non abbia seguito la sua solita routine andando al

Blue Moon. Se è in preda al panico, potrebbe aver già fatto le valigie per lasciare la città, ed è l'ultima cosa che vogliamo» affermò Stone.

Pipe era totalmente d'accordo. Prima avessero messo in chiaro che non se ne sarebbero andati, che avevano scoperto il gioco di Michaels e che quindi gli conveniva farli incontrare con Lara, meglio era.

Strinse la vita a Cora prima di prenderle la mano, apprezzando il fatto che non evitasse di afferrarsi a lui. «Facciamolo» dichiarò con fermezza. «Owl, Stone, ci vediamo alla macchina. Devo andare nella mia stanza a prendere la pistola.»

I suoi amici annuirono e lui andò alla porta. A quel punto voleva trovare Lara quasi quanto lo voleva Cora. Per la sua sicurezza, ma anche per poter dare serenità alla sua donna... e riportarla al Rifugio, per passare più tempo a conoscerla. Non aveva idea di cosa sarebbe successo tra loro, se sarebbero riusciti a capire come far funzionare e durare la loro relazione, ma avrebbe fatto del suo meglio perché accadesse.

Stone aveva ragione. La vita era troppo breve per non inseguire ciò che si voleva. E Pipe voleva Cora. Pregava solo che lei lo volesse a sua volta.

CAPITOLO DICIASSETTE

«OK, SARÒ QUI AD ASPETTARVI» disse Stone serio. «Se vedo qualcosa di sospetto, vi mando un messaggio e mi aspetto che voi facciate lo stesso. Guardatevi le spalle» li avvertì.

Pipe e Owl annuirono.

Si diressero verso il vialetto e l'ingresso che avevano usato per entrare nella proprietà il pomeriggio precedente.

Cora era nervosa e tesa. Rimase vicino a Pipe mentre si avvicinavano al cancello che, come aveva sospettato, ora era chiuso, come lo era anche quello dall'altro lato del vialetto.

«Come se questo ci impedisse di entrare» brontolò Owl andando verso il muro di mattoni che circondava la proprietà. Lo scavalcò come se fosse stato alto solo trenta centimetri anziché un metro e venti come era in realtà.

Anche Pipe lo superò senza problemi, poi si voltò e le porse la mano. «Ce la puoi fare» la incoraggiò.

Non che Cora non fosse in grado di scavalcarlo, solo che non aveva la loro stessa grazia. Saltò e appoggiò la pancia sul muro, poi portò una gamba al di là del bordo. Da lì ci pensò Pipe, la sollevò senza dare l'impressione che fosse faticoso e la mise in piedi sull'erba dall'altro lato.

«Tutto bene?» le chiese.

Annuì. Non ne era sicura, ma aveva insistito per essere lì, quindi non si sarebbe tirata indietro ora. Quel giorno sembrava più minaccioso del precedente. Il posto era tranquillo, non c'era un filo d'aria, come se l'ambiente stesso fosse in attesa di... qualcosa. Non aveva senso, ma sembrava così.

Non videro nessuno mentre si dirigevano verso la porta d'ingresso e prima che lei se ne rendesse conto, Pipe aveva già la mano sul batacchio. Come il giorno precedente, lo sbatté sulla piastra di metallo.

Si trovava un po' indietro rispetto ai due uomini, e a dire il vero le andava bene. Non si aspettava che Colosso Glaciale o Ridge aprissero la porta e cominciassero a sparare, ma sapere che Pipe e Owl avevano delle armi ed erano più che pronti a usarle per proteggere se stessi e lei, se necessario, aveva intensificato la sensazione di pericolo che sentiva.

Ci vollero diversi minuti e altri colpi prima di sentire la serratura della porta scattare; Cora trattenne il respiro mentre veniva aperta lentamente.

Colosso Glaciale rimase lì a fissarli. Doveva iniziare a chiamarlo con il suo nome, ma nella sua testa era quello, ed era difficile smettere.

«Che cosa volete?» ringhiò l'uomo.

«Vedere Lara» rispose Pipe, con voce altrettanto minacciosa.

«Ve l'ho già detto ieri, è ammalata.»

«Non importa. Che ti piaccia o no, oggi la vedremo» replicò.

L'uomo rise. E non in modo divertito. «Ah, sì?»

«Sì» confermò Pipe. «Abbiamo fatto un po' di indagini sul signor Michaels e sul suo *staff*.» Enfatizzò l'ultima parola, assicurandosi che CG fosse consapevole che le indagini riguardavano anche lui. «E siamo rimasti sorpresi di non vederlo al Blue Moon ieri sera. Anche le ragazze erano deluse... considerando quanto le ha viziate nell'ultimo mese.»

Cora trattenne il fiato in attesa di vedere cos'avrebbe risposto. Aveva lo stesso aspetto intimidatorio del giorno prima. Indossava un paio di pantaloni cargo neri, una polo grigia a maniche corte che metteva in mostra i suoi bicipiti gonfi e degli anfibi neri. Torreggiava su di lei. I suoi capelli biondi erano corti, con un taglio militare, e se ne stava lì a guardarli con quei glaciali occhi nocciola e con le braccia incrociate sul petto, contraendo la mascella quadrata.

Provò l'impulso di scusarsi per averlo interrotto e fuggire, ma si trattenne. Non era il tipo di donna che si lasciava intimidire facilmente, ma quell'uomo... per qualche motivo la spaventava a morte.

«Non c'è problema se non vuoi farci entrare» aggiunse Owl. «Chiameremo il nostro contatto al Dipartimento di Polizia di Phoenix e lo faremo venire con una decina di colleghi per controllare le condizioni della signorina Osler. Chissà cos'altro potrebbero trovare in casa... no?»

A quel punto, Cora fu certa di aver visto un barlume di apprensione negli occhi di CG, e il suo battito cardiaco accelerò. Stava funzionando. Sarebbero entrati.

«Non c'è bisogno di coinvolgere la polizia. Non sta accadendo nulla di anomalo qui. Sono sicuro che Lara sarà felice di vedere i suoi amici.» Si allontanò dalla porta invitandoli a entrare.

Per quanto fosse felice del fatto che finalmente avrebbero visto Lara, qualcosa al pensiero di attraversare quella soglia la fece esitare. All'improvviso le passò per la mente una vecchia poesia di Mary Howitt che aveva letto al liceo, sul ragno che invitava la mosca nel suo salotto. E tutti sapevano cos'era successo alla povera mosca. In quel momento le sembrò di essere lei la mosca e che CG fosse il ragno cattivo.

Voleva disperatamente afferrarsi a Pipe, ma lui l'aveva avvertita che aveva bisogno di avere sempre le mani libere... per ogni evenienza. Non voleva pensare a cosa significasse "per ogni evenienza", ma poteva immaginarlo.

Così rimase incollata alla sua schiena, con Owl dietro di lei mentre varcavano la soglia. Rabbrividì quando la porta si chiuse con un forte botto e lui si prese il suo tempo per girare la chiave e mettere il chiavistello, un'altra cosa che le diede un senso di inquietudine, prima di far loro cenno di seguirlo.

Mentre camminavano, notò che la casa era immacolata. Non c'era polvere sul pavimento o nell'aria, non c'erano soprammobili fuori posto. Lei metteva continuamente roba sul bancone, lasciava le borse per terra quando rientrava e non voleva pensare a quante paia di scarpe c'erano in giro. Il suo appartamento era vissuto. Be', prima che vendesse tutto.

Quel posto invece dava un senso di... vuoto.

Il pensiero che Lara fosse lì le fece venire voglia di piangere. La sua amica era piena di gioia. Nonostante la sua timidezza, era una persona felice, che vedeva sempre il meglio nelle persone. Il suo appartamento era ancora più caotico di quello di Cora, ma era pieno di amore e lei si era sempre sentita a casa lì.

I loro passi risuonarono sul pavimento di piastrelle mentre CG li conduceva in un lungo corridoio. Notò che Pipe guardava da tutte le parti, come ogni volta che si trovavano in una situazione che non conosceva. Stava ovviamente prendendo nota di ciò che li circondava e del percorso che stavano facendo.

Proprio quando pensò che li stesse conducendo a un'uscita secondaria per cacciarli fuori, l'uomo si fermò e spalancò una porta.

«Se non vi dispiace aspettare qui, vado a chiamare la signorina Osler. Ci vorrà un po' perché dovrà cambiarsi, visto che è a letto. C'è un piccolo mobile bar su un lato e le poltrone sono comode. È la stanza più rilassante della casa. Ho pensato che voleste un po' di privacy per parlare con la vostra amica.»

Pipe esitò prima di entrare, e quella piccola pausa per lei fu eloquente. Ma lo seguì subito, non volendo allontanarsi più di qualche passo da lui, per sicurezza. Se la situazione *fosse* precipitata, voleva essergli accanto.

La stanza era una specie di sala multimediale. C'erano tre file di grandi poltrone reclinabili in pelle su delle piattaforme a gradini, come in un cinema. Erano rivolte verso un enorme schermo e sulla parete di fondo c'era un proiettore. Come aveva detto CG, a destra della porta c'era un mobile bar con scaffali ben forniti di un'impressionante varietà di liquori.

«Dieci minuti» disse Owl voltandosi verso di lui.

«Come, scusa?» Poteva essere una guardia del corpo, ma aveva i modi e il tono di un membro del personale privilegiato e altezzoso.

«Hai dieci minuti per portare qui Lara, prima che chiamiamo la polizia.»

Un'espressione di rabbia attraversò il suo volto, ma si limitò ad annuire. «Dieci minuti» acconsentì, poi iniziò a chiudersi la porta alle spalle mentre usciva.

Era totalmente contraria a lasciare che quello stronzo

la chiudesse, ma non voleva fare nulla che potesse compromettere la possibilità di vedere Lara. A quanto pareva, Pipe era della stessa idea.

«Non mi piace» disse appena rimasero soli.

«Neanche a me» concordò Owl.

«Siamo in tre» scherzò Cora a disagio.

«Sembra troppo facile» sostenne Owl. «Anche se era chiaro che non voleva chiamassimo la polizia. Hai visto la sua faccia quando ho detto che sarebbero venuti a controllare le condizioni di Lara?»

«Oh, sì, ci sono sicuramente dei segreti in questa casa» concordò Pipe. «Comincio a chiedermi se *Michaels* stia bene. Non l'abbiamo ancora visto.»

«No, ma le donne al Blue Moon hanno detto che era lì l'altro ieri sera.»

«Però era prima che arrivassimo noi» disse Pipe con un'alzata di spalle.

«Pensi che magari non sia Michaels il cattivo?» chiese Owl.

La testa di Cora girava da un uomo all'altro, come se stesse guardando una partita di tennis.

«No. C'è dentro fino al collo. Non è affatto innocente, ma mi sembra strano che non ci sia la minima traccia di lui.»

«Allora, cosa facciamo adesso?» si azzardò a chiedere Cora quando nessuno parlò per diversi secondi.

«Aspettiamo» rispose Pipe con fermezza. «E no, non berremo un bel niente preso da quel mobile bar. Non abbiamo idea se abbiano drogato l'alcol. O il ghiaccio.»

«Aspettate... si può drogare il ghiaccio?» domandò.

«Assolutamente sì» rispose Owl. «So di un caso in cui i terroristi sono riusciti a prendere il controllo di un aereo drogando tutti i passeggeri tramite il ghiaccio delle loro bevande. Per fortuna a bordo c'era un'abile chimica che si è accorta di quanto stava accadendo e ha informato il Navy SEAL seduto accanto a lei.»

«Porca miseria! Sono riusciti a salvarsi?»

«Sì. Il SEAL non ha bevuto nulla, e lui e i suoi due compagni, che erano sullo stesso aereo, hanno sopraffatto i dirottatori.»

«Wow, non avevo idea che il ghiaccio potesse essere drogato» mormorò scuotendo la testa.

«È per questo che non chiederò mai del ghiaccio in aereo» dichiarò Owl con un piccolo sorriso.

Pipe rimase in silenzio e quando Cora lo guardò, vide che stava controllando la stanza, il suo sguardo si soffermava su tutto. Le poltrone, il proiettore, i manifesti cinematografici autografati attaccati alle pareti.

«Cosa stai cercando?» sussurrò.

«Non lo so. Sto solo osservando» rispose.

Lei annuì. Si sentiva un pesce fuor d'acqua. Aveva voluto solo assicurarsi che la sua amica stesse bene, e invece si era ritrovata in una situazione in cui non aveva la minima idea di cosa fare. Era molto grata che Owl e Pipe fossero con lei, con loro era al sicuro, su quello non aveva dubbi.

Cercò di pensare in modo positivo. Presto avrebbe parlato con Lara e, sperava, sarebbe tornata a casa con lei. A quel punto non le importava *cosa* avrebbe detto la sua amica. Anche se le avesse assicurato che stava bene e che voleva restare, dopo tutto ciò che le avevano detto i ragazzi e che Tex aveva scoperto sul suo cosiddetto fidanzato, per niente al mondo l'avrebbe lasciata lì. Se Lara si fosse arrabbiata con lei e avesse messo fine alla loro amicizia, ne sarebbe comunque valsa la pena perché almeno era al sicuro.

Si acciglò al pensiero di non averla più nella sua vita, ma preferiva di gran lunga che la sua migliore amica fosse viva e la odiasse, piuttosto che fosse invischiata in una brutta situazione.

«Odio aspettare» ammise sommessamente.

«Siamo in due, sorella» replicò Owl.

Pipe attraversò la stanza e la attirò al suo fianco. Cora si appoggiò a lui, facendo il possibile per assorbire la sua sicurezza e il suo calore. Non riusciva a togliersi di dosso la sensazione che qualcosa non quadrasse, ma non sapeva perché o cosa fare. Poteva solo aspettare che CG – o magari Ridge – arrivasse con Lara al seguito. Una volta vista l'amica, avrebbero deciso cosa fare.

Stone sedeva impaziente in macchina. Gli altri non se n'erano andati da molto, ma non riusciva a togliersi di dosso il presentimento che si fossero infilati in una situazione di merda. A volte gli era capitato di provare quelle sensazioni in missione, e ogni volta succedeva un disastro.

Fissò il muro di mattoni a una decina di metri da dove era parcheggiato con la Jeep, in un angolo al confine della proprietà fuori dalla vista della porta d'ingresso, ma abbastanza vicino da poter raggiungere i suoi amici per prelevarli velocemente, se necessario.

Guardò l'orologio e imprecò quando si rese conto che erano passati solo due minuti dall'ultima volta che aveva controllato. Odiava non sapere come stavano andando le cose, ma il fatto che i tre non fossero tornati indietro immediatamente, doveva significare che avevano avuto successo. Sperava che fossero all'interno, che avessero incontrato Lara e scoperto cosa diavolo stava succedendo.

L'improvvisa vibrazione del telefono nella mano lo spaventò al punto da farlo sobbalzare. Ridendo di se stesso e scuotendo la testa, abbassò lo sguardo sullo schermo.

Era arrivato un messaggio e si accigliò leggendo l'anteprima.

Sconosciuto: *Dovete andarvene.*

Sbloccò rapidamente il cellulare e cliccò sul testo per leggerlo interamente.

Sconosciuto: *Dovete andarvene. Non è Michaels la minaccia. È Carter Grant. La guardia del corpo. Non è il suo vero nome. Ha diversi pseudonimi, Alex Hansen, Daniel West, Connor Smith, tra tutti gli altri. È ricercato dall'FBI per oltre cento capi d'accusa per molestie sessuali, stupro e omicidio. Si diverte a drogare le donne e a tenerle in ostaggio mentre fa loro cose indicibili. Finora è stato collegato a trentacinque delitti. È un serial killer, e se Lara Osler era in quella casa, è probabile che non sia più viva. Se Cora va lì dentro, non ho dubbi che sarà la sua prossima vittima. Ho chiamato la polizia e l'FBI, ma c'è una sparatoria in corso in una scuola dall'altra parte della città. Sono tutti impegnati in quell'operazione. Hanno chiamato gli agenti dell'ufficio di Sedona per controllare la situazione. Ma dovete andarvene. Abbandonate quel posto!*

Il battito cardiaco di Stone accelerò a un livello che non sperimentava dalla sua ultima missione, quando l'elicottero era stato abbattuto. Le sue dita digitarono velocemente mentre rispondeva al messaggio.

Stone: *Chi sei? Come fai a saperlo? Abbiamo ottenuto le informazioni da Tex e lui è il migliore dei migliori. Non ci ha detto nulla di tutto questo.*

Tre puntini lampeggiarono subito sullo schermo, facendogli capire che chiunque avesse inviato il messaggio stava scrivendo una risposta. Non dovette aspettare molto.

Sconosciuto: *Chi sono non ha importanza. E come facevo a sapere dov'era Jasna? Come ho fatto a rintracciare il localizzatore di Reese? Ho hackerato il computer di Tex e ho scavato più a fondo di quanto lui sia riuscito a fare sui nomi dei dipendenti di Ridge. Andatevene immediatamente da lì!*

Porca miseria. La persona misteriosa che li aveva già aiutati due volte era tornata. E se le sue informazioni erano corrette, i suoi amici erano in grave pericolo.

Stone credeva a quello sconosciuto. Tex non era riuscito a risalire alla sua identità e lui era un genio dell'informatica. Ma ora...

Gli sembrò ovvio che dovesse trattarsi di qualcuno collegato al Rifugio.

C'erano molte persone che sapevano della scomparsa di Jasna... ma non per quanto riguardava Reese. Non c'erano testimoni quando era stata rapita da quel parcheggio a Los Alamos. E il fatto che quella persona ora sapesse dove si trovava Cora, e cosa stessero facendo, puntava dritto a qualcuno che doveva sapere che erano andati in Arizona. E in pochi ne erano a conoscenza.

Ma a quel punto, con quelle nuove informazioni, non importava chi fosse lo sconosciuto. L'unica cosa che contava era far uscire i suoi amici tutti interi da quella casa.

Cliccò immediatamente sul nome di Pipe e gli inviò un messaggio.

Stone: *Uscite. Subito.*

Per sicurezza, inviò lo stesso messaggio anche a Owl.

Con suo orrore, non uscì il piccolo segno di spunta che ne indicava la consegna. Cliccò di nuovo sul nome di Pipe, ma per chiamarlo.

Rispose direttamente la segreteria telefonica.

Stone imprecò con ferocia e cliccò sul nome di Owl... con lo stesso risultato. Per disperazione provò con Cora. Ancora una volta, non ebbe fortuna.

La situazione sembrava peggiorare di minuto in minuto. Desiderò disperatamente che gli altri ragazzi fossero lì. Brick, Tonka, Spike e Tiny erano più bravi in quel genere di cose. Lui era un pilota di elicotteri. Sì, un ottimo pilota, ma non aveva passato tanto tempo quanto loro sul campo. Era stato sufficientemente addestrato in ogni tipo di situazione di combattimento, ma la maggior parte era stato in aria, non a terra. Non dubitava che a quell'ora i suoi amici avrebbero probabilmente elaborato tre piani diversi e sarebbero stati già a metà dell'esecuzione.

Cercò freneticamente di pensare a come comportarsi. Doveva chiamare la polizia? Andare alla porta e prendere i suoi amici? Avvicinarsi di soppiatto alla casa e guardare attraverso le finestre per vedere quali informazioni poteva raccogliere?

Sapeva solo che se non avesse fatto qualcosa, avrebbe potuto non rivedere più Pipe e Owl. Avrebbero potuto morire entrambi, così come Cora e Lara.

Non era sopravvissuto a un incidente in elicottero e a due settimane di torture per perdere Owl adesso. Avevano giurato di restare insieme nella buona e nella cattiva sorte e non avrebbe mai lasciato che accadesse qualcosa al suo migliore amico... o a chiunque altro.

Doveva escogitare un piano. Subito.

CAPITOLO DICIOTTO

Pipe resistette all'impulso di mettersi a camminare e strinse Cora a sé mentre aspettavano.

Dopo quelle che sembrarono ore, ma che probabilmente erano stati solo pochi minuti, Owl imprecò. «C'è decisamente qualcosa che non quadra.»

Pipe non lo contraddisse. Come avrebbe potuto, quando tutto in lui gridava che la situazione era chiaramente andata a puttane? Tirò fuori il telefono e digitò un messaggio a Stone. Premette invio, ma con sua grande sorpresa, dopo pochi secondi apparve l'avviso che non era stato consegnato. Provò a inviarlo di nuovo, con lo stesso risultato.

«Porca puttana» imprecò, toccando il nome di Stone per chiamarlo. Ma il telefono sembrava non connettersi. «Owl, riesci a contattare Stone?»

Il suo amico tirò fuori il telefono e premette alcuni tasti, poi lo guardò. «Non succede nulla.»

Pipe strinse le labbra. Non aveva bisogno che gli si rizzassero i peli sulla nuca per capire che erano nella merda.

«Jammer?» chiese Owl.

«È la mia ipotesi.»

«Cos'è?» domandò Cora.

«Un disturbatore che inibisce il segnale telefonico» le spiegò Pipe con un tono che suonò molto più calmo di quanto in realtà si sentiva.

«Credevo che questo genere di cose fosse solo un'invenzione per i film.»

«Purtroppo no» disse Owl.

«Ovvio» mormorò, con un'aria molto contrariata. «Non ci lasceranno vedere Lara, vero?»

Pipe sospirò e scosse la testa. Anche se vedere la sua amica era l'ultima delle loro preoccupazioni al momento.

«Merda!» esclamò Cora. «Ok, quindi... che si fottano. E adesso che facciamo? Usciamo e facciamo il culo a Colosso Glaciale? Perquisiamo la casa? Qual è il piano?»

«Uscire da qui e tornare con la polizia, come probabilmente avremmo dovuto fare fin dall'inizio» rispose Pipe cupo. Era stato un idiota a permetterle di accompagnarli in quella casa. Aveva permesso che la disperazione di Cora di vedere la sua amica prevalesse sul suo buonsenso. E ora si trovava nel bel mezzo di una situazione imprevedibile.

Andò alla porta, afferrò il pomello e lo girò, ma si irrigidì quando non si mosse. Anche tirare non servì a nulla.

Cazzo. Li aveva chiusi dentro.

Sapeva che non avrebbe dovuto lasciare che Carter la chiudesse. Andava contro tutto ciò che aveva imparato durante l'addestramento, ma aveva cercato di non agitare le acque. Di non far arrabbiare quell'uomo prima che portasse Lara.

Era stato un errore che poteva costare la vita alla donna, e forse anche a loro.

«Porca puttana!» imprecò, voltandosi verso gli altri due.

«È bloccata» disse inutilmente.

Odiò vedere la paura sul volto di Cora. Era stato così stupido a seguire Grant. Doveva immaginare che lui e Michaels non avrebbero cambiato idea sulla possibilità di farli incontrare con Lara. Era evidentemente arrugginito se si era fatto ingannare con facilità. E Cora e Owl avrebbero potuto pagarne il prezzo.

Avevano mostrato le loro carte, e i due bastardi probabilmente in quel momento se la stavano svignando. Magari con Lara, se era ancora viva. Anche se gli sembrava sempre meno probabile. Provò una stretta al cuore per Cora.

Si guardò intorno per cercare di trovare una soluzione, vagliando nella sua testa le opzioni a disposizione. Purtroppo non ce n'erano molte. Essendo una tipica sala multimediale, non c'erano finestre per far entrare la luce o, nel loro caso, per fuggire. Non era nemmeno sicuro che desse su un muro esterno. Per quanto ne sapeva, quella stanza si trovava nel centro dell'edificio, quindi sfondare una parete non sarebbe servito a nulla. Ma se c'era anche solo una remota possibilità di uscire da lì, l'avrebbe sfruttata.

Ma prima... estrasse la sua arma dalla fondina sulla schiena. Fece un gesto a Cora con la testa, indicando l'altro lato della stanza. «Stai indietro, amore.»

Lei spalancò gli occhi. «Cos'hai intenzione di fare?»

«Sparo alla serratura» le rispose, senza girarci intorno. In quel modo, non solo avrebbe avvertito Grant, Michaels e chiunque altro nelle vicinanze che era armato, ma avrebbe fatto capire loro che, qualunque piano avessero in mente, erano fottuti.

Owl prese Cora per il gomito e la tirò indietro, piazzandosi davanti a lei. Pipe annuì all'amico e si voltò verso la porta. Era da un po' che non andava al poligono, ma era un buon tiratore, lo era sempre stato. Sollevò l'arma e la puntò contro la serratura. Sparò un colpo...

E imprecò quando il proiettile rimbalzò.

Si accovacciò e vide Owl tirare giù Cora insieme a lui. Naturalmente, sarebbe stato troppo tardi per schivarlo, ma per fortuna nessuno di loro fu colpito.

«Cazzo!» imprecò Owl.

Pipe era troppo arrabbiato per replicare.

«Che cos'è successo?» chiese Cora sconcertata, alzandosi lentamente in piedi.

«La porta è d'acciaio.»

«Oh, merda. Era tutto programmato, vero? Mi chiedo quante altre persone abbiano intrappolato qui dentro.»

Se lo chiedeva anche lui, ma al momento era più preoccupato di cercare di uscire. Sperava che uno degli altri dipendenti della casa avesse sentito lo sparo e andasse a indagare, ma dubitava che sarebbero stati così fortunati. Grant e Michaels avevano chiaramente progettato l'uso di quella stanza, e immaginò che potesse essere anche insonorizzata. Era il posto perfetto per rinchiudere chiunque non volevano curiosasse in giro... o che volessero neutralizzare.

Un senso d'urgenza lo pervase. Si avvicinò alla prima fila di sedie e strattonò la poltrona reclinabile in pelle. Non si mosse. Si abbassò e si rese conto che non sarebbe riuscito a spostarla, perché era fissata a terra con dei grossi bulloni.

Sentì Cora tossire dietro di lui, ma non la guardò, era troppo concentrato a cercare un attrezzo per cercare di sfondare il muro di cartongesso.

Andò in cima alle piattaforme a gradini e osservò il proiettore sulla parete. Con sua grande delusione, non vide nulla di utile.

«Ehm, Pipe?» lo chiamò Owl.

«Sì?» chiese, senza voltarsi.

«C'è un problema.»

A quel punto si girò e vide il suo amico condurre Cora verso una delle poltrone. Accigliato, si avvicinò a loro. «Cosa c'è?»

«Non mi sento bene» rispose lei, tossendo più forte.

Poi lo fece anche Owl.

Solo allora Pipe si rese conto che anche lui respirava più velocemente del normale e che gli pulsava la testa. Nella sua vita si era trovato in molte situazioni stressanti e non aveva mai avuto quel tipo di reazione. Certo, non era mai stato responsabile dell'incolumità di una donna di cui non voleva fare a meno, quindi, probabilmente, gli si poteva perdonare una reazione più estrema.

Scosse la testa, e se ne pentì subito quando barcollò. Aveva le vertigini.

Cora gemette e Pipe si mise in ginocchio davanti alla sua poltrona, afferrandole la maglia. «Tirala su e mettila sopra il naso e la bocca» le ordinò, cercando di aiutarla.

Alzò la testa e lui notò che era pallida. Ma fece come le aveva chiesto, con gli occhi spalancati. «Cosa sta succedendo?» chiese.

I suoi movimenti erano scoordinati, mentre lui stesso si tirava su la maglia per coprirsi il naso e la bocca. Quando si voltò, vide che Owl aveva fatto altrettanto.

Guardandosi intorno, cercò di trovare la fonte che aveva provocato quell'improvvisa debolezza. Non vide nulla.

«Gas» disse Owl, tossendo più forte.

«Gas?» ripeté Cora, alzandosi in piedi allarmata.

Pipe la afferrò e la face ricadere sulla poltrona. «Stai calma» le ordinò.

«Calma?» chiese, quasi isterica. «Come puoi dire una cosa del genere? Ci stanno asfissiando!»

Lui tossì per cercare di eliminare la sensazione di confusione dalla testa, ma non servì a nulla.

«Moriremo?» gli chiese.

«No» la rassicurò, anche se onestamente non aveva idea di cosa avessero in mente quegli stronzi che li avevano rinchiusi nella stanza.

«Non percepisco nulla» disse Owl. «Né odore, né sapore. E non si vede vapore.»

Un pensiero si affacciò in un angolo della mente di Pipe. Uno dei ragazzi della sua squadra SAS aveva un hobby particolare. Quando non erano in missione, passava il tempo nell'officina che aveva nel giardino di casa. Era un artista e realizzava straordinarie figure in metallo. Alcune erano piccole e Pipe ne aveva una nello chalet al Rifugio. Ma la sua specialità erano le sculture a grandezza naturale. Soprattutto quelle raffiguranti gli animali. Una volta gli aveva parlato del processo di creazione, e il suo compagno si era dilungato per quasi un'ora sui dettagli della saldatura e di come si svolgeva.

Il particolare che gli era tornato alla mente era il fatto che usasse il gas argon per proteggere il metallo che lavorava.

Ora gli sfuggiva il motivo o come funzionava, ma ricordava chiaramente il discorso sulle proprietà pericolose di quel tipo di gas. Il suo compagno aveva scherzato sul fatto che probabilmente era uno dei migliori agenti da usare se si voleva far perdere i sensi a qualcuno. Era legale comprarlo e facile da reperire.

Inoltre, l'argon era inodore, insapore e completamente trasparente.

Non aveva idea se lo stessero usando in quel momento

per metterli fuori combattimento, ma era un'ipotesi valida quanto qualsiasi altra a cui potesse pensare.

E a proposito di pensare, aveva difficoltà a fare qualunque cosa che non fosse cercare di non vomitare anche l'anima.

«Pipe?» lo chiamò Cora con voce flebile.

Lui cercò di raggiungerla e per poco non stramazzò al suolo. «Porca puttana!» esclamò. «Vieni qui, amore» disse, aprendo le braccia.

Gli si gettò praticamente addosso e Pipe cadde sul sedere, ma la strinse a sé con forza. Poi gli seppellì il viso coperto di stoffa nel collo e la sentì tremare contro di lui.

«Cazzo, amico» disse Owl, accasciandosi sulla poltrona accanto a quella dove era stata seduta Cora.

Per la prima volta in vita sua Pipe era davvero terrorizzato. Nella sua carriera militare aveva sperimentato momenti terribili, ma niente era più spaventoso della possibilità che facessero del male a Cora. Gli sembrava di fluttuare e sapeva che era solo questione di tempo prima che venissero sopraffatti dal gas. Una volta svenuti, non aveva dubbi che la guardia del corpo sarebbe tornata... e chissà cosa sarebbe successo loro. Cosa sarebbe successo a *Cora*.

Ridge Michaels aveva già rapito una donna e chissà cosa le aveva fatto. Impossibile dire cosa avrebbe potuto fare alla sua Cora.

E lei era *sua*. In quel momento, davanti alla realtà dei fatti, Pipe fu certo di cosa fosse veramente importante. Cora. I suoi amici.

Aveva sempre guardato la morte in faccia, pronto a dare la vita per un bene superiore, per la sicurezza degli altri. E non aveva dubbi che gli uomini che avevano combattuto al suo fianco si erano sentiti allo stesso modo.

Ma ora le cose erano diverse. Non voleva morire. Non voleva che Owl morisse. E di certo non voleva che accadesse qualcosa a Cora.

Come ultimo disperato tentativo di fare qualcosa, Pipe si dimenò fino a riuscire a prendere il telefono dalla tasca posteriore. Le sue dita tremarono quando cliccò sul nome di Stone. Doveva dire al suo amico cosa stava succedendo. Chiedere aiuto.

Ma quando fissò la stringa di testo, aggrottò le sopracciglia.

Oh, vero, aveva già provato a contattarlo e il messaggio non era stato recapitato. Maledizione, era così confuso. Doveva alzarsi. Fare qualcosa. Ma non riusciva a muoversi. Sentiva gli arti pesanti, gli faceva male la testa e gli veniva da vomitare.

Alzò lo sguardo e vide Owl sulla poltrona con la testa piegata all'indietro e gli occhi chiusi. Gli sembrò un'ottima idea. Era così stanco. Un sonnellino gli avrebbe fatto bene.

Pipe si appoggiò allo schienale, sempre tenendo Cora tra le braccia. Lei gli si accoccolò addosso facendolo sorridere. Sì, gli piaceva quando si raggomitolava contro di lui. Ricordava vividamente che lo aveva fatto anche quella mattina. Solo che ora, stranamente, il letto era molto più duro.

Non importava. Era così stanco che avrebbe potuto dormire ovunque.

Avrebbe chiuso gli occhi per un attimo, poi si sarebbe alzato per fare ciò che doveva essere fatto. E doveva assolutamente fare *qualcosa*... ma non riusciva proprio a ricordare cosa. Era troppo stanco. E stordito.

Nella stanza c'era un silenzio di tomba mentre Pipe scivolava nell'incoscienza con una Cora senza forze riversa tra le sue braccia.

———

Stone cercò di non farsi prendere dal panico. Continuava a sperare che da un momento all'altro Owl, Pipe e Cora sarebbero riapparsi. Ma più passava il tempo, più sapeva che non sarebbe successo. Qualcosa era andato storto in quella casa e non aveva dubbi che i suoi amici fossero nei guai. Avrebbe dovuto chiamare il 911... ma cosa avrebbe potuto dire?

Poteva fare ciò che avevano pianificato per minacciare Michaels, chiedere che controllassero le condizioni di Lara.

Ma qualcosa gli diceva che non c'era tempo per farlo. Michaels aveva tutto il diritto di negare l'ingresso ai poliziotti, e ci sarebbe voluto troppo tempo per ottenere un mandato di perquisizione. No, doveva fare qualcosa *subito*.

Le sue mani iniziarono a tremare e non poté fare a meno di pensare a un'altra situazione in cui si era sentito altrettanto impotente. Quando lui e Owl erano stati prigionieri.

Una volta era un presuntuoso figlio di puttana che pensava che nessuno avrebbe mai potuto avere la meglio su di lui. Poi si era ritrovato a essere un ostaggio. A essere torturato. Quell'esperienza lo aveva cambiato. Lo aveva fatto dubitare delle sue capacità.

Gli ci volle qualche secondo perché la sua mente si schiarisse, per scrollarsi di dosso il ricordo del dolore e del terrore assoluto che aveva provato come prigioniero di guerra.

Si raddrizzò su sedile. Doveva fare di più che starsene lì seduto. Pipe, Owl, Cora e persino Lara, se era ancora viva, avevano bisogno che lui risolvesse la situazione. Che facesse qualcosa.

Si rese conto che stava stringendo il telefono così forte che le dita gli formicolavano. Un pensiero gli passò per la testa. Non aveva idea di chi fosse lo sconosciuto che continuava a toglierli dai guai, ma magari poteva aiutarlo in qualche modo a raggiungere i suoi amici. Le sue dita volarono sulla tastiera.

Stone: *Non riesco a contattare Pipe o Owl. Sono già in casa, ma non riesco a inviare loro messaggi o a fare chiamate.*
Sconosciuto: *Merda. Ok, dammi un secondo.*

Non sapeva perché avesse bisogno di tempo, ma si sentiva già meglio per aver condiviso ciò che stava accadendo.

Dopo quella che sembrò un'eternità, ma che in realtà furono solo un paio di minuti, il suo telefono vibrò.

Sconosciuto: *Il bastardo ha usato un disturbatore di frequenza, ma l'ho disattivato. Prova a contattarli di nuovo. Ora.*

Non aveva idea di come quella persona, ovunque si trovasse, fosse a conoscenza del disturbatore di frequenza, ma non aveva intenzione di contestare. Era anche un po' infastidito dalla sua prepotenza, ma visto che lo stava aiutando, non poteva lamentarsi.

Stone: *Owl, uscite! Subito!*

· · ·

Aspettò un attimo, ma il suo amico non rispose. Non lo fece nemmeno Pipe quando gli mandò un messaggio. Quindi replicò allo sconosciuto.

Stone: *Non rispondono. Quanto manca all'arrivo dell'FBI?*

Sconosciuto: *Continua a provare. Devi farli uscire da lì. Non so quando arriverà l'FBI e Carter Grant non è una persona che vorresti vicino a una donna, per nessuna ragione al mondo.*

Stone digrignò i denti, non sapendo come farli uscire. Non aveva informazioni. Non aveva idea se l'arrivo di Owl e Pipe avesse messo in allarme l'intera famiglia e il personale. Per quanto ne sapeva, c'erano una dozzina di persone pronte a farlo fuori non appena avesse tentato di entrare. Se gli fosse successo qualcosa, poteva essere la fine di ogni speranza per i suoi amici.

Continuò a cercare di contattarli. Chiamò, mandò messaggi. Provò anche con Cora. Tutto senza successo.

Ma le chiamate non andavano più alla segreteria telefonica e sembrava che i messaggi venissero recapitati. Era incoraggiante, ma allo stesso tempo terrificante, perché nonostante ora ci fosse ricezione, i suoi amici non gli rispondevano.

Scelse di concentrarsi su quel piccolo barlume di speranza, che gli diede la motivazione necessaria per continuare a provare.

Pipe e Owl erano intelligenti, avrebbero trovato un modo per sopraffare Michaels. E quando l'avessero fatto, Stone li avrebbe aspettati per portarli via da lì.

CAPITOLO DICIANNOVE

CORA STAVA DI MERDA.

Non si sentiva così da una sera di poco più di vent'anni prima, quando era andata in un bar a piangersi addosso e aveva bevuto troppo. Non ricordava come fosse tornata a casa, ma quando si era svegliata la mattina successiva, i postumi della sbornia erano stati terribili. Le ci erano voluti quasi due giorni per riprendersi da tutto quell'alcol, e aveva giurato che non l'avrebbe mai più fatto.

Eppure, eccola lì. Aveva la stessa nausea e lo stesso malessere di allora.

Ma non ricordava di essere uscita. O di aver bevuto qualcosa.

Poi le tornò tutto in mente all'improvviso.

Lara. L'arrivo in Arizona. Fare l'amore con Pipe.

La casa. Colosso Glaciale. La porta chiusa a chiave. La sensazione di vertigini e confusione e poi... il nulla.

Aprì gli occhi e fissò un soffitto rifinito a buccia d'arancia. Contorse le labbra. Si trovava in una cazzo di magione e c'erano dei soffitti orrendi e antichi? Era ridicolo.

Si alzò lentamente a sedere e si guardò intorno.

Con immenso sollievo, vide Pipe alla sua destra. Poi fu presa dal panico quando non riuscì a vedere il suo petto sollevarsi, ma si rilassò quando alla fine si rese conto che respirava. Quell'altalena di emozioni la rese ancora più stordita.

Si voltò verso l'altro lato e vide Owl disteso, più o meno nelle stesse condizioni. Erano su un pavimento di cemento e rabbrividì quando si rese conto di quanto fosse freddo.

Mentre osservava la stanza, pensò che probabilmente si trovavano in un seminterrato. C'erano delle finestre, ma erano minuscole e in cima alle pareti. Il posto non era enorme, ma non era nemmeno una cella. C'era una porta sulla parete di fronte a lei e sulla destra un bagno, senza porta.

Muovendosi lentamente, perché le faceva male ogni muscolo, strisciò fino a dove si trovava Pipe. Gli mise una mano sul petto per controllare che respirasse davvero. Quando si sollevò e si abbassò, sospirò di sollievo. Sembrava diverso così, incosciente e vulnerabile. Cora odiò vederlo in quel modo. Aveva fatto tutto il possibile per tenerla al sicuro quando erano rinchiusi nell'altra stanza, ma nemmeno il suo letale soldato delle forze speciali era riuscito a proteggerla da un nemico invisibile come quel gas velenoso.

Onestamente, era scioccata che fossero ancora vivi. Avrebbe potuto succedere *di tutto* mentre erano svenuti, o il gas stesso avrebbe potuto ucciderli. In effetti... perché li avevano spostati? Se CG aveva intenzione di ucciderli, era davvero importante dove l'avrebbe fatto?

Osservando di nuovo la stanza, notò qualcosa che non aveva visto prima, a diversi metri di distanza da Pipe.

Uno scarico nel pavimento.

Rabbrividì quando considerò quale potesse essere lo scopo. E rispondeva alla domanda sul perché il bastardo si fosse preoccupato di spostarli.

No. Non sarebbero morti quel giorno.

Giurò di fare tutto il necessario per proteggere Pipe mentre lui non era in grado di farlo da solo, anche se sospettava che fosse un pensiero stupido. Cosa poteva fare? Era piuttosto bassa, grassottella e non molto istruita. Ma d'altra parte, non le avevano detto per tutta la vita che ormai avrebbe dovuto essere una tossicodipendente o una senzatetto?

Ma non era nessuna di quelle cose. Lavorava sodo, era piena di risorse e testarda.

La sua determinazione si rafforzò. Non era indifesa e non avrebbe mai permesso che uno stronzo come Ridge Michaels facesse del male a lei o a Pipe.

Un lieve rumore la spaventò a tal punto da farla sobbalzare, poi si girò così velocemente che le sembrò che la stanza girasse. Sbatté le palpebre stupita quando mise a fuoco l'oggetto dietro di lei. Era un letto. Dato che si trovava per terra, non poteva vedere chi o cosa ci fosse sopra, se mai ci fosse stato qualcosa o qualcuno. Non era sicura di volerlo scoprire. Se Ridge pensava di usare quel letto per aggredirla sessualmente, avrebbe scoperto che non si sarebbe arresa senza combattere.

Si alzò lentamente e il più silenziosamente possibile. Un senso di trepidazione la pervase mentre fissava la massa sotto le coperte. Doveva aver fatto rumore, perché all'improvviso la massa si mosse. Chiunque fosse lì sotto girò la testa, scostando le coperte che poco prima coprivano il suo viso.

Non riuscì a credere a ciò che vide.

Emise un verso strozzato e balzò verso il letto.

«Lara!» urlò.

La sua amica languiva sul materasso. I suoi capelli biondi sembravano sfibrati sul cuscino sottile. Aveva uno sguardo assente, ma era Lara. Ed era viva.

Le si riempirono gli occhi di lacrime. L'avevano trovata. Non l'avrebbe mai ammesso ad alta voce, ma aveva cominciato a dubitare di poter rivedere la sua migliore amica. Di poter ancora parlare con lei, ridere, godersi una cena insieme. Ma eccola lì. *Viva*.

«Lara!» ripeté, sedendosi sul bordo del materasso e tirando indietro la coperta.

Lei non rispose. Non si mosse. Continuò semplicemente a fissare il vuoto, come se non la vedesse nemmeno.

Cora sentì Pipe e Owl cominciare a muoversi sul pavimento, ma non riuscì a distogliere lo sguardo da lei, mentre le lacrime le scorrevano in modo incontrollato lungo le guance. Come mai stava così ferma? Perché non rispondeva?

Le mise una mano sulla spalla e la scosse delicatamente, ma suoi occhi rimasero assenti.

«Oh mio Dio, cosa ti ha fatto?» sussurrò, quando infine guardò il suo corpo. Indossava una camicia da notte con le spalline sottili che non aveva mai visto. Le sembrò strano, perché Lara odiava tutto ciò che era di pizzo. Diceva che graffiava. Dormiva sempre con una maglietta lunga e larga. Quella camicia da notte aveva il pizzo intorno a tutta la scollatura, che era così bassa che i suoi seni erano in bella mostra.

Ma furono i lividi ciò che la colpirono.

Ne aveva ovunque. Intorno al collo. Sulla parte superiore delle braccia. Quello che riusciva a vedere del suo petto ne era ricoperto. Qualunque cosa fosse successa, doveva essere stata *terribile*.

Ma la cosa peggiore era che i lividi erano di colori diversi, ovviamente in vari stadi di guarigione. Non avevano abusato di lei una volta, ma tantissime. Di continuo.

Le si spezzò il cuore. Voleva urlare. Voleva uccidere Ridge per aver ridotto così la sua amica.

E proprio in quel momento, le lacrime cessarono. Il dolore scomparve lasciando posto alla rabbia. Cora non era mai stata così infuriata in vita sua. Né da bambina quando aveva affrontato un rifiuto dopo l'altro, né quando era stata vittima di bullismo. Né quando era stata licenziata ingiustamente per aver respinto le avances della sua titolare.

Lara non meritava ciò che le era successo. Nessuno lo meritava, ma soprattutto lei. Era il tipo di donna che dava sempre alle persone il beneficio del dubbio. Dava la sua fiducia di buon grado. Aveva l'animo più gentile di chiunque avesse mai conosciuto. Era incontaminata.

Cora non aveva alcun dubbio che qualsiasi cosa fosse accaduta in quella casa avrebbe cambiato la sua amica per sempre. E ciò la riempì di una rabbia assoluta.

«Cora?»

Si asciugò le guance con la spalla prima di voltarsi per trovare Pipe in piedi accanto a lei. Owl era seduto per terra, ovviamente cercando di raccapezzarsi.

«Stai bene?» le chiese.

Scosse la testa, ma rispose: «Sì.» Non poteva affrontare la preoccupazione e il dolore che vide nei suoi occhi. «Ha qualcosa che non va» disse, voltandosi verso l'amica.

Fu Owl a dire: «Spostati, fammi dare un'occhiata.»

Non pensò nemmeno di chiedergli se avesse una formazione medica, si alzò e si allontanò dal letto senza distogliere lo sguardo da Lara. Sentì il braccio di Pipe passarle intorno alla vita, ma all'improvviso si sentì stranamente distaccata, come se stesse fluttuando e osservando dall'alto ciò che stava accadendo.

Owl si chinò e portò le dita alla gola di Lara per sentire la pulsazione. Aveva richiuso gli occhi e lui le sollevò una palpebra alla volta per controllare le pupille. Le palpò delicatamente le mani e le braccia, poi abbassò la coperta per arrivare fino alla pancia.

La camicia da notte era stata arrotolata e videro che era completamente nuda sotto il sottile indumento. Owl gliela tirò già rapidamente, salvaguardando il suo pudore come meglio poté, ma non prima che tutti vedessero i lividi sulla pancia e sull'interno delle cosce.

Per non parlare della... roba... secca e incrostata sul suo corpo.

Cora strinse i pugni. Fu pervasa di nuovo dalla rabbia in modo così improvviso che tutto ciò che poté fare fu cercare di continuare a respirare.

«Calma, amore» mormorò Pipe.

Aveva bisogno di colpire qualcosa, per cercare di dissipare la furia che le scorreva nelle vene, così si rivoltò contro di lui. «Calma?» praticamente urlò. «Hai visto?» chiese, gettando un braccio indietro verso il punto in cui Lara giaceva sul letto.

«Sì» le rispose, suonando troppo tranquillo.

«È stata *violata*! Qualcuno si è masturbato su di lei! Le hanno fatto *male*! Quelli sulle cosce sono segni di dita. Anche quelli sulla gola! Qualcuno l'ha picchiata. Non si merita tutto questo!» Adesso stava urlando davvero, spingendogli il petto per sottolineare le sue parole.

Lui le afferrò i polsi e la attirò a sé con forza.

Cora emise uno sbuffo quando gli sbatté contro. Pipe strinse le braccia intorno a lei così forte che riusciva a malapena a respirare. Ma funzionò. La rabbia montata all'improvviso scomparve, ma le rimase una sensazione di vuoto. Seppellì il viso nel suo petto mentre le lacrime ricominciavano a scendere. «Le ha fatto del male. A *Lara*. La persona più dolce e gentile che conosca... e lui le ha fatto del male!»

«Lo so. E pagherà per questo. Ti do la mia parola.»

Cora scacciò le lacrime. Non aveva tempo per piangere. Non ora. Più tardi, forse... di sicuro... ma per il momento aveva bisogno di mantenere il controllo.

«Non ha ossa rotte» disse Owl. Cora si girò tra le braccia di Pipe per guardare l'altro uomo. «Da come sono dilatate le sue pupille, e dato che è così assente, direi che è stata drogata.»

«Si riprenderà?» Era una domanda stupida. Lui non era un medico, anche se sembrava avere una certa formazione.

Ma le rispose senza esitare. «Sì.»

Quella parola, espressa in modo sicuro e determinato, la fece sentire più leggera di cinquanta chili. «Ok, posso... posso pulirla?» chiese.

In risposta, Pipe la lasciò andare e si diresse verso il bagno. Tornò pochi secondi dopo con una salvietta bagnata e gliela porse senza dire nulla. Cora andò dall'altra parte del letto e cominciò a pulire delicatamente la sua amica. Owl e Pipe girarono la testa quando le sollevò la camicia da notte, dando ancora una volta alla donna in stato quasi comatoso il rispetto che meritava.

Cora la pulì come meglio poté e si sentì un po' più sollevata quando non ci furono più tracce di ciò che qualcuno aveva lasciato sulla sua pelle. Non poté fare a meno di chinarsi e sussurrarle: «Svegliati, Lara. Sono Cora. Sono qui. Sono con alcuni amici e ti porteremo via da questo posto. Ma devi svegliarti e parlare con noi. Ok?»

Con sua sorpresa, Lara girò lentamente la testa verso di

lei... e dallo sguardo avrebbe potuto giurare che l'aveva riconosciuta.

«Sono io» ripeté. «Abbiamo sempre detto che ci saremmo state l'una per l'altra, nella buona e nella cattiva sorte, giusto? Be', credo che questa sia una sorte piuttosto cattiva, eh?»

Lei sbatté le palpebre.

«Puoi parlare con noi?» le chiese Owl.

Lara girò lentamente la testa sul cuscino, voltandosi verso di lui, e lo fissò senza parlare.

«Lui è Owl. È con me. Il suo vero nome è Callen, ma tutti lo chiamano Owl perché ha una vista perfetta, proprio come i gufi» le spiegò Cora.

«Stalker» disse Pipe, con un piccolo sorriso da dietro il suo amico.

Non si vergognava delle ricerche che aveva fatto sugli uomini del Rifugio. D'altronde, le informazioni erano visibili a chiunque, se si cercava bene.

Ma al suono di una nuova voce, Lara piagnucolò.

«Tranquilla, va tutto bene. Lui è Pipe» le disse. «È mio.»

Pipe emise un piccolo verso, così lo guardò. Sembrava sorpreso dalle sue parole.

Cora arricciò il naso. «Troppo presto?» domandò un po' timidamente.

«No, niente affatto» le rispose. C'era il letto tra di loro, ma per qualche motivo sembrava che fossero le uniche due persone al mondo.

«La stai spaventando. Allontanati» ordinò Owl all'amico.

Pipe si spostò subito.

«Va tutto bene» continuò poi rivolto a Lara. «Nessuno ti farà più del male. Mi hai sentito? Non lo permetterò.»

Con grande sorpresa di Cora, la sua amica si leccò le labbra prima di dire con voce roca: «Fa male.»

«Lo so, e appena possibile faremo qualcosa al riguardo. Pipe troverà il modo di portarci via da qui e ti faremo sistemare per bene. Ok?» replicò lui.

Trattenne il respiro. Non era gelosa che Lara avesse risposto a Owl e non a lei. Anzi, era entusiasta che stesse parlando.

Lara spostò il braccio da quel letto stretto e gli afferrò il polso. «Non andartene. Preferisco morire...»

La sua voce era flebile e incerta, ma sentirono la disperazione nelle sue parole.

«Non ti lascerò. Neanche per sogno. E nessuno morirà. Mi hai sentito? Ma ho bisogno che tu combatta, Lara.»

«Sono stanca» sussurrò, chiudendo gli occhi.

Ma Cora notò che non aveva lasciato il polso di Owl.

«Lo so» le disse lui con dolcezza. «Per ora riposa.»

Lei annuì e fece un lungo sospiro.

Cora strinse le labbra e la ricoprì.

Lara girò la testa verso di lei e riaprì gli occhi. Il suo sguardo sembrava ancora assente e il pensiero che qualcuno l'avesse drogata riacutizzò la sua rabbia omicida, ma fece del suo meglio per rimanere calma.

«Sapevo che mi avresti trovata. Ma... avresti dovuto tenerti alla larga.»

Si chinò in modo da trovarsi quasi faccia a faccia con lei. «Per niente al mondo. Tu mi hai salvata quando avevamo quindici anni. Avrei mosso cielo e terra per salvarti. Ti voglio bene, Lara.»

Lei chiuse gli occhi e girò la testa dall'altra parte.

Cora non si arrabbiò. Doveva essere confusa in quel momento, e traumatizzata. Date le circostanze, niente di quello che poteva dire o fare l'avrebbe sorpresa.

«Voi come state?» chiese Pipe.

«Mi fa male la testa e mi sento un po' strano, ma tutto sommato sto bene» disse Owl, senza alzarsi dal letto perché altrimenti Lara avrebbe dovuto lasciarlo andare.

Cora si innamorò un po' di lui. Non era come l'amore che provava per Pipe, ma un immenso affetto, e anche una profonda riconoscenza perché aveva capito che alla sua amica serviva un'ancora in quel momento. E perché lui era totalmente disposto a essere quell'ancora.

«E tu Cora?»

«Uguale a lui» gli rispose. «Qual è il piano adesso?» chiese senza pensarci. Non era giusto metterlo sotto pressione, ma non aveva proprio idea di cosa fare. Erano in un seminterrato che aveva delle finestre troppo piccole per passarci e uscire, e con una donna mezza nuda che non era in sé. Aveva la sensazione che le loro opzioni fossero limitate.

Pipe fece per dire qualcosa, ma fu interrotto della vibrazione del suo telefono.

«Aspetta... non ci hanno portato via i cellulari?» domandò Cora, infilando la mano nella tasca posteriore. Il suo era ancora lì. «Hai la pistola?» gli chiese con urgenza.

Lui aveva tirato fuori il telefono e stava scorrendo lo schermo, ma scosse la testa. «No. È sparita.»

«Ovvio» mormorò lei con un sospiro.

Poi dall'altoparlante del suo cellulare sentì una voce che riconobbe.

Era Stone.

«Dimmi tutto» gli ordinò Pipe.

«Cazzo! Grazie a Dio hai risposto finalmente. Cosa sta succedendo lì dentro?»

«Siamo stati rinchiusi in una stanza, ci hanno fatto perdere i sensi con l'argon e ora siamo nel seminterrato insieme a Lara che è stata drogata» riassunse rapidamente.

«Merda. Ok, ascolta, hanno disturbato i segnali dei cellulari, è per quello non sono riuscito a contattarvi prima» disse Stone.

«Lo so. Ce ne siamo accorti quando siamo stati rinchiusi nella prima stanza. Hanno fatto un casino e hanno disattivato il disturbatore per sbaglio?»

«No. Sai quello sconosciuto che ci ha aiutati a trovare Jasna e Reese?»

«Sì?» chiese con sospetto.

«Mi ha mandato un messaggio dopo che voi tre eravate entrati in casa e mi ha raccontato un po' di cose. Mi ha avvertito che eravate in pericolo e di dirvi di andarvene.»

«Sì, ho ricevuto i quarantasette messaggi in cui lo dicevi. E l'avremmo fatto se avessimo potuto. Quindi, cos'è successo con il disturbatore?»

«L'ha disattivato lo sconosciuto, è per quello che adesso stiamo parlando.»

«Porca vacca» sussurrò Cora. Si spostò dal letto e andò verso Pipe. Gli mise un braccio intorno alla vita mentre lui teneva il telefono davanti a loro.

«Comunque, sai quel Grant? È ricercato dall'FBI. Per omicidi multipli, tra le altre cose. Ha una lista di pseudo-nimi lunga un chilometro. È pericoloso, Pipe. Fa del male alle donne. Si diverte a farlo. Poi alla fine le uccide. Dovete andarvene subito da lì.»

Cora sbatté le palpebre sorpresa. Colosso Glaciale era *davvero* inquietante come aveva pensato inizialmente. Era contenta che il suo istinto non l'avesse delusa, ma la consa-pevolezza era arrivata un po' troppo tardi.

«Ci serve il tuo aiuto, Stone» disse Pipe. «Ho bisogno che tu faccia una ricognizione. Siamo in una sorta di seminterrato. Ci sono delle finestre, ma sono piccole, troppo per poter uscire. C'è una porta, ma immagino sia chiusa e rinforzata come quella del piano di sopra. Non possiamo uscire senza un aiuto esterno.»

«Certo. Ok, vado lungo il perimetro e controllo la proprietà per vedere cosa riesco a scoprire. Oh, merda!» Si sentì un fruscio, poi il silenzio.

Cora trattenne il respiro. Era così snervante. La preoccupazione nel tono di Stone era stata evidente.

«Che c'è? Cosa succede?» chiese Pipe.

«Sta arrivando qualcuno sulla strada» sussurrò. «Ho dovuto saltare il muro di cinta. Non credo che mi abbia visto.»

«Rimani nascosto. Riesci a vedere chi è?»

I secondi si trascinarono in attesa che Stone parlasse. Quando rispose lo fece ancora sussurrando.

«Non è Michaels. Questo tizio ha un fisico massiccio, è alto e ha i capelli biondi. È diretto verso la Jeep. Merda, sta tagliando le gomme.»

Cora chiuse gli occhi e si appoggiò a Pipe. Era la sua roccia in quel momento. Ogni minuto che passava le cose sembravano andare sempre peggio. Con l'auto fuori uso, non sarebbero riusciti ad allontanarsi rapidamente dalla casa.

«Quello è Carter» lo informò Pipe.

«Sì, lo immaginavo.»

«Cosa sta facendo adesso?»

«Sta preparando un diversivo» rispose. «Ha aperto il serbatoio della benzina e ci ha infilato uno straccio.»

«La farà esplodere» disse Pipe.

«Probabilmente. Aspettate... interessante.»

«Cosa?» domandò, con tono impaziente.

«Sta facendo una telefonata. Non è che... magari non sa

che il disturbatore è stato disattivato. Se usa il cellulare qui fuori è facile che abbia pensato che in casa non avrebbe funzionato.»

«È possibile.»

Poi udirono un rumore in sottofondo che fece alzare la testa di scatto a Owl, che un attimo prima stava fissando Lara.

«Che cos'è?» gridò Pipe.

«Un elicottero» dissero contemporaneamente Owl e Stone.

«È ciò che ci serve per andarcene» disse lui con fermezza. «Devi raggiungere quell'elicottero, Stone. Lara non può camminare, quindi l'estrazione sarà difficile.»

Per la prima volta dall'inizio della chiamata, Stone sembrò sicuro di sé. «Dieci minuti» disse. «Sarò lì ad aspettarvi. Owl?»

«Sono qui.»

«Ricordi cosa abbiamo fatto quando abbiamo capito che finalmente erano arrivati a salvarci?»

Cora guardò l'uomo sedersi più dritto sul letto. «Sì.»

«Quella è la vostra via d'uscita. Vorrei poter essere lì ad aiutare, ma sarò nella cabina di pilotaggio ad aspettare che tu sia il mio copilota. D'accordo?»

«D'accordo» replicò.

«Dieci minuti» ripeté Stone. «Pipe, fai quello che devi per uscire da lì. Se non lo...» Si interruppe.

Cora alzò lo sguardo sul suo uomo. Aveva le labbra serrate, ma annuì. «Ok. Dieci minuti.» Poi chiuse la chiamata e guardò Owl. «Qual è il piano?»

Non appena lui spiegò come si era svolto il loro salvataggio diversi anni prima, Cora non era certa che avrebbe funzionato. Ma non avevano davvero altra scelta.

«Ti va bene prenderla tu?» gli chiese Pipe indicando Lara.

«Assolutamente sì» rispose.

Cora lo guardò sfilare con cautela la mano da quella della donna e togliersi la maglia. Prima che potesse chiedergli cosa stesse facendo, Owl tirò indietro la coperta e iniziò a infilargliela con cura dalla testa.

«Ascoltami, amore» disse Pipe, afferrando le spalle di Cora e girandola verso di sé. «Qualunque cosa accada, sappi che la notte che ho appena passato con te è stata la cosa che mi ha reso felice come non lo ero... da non so nemmeno quanto tempo. Capito?»

Lei annuì.

«E se tutto va bene, ti darò la famiglia che hai sempre desiderato. È un problema per te?»

Era un problema che Pipe diventasse la sua famiglia? No di certo. Scosse la testa.

«Bene. Facciamolo.»

Dopo aver fatto un respiro profondo, Cora si avvicinò alla porta, poi cominciò a colpirla e a urlare a squarciagola.

CAPITOLO VENTI

Doveva funzionare. *Doveva*. Altrimenti erano fregati.

Cora non avrebbe mai pensato che le cose sarebbero andate in quel modo. Quando aveva deciso di provare a vincere un appuntamento con uno dei proprietari del Rifugio, non si sarebbe mai aspettata di ritrovarsi in quella situazione. Il viaggio nel New Mexico, l'intesa con le donne del resort, andare in Arizona con Pipe, fare il miglior sesso della sua vita, innamorarsi, venire quasi uccisa con il gas, trovare Lara viva, ma in condizioni molto peggiori di quanto avesse immaginato... e ora recitare il ruolo più importante della sua esistenza.

Urlò più forte che poté, colpendo la porta così forte che sapeva le sarebbero usciti dei lividi sulle mani. Avevano bisogno che qualcuno andasse a vedere cosa stava succedendo prima che Grant facesse esplodere la Jeep. Avevano ipotizzato che avrebbe ucciso Pipe e Owl e sarebbe fuggito con lei e Lara in mezzo alla confusione dei mezzi dei pompieri e della polizia che sarebbero arrivati in massa.

E non aveva dubbi che quel tizio le *avrebbe* rapite. Era

uno stupratore e un assassino, e *non* voleva nemmeno pensare a cosa avrebbe fatto se fosse riuscito a portarle via entrambe. Non conoscevano i dettagli di tutto ciò che aveva fatto alle donne che aveva ucciso in passato, ma Cora aveva un'ottima immaginazione, soprattutto dopo aver visto le condizioni di Lara.

Mentre batteva i pugni sulla porta e urlava a squarciagola, considerò che probabilmente non era stato Ridge a farle del male. Sì, era possibile che le avesse fatto qualcosa quando di notte tornava a casa dallo strip club, ma era più probabile che la colpa fosse di CG fin dall'inizio. Forse era stato lui a convincere Ridge a portarla in Arizona. Le dava la nausea pensare che quel tipo di abuso fosse stato premeditato.

Dovevano uscire da quella maledetta stanza.

Cora guardò Pipe continuando a urlare. Era accanto al punto in cui la porta si sarebbe aperta, con ogni muscolo del corpo pronto ad agire. A difenderli. Prima che lei iniziasse la sceneggiata avevano fatto supposizioni su chi sarebbe potuto arrivare. Speravano nella seconda guardia del corpo, Arlo Harvey. O chiunque altro lavorasse in quella casa. Se non sapevano cosa accadeva nel seminterrato proprio sotto il loro naso, non sarebbero stati preparati all'attacco di Pipe una volta aperta la porta.

Ma se CG fosse rientrato e avesse sentito il trambusto, *lui* sì che sarebbe stato pronto.

Anche se le faceva male la gola, non smise di urlare. Lo avrebbe fatto fino a restare senza voce, se fosse stato necessario. Stava mettendo in scena la performance più importante della sua vita.

Finalmente, dopo quella che sembrò un'eternità, sentì il meccanismo della serratura scorrere sull'acciaio, mentre qualcuno girava la chiave nella porta.

Il cuore le batteva a mille e lanciò un'occhiata a Pipe. Con suo grande stupore, le fece un cenno rassicurante. Era lì, in procinto di combattere a mani nude chiunque stesse per entrare, e la stava rassicurando.

«Per favore! Fatemi uscire! La mia amica ha bisogno di aiuto! Credo che stia morendo!» urlò Cora, indietreggiando e lasciando che Pipe si mettesse davanti a lei. I suoi muscoli erano tesi mentre fissava con attenzione l'apertura della porta.

Rimase sorpresa quando, invece di aspettare che chiunque fosse lì fuori entrasse nella stanza, lui balzò in avanti non appena l'apertura fu sufficientemente larga, afferrò la persona e la tirò dentro.

Il suo cuore sprofondò quando vide Pipe lottare con CG, l'unico che non avrebbero voluto andasse a controllare.

I due uomini caddero a terra con un grugnito e il combattimento ebbe inizio. Cora sapeva che Pipe aveva sperato di sottomettere rapidamente chiunque sarebbe arrivato, ma fu subito chiaro che Grant non si sarebbe lasciato sconfiggere con facilità. Infatti, mentre si picchiavano, sembrava avere molta più esperienza nel combattimento corpo a corpo della maggior parte delle persone.

Per ogni pugno o calcio sferrato da Pipe, l'altro ne sferrava uno a sua volta. Quando erano al Rifugio, aveva avuto l'impressione che non molti uomini sarebbero stati in grado di eguagliarlo nel combattimento, ma stava impiegando tutta la sua concentrazione per non essere sopraffatto o reso impotente da un colpo al rene.

Owl si gettò nella mischia, facendo del suo meglio per aiutare l'amico, ma CG era un mostro tutto muscoli, e combatté contro entrambi gli uomini come se nulla fosse. Le balenò il pensiero che nessuna donna avrebbe avuto la minima possibilità contro di lui. Era certa che avesse un passato militare o un qualche tipo di addestramento nelle arti marziali. L'idea che avesse toccato Lara le fece stringere i denti e venire voglia di vomitare.

I tre grugnivano, nessuno parlava, mentre lottavano letteralmente per la loro vita. Era spaventoso e brutale. Pipe e Owl non ci stavano andando leggeri, ma nemmeno l'altro. Combattevano in modo sleale, facendo di tutto per abbattersi a vicenda.

Cora sussultò quando Grant sferrò un forte pugno su un lato della testa di Pipe, facendolo indietreggiare, momentaneamente stordito. Poi tirò un calcio sullo stomaco di Owl, che lo fece cadere pesantemente sul sedere.

Un secondo dopo, rivolse la sua attenzione a lei, e il suo cuore si fermò. Lo sguardo nei suoi occhi era agghiacciante.

Se le avesse messo le mani addosso, l'avrebbe usata contro Pipe e Owl. Ne era certa al cento per cento.

Grant si precipitò su di lei prima che gli altri due potessero riprendersi e attaccare. La sua vita le balenò davanti agli occhi e fece l'unica cosa che le venne in mente...

Si abbassò.

Sorprendentemente, il balzo di CG lo fece inciampare su di lei.

Cora si mosse senza pensare, gli saltò sulla schiena come se fosse una campionessa di wrestling.

Le venne in mente ciò che Pipe le aveva detto al Rifugio... due giorni prima? Tre? Non ne era sicura, ma il suo consiglio le riecheggiò ben chiaro nella testa.

Ti garantisco che se infili un dito nell'occhio di chi ti attacca, lui o lei ti mollerà subito e ciò ti darà il tempo di scappare e chie-

dere aiuto. E questo deve essere il tuo obiettivo, non stare lì a combattere, ma allontanarti.

Urlò, un verso feroce che arrivò dal profondo della sua anima, mentre gli afferrava i capelli con una mano e gli avvolgeva le gambe intorno alla vita. Poi portò l'altra mano davanti al suo viso mirando con il pollice al suo occhio destro.

Il rumore che si sentì quando gli trafisse il bulbo oculare con l'unghia le fece venire voglia di vomitare. Per non parlare della sensazione dello spappolamento contro il pollice. Ma invece di mollare la presa quando lui ringhiò di dolore, Cora spinse più forte e in aggiunta ruotò la mano.

Per assicurarsi di rendere quello stronzo il più impotente possibile, gli lasciò i capelli e gli infilò l'indice nel naso.

Fu disgustoso... ma non quanto il liquido che fuoriusciva dal suo bulbo oculare e che le ricopriva il pollice e le colava lungo il polso.

Il bastardo urlò e si dimenò per il dolore.

Provò un impeto di soddisfazione, ma fu di breve durata, perché quel momento di trionfo svanì quando CG allungò una mano dietro di sé, le afferrò i capelli e se la tirò letteralmente sopra le spalle scaraventandola dall'altra parte della stanza.

Accadde tutto in fretta. Sentì pulsare la testa nel punto in cui le aveva strappato dei capelli, ma notò a malapena la sensazione prima di sbattere contro il muro con così tanta violenza che la sua vista si annerì per un momento e un forte ronzio nelle orecchie le impedì di sentire qualsiasi altro suono.

Si accasciò contro la parete, cercando di riprendersi. Merda. Le faceva male dappertutto. La testa, il sedere dove ci era caduta di peso, il braccio.

Si spostò leggermente, e sussultò di dolore quando si rese conto che non poteva muovere il braccio destro senza provare la sensazione di svenire. Guardando in basso, vide un enorme bozzo a metà avambraccio. Era così deformato che capì che era spezzato. Non si era mai rotta un osso, ma aveva visto un ragazzo cadere da una scalinata e il suo braccio era in condizioni molto simili.

Poi vide il sangue sulla mano lasciato dell'occhio di Grant, ed ebbe un conato.

Alla fine percepì del frastuono e capì che si trattava di Owl che le stava urlando contro.

«Cora! Stai bene? Merda! Parlami!»

Sbatté le palpebre e girò la testa verso il combattimento che era ripreso dopo che CG l'aveva lanciata. Owl e Pipe lo stavano prendendo a calci e pugni, con una furia maggiore di prima.

«Sto bene» gli disse, con voce flebile.

Guardò il letto per controllare Lara e vide che la sua amica sembrava ancora incosciente. Non si era mossa, nonostante la lotta che si stava svolgendo a pochi centimetri da lei. Cora aggrottò le sopracciglia preoccupata, ma i suoi pensieri tornarono allo scontro quando sentì uno strano rumore.

Si voltò e inspirò bruscamente alla vista che si ritrovò davanti.

Pochi secondi prima il combattimento era stato intenso, una valanga di pugni e calci sferrati da Pipe e Owl da cui l'altro cercava di difendersi. Ora Pipe aveva finalmente avuto la meglio, era inginocchiato dietro all'uomo con un braccio intorno al suo collo, mentre Owl gli teneva le braccia per impedirgli di liberarsi.

Il rumore che aveva sentito era il rantolare di CG che

respirava con affanno cercando disperatamente di far entrare aria nei polmoni.

Cora pensò per un attimo che avrebbe dovuto essere più turbata della scena che aveva di fronte, ma quando considerò le condizioni di Lara, sperò che il suo uomo uccidesse quel bastardo.

Del sangue scendeva sul viso di CG dal punto in cui lei aveva cercato di cavargli un occhio, e da dove si trovava, sembrava che ci fosse riuscita. Bene. Lo psicopatico se lo meritava.

All'improvviso, Pipe, che un istante prima teneva Grant inginocchiato davanti a sé, lasciò cadere a terra il suo corpo privo di sensi.

Mentre Owl si girava verso il letto per controllare Lara, Pipe disse: «Dobbiamo andare.»

Se Cora avesse potuto, in quel momento gli sarebbe saltata addosso. Aveva i capelli sparati in tutte le direzioni, la maglietta strappata e respirava affannosamente. Le sue braccia erano sporche di sangue, che Cora sperava fosse di Grant e non il suo, e anche il labbro era insanguinato e gonfio a causa dei pugni presi in faccia. Ma era l'uomo più sexy che avesse mai visto in vita sua.

«Cora?» Si avvicinò a lei, si inginocchiò e le percorse il corpo con lo sguardo, come se potesse vedere se era ferita attraverso i vestiti. Inspirò bruscamente quando guardò il braccio.

«Credo sia rotto» gli disse, non riconoscendo la propria voce.

Pipe la prese per la nuca e appoggiò la fronte contro la sua con così tanta delicatezza che le sembrò quasi di essere nel bel mezzo di una serata romantica piuttosto che nel seminterrato della casa di un rapitore dopo essere stati narcotizzati e feriti.

«Porca puttana» sussurrò.

«Ho fatto quello che mi hai detto» sussurrò a sua volta. «Ho mirato ai tessuti molli.»

«Hai fatto bene, amore.»

Quelle quattro parole per lei significarono più di quanto avrebbe potuto dire. Si era aspettata che si arrabbiasse perché si era messa in pericolo e di conseguenza si era fatta male. Invece, aveva compreso che aveva fatto ciò che doveva per dare a lui e a Owl la possibilità di sconfiggere la minaccia, visto che erano tutti nella stessa situazione di merda.

«È morto?» chiese in un sussurro.

«No.»

Cora sbatté le palpebre confusa. «Perché no?»

Con sua sorpresa, Pipe si scostò e la guardò con un'espressione seria. «Perché, a differenza di quello stronzo, io non sono un assassino.»

«Ma non possiamo lasciargliela passare liscia!» protestò.

«Chiameremo la polizia il prima possibile. Ora la mia preoccupazione principale è portare te e Lara lontano da qui, e da un medico.»

Cora non poté controbattere. Almeno non la parte riguardante la sicurezza di Lara. Per quanto riguardava lei, non le piacevano i medici. Non le erano mai piaciuti e la cosa non sarebbe cambiata in futuro.

«A tal proposito, sono passati dodici minuti. Dobbiamo andare» disse Owl.

Pipe annuì, ma non guardò il suo amico. Si raddrizzò, poi le porse la mano. Lei si alzò con il suo aiuto e subito dopo ondeggiò.

«Dove ti fa male?» le chiese preoccupato.

«Ehm... dappertutto?» rispose senza pensarci.

La sorprese sollevandola come se non pesasse nulla. Lei

strillò e gli avvolse il braccio buono intorno al collo.

«Non temere, non ti lascerò cadere» la tranquillizzò. «Owl, tutto a posto con lei?»

Guardando il letto, Cora vide che lui aveva Lara in braccio. Erano più o meno alti uguali, quindi appariva un po' sgraziata tra le sue braccia, ma visto che aveva chiaramente perso molto peso, sembrava che Owl fosse in grado di portarla senza problemi.

«Sì» gli rispose bruscamente.

Senza dire altro, Pipe si diresse verso la porta. Si trovavano effettivamente in un seminterrato. La stanza era situata in fondo a uno spazio più ampio che era pieno di scatoloni. Non c'era da stupirsi che nessuno sapesse che Lara era lì, sembrava che non ci mettessero piede da secoli. Salirono una rampa di scale e uscirono in un corridoio.

Fu inquietante non incontrare nemmeno una persona. La casa era completamente silenziosa e apparentemente vuota.

Finché una donna, con in mano uno spolverino di piume e con indosso un grembiule, uscì da una stanza di fronte a loro e si fermò di botto. Li fissò stupita, con la bocca aperta per lo shock. Fu la conferma che la maggior parte dei dipendenti era stata tenuta all'oscuro di ciò che accadeva nel seminterrato. Che non sapevano che Ridge Michaels e la sua guardia del corpo commettevano azioni orribili proprio sotto il loro naso.

«Dov'è la piazzola di atterraggio?» le chiese Pipe in tono basso e letale.

La donna sobbalzò sorpresa per la minaccia nella sua voce e indicò l'estremità del corridoio.

Lui proseguì passandole così vicino che le gambe di Cora la colpirono quasi in faccia, ma lei indietreggiò entrando nella stanza da cui era appena uscita.

Guardando alle spalle di Pipe, vide Owl a torso nudo subito dietro di loro. Le gambe di Lara rimbalzavano mentre lui camminava, e sebbene la maglia le andasse larga, non era abbastanza lunga.

Fu travolta da un'altra ondata di odio. La sua amica aveva passato l'inferno, e non sapeva se detestare di più Grant o Ridge Michaels.

«Porca puttana» imprecò Pipe.

Cora si voltò e vide cosa lo aveva allarmato. Mentre erano in quella casa, fuori si era scatenata una tempesta. Il vento trasportava così tanta sabbia che avrebbero potuto trovarsi nel bel mezzo del deserto del Sahara invece che a Phoenix.

«Stone può volare con questo vento?» chiese preoccupata.

Rispose Owl da dietro di lei. «Sarà un gioco da ragazzi. Forza, muoviamoci.»

Pipe si chinò e riuscì ad aprire la porta senza farla cadere, poi uscì in quel turbinio.

Cora chiuse subito gli occhi, la sabbia le colpì il viso come piccole schegge di vetro, e si rannicchiò contro di lui il più possibile.

Al di sopra del rumore del vento che ululava, sentì quello dei rotori di un elicottero. Socchiuse gli occhi e fu sorpresa di vedere il grosso velivolo così vicino. Le pale sollevavano ancora più sabbia intorno a loro.

Prima che se ne rendesse conto, Pipe l'aveva sistemata all'interno del mezzo su un sedile nella parte posteriore, poi anche lui balzò dentro apparentemente senza sforzo. L'aiutò a spostarsi e poi si voltò verso il portellone. Prese Lara dalle braccia di Owl in modo che il suo amico potesse salire, poi si sedette accanto a lei e, con la massima delicatezza possibile, la sistemò sul sedile rimasto alla sua destra, allacciandole la cintura di sicurezza e cingendola con un braccio per tenerla ferma.

«Siete in ritardo!» urlò Stone dalla cabina di pilotaggio.

«Scusa, abbiamo avuto dei problemi!» rispose.

Owl si girò sul sedile accanto a Stone è fissò Lara per un attimo, poi incontrò lo sguardo di Cora.

«Starà bene» le disse con fermezza.

Sembrò volesse dire altro, ma Stone gli urlò di "muovere il culo" così potevano andarsene da lì.

Senza dire altro, Owl si girò di nuovo, e l'uomo che a volte le era sembrato insicuro si trasformò davanti ai suoi occhi in qualcuno che non aveva mai visto.

Anche a torso nudo trasudava un'assoluta sicurezza, mentre indossava un paio di cuffie e cominciava a premere interruttori e pulsanti.

«Tenetevi!» urlò loro Stone. «Non sarà un decollo tranquillo!»

Dalla sua visione periferica scorse dei movimenti che la fecero voltare. C'erano diversi uomini che agitavano le braccia e urlavano qualcosa, ma non riuscì a sentirli. Stavano correndo fuori dalla casa, verso l'elicottero.

Ma fu dall'ultimo uomo del gruppo che non riuscì a staccare gli occhi.

Era Grant. Non stava urlando. Non stava correndo verso di loro. Stava semplicemente davanti alla porta a fissare l'elicottero come se avesse potuto distruggerlo solo con lo sguardo.

Aveva ancora il sangue che gli colava sul viso, ma la sua espressione era impassibile. Era letteralmente l'uomo più freddo e inquietante che avesse mai visto in vita sua. Il pensiero che potesse essere vicino a lei o a Lara le faceva gelare il sangue. Non c'era da stupirsi che l'FBI lo avesse inserito nella lista dei più ricercati. Era una minaccia per la società, e qualsiasi donna abbastanza sfortunata da entrare in contatto con lui sarebbe stata in estremo pericolo. Lo sapeva fin nel midollo.

«Si parte!» urlò Stone.

L'elicottero balzò in avanti e Cora strillò, cercando qualcosa a cui aggrapparsi. Trovò Pipe.

«Porca vacca, quest'affare fa schifo» disse Owl, quasi in tono di conversazione, mentre si affannava per aiutare a pilotare.

«Quando parleremo con Brick di prendere un elicottero per il Rifugio, proporremo un Bell. Magari un 505. Questo R66 va bene con il tempo sereno, ma è una merda in condizioni come queste» replicò Stone.

Prima di partire, Pipe le aveva indicato di mettersi le cuffie in modo che potessero parlare tra loro, ma al momento non era sicura di voler sentire cos'altro avevano da dire gli ex Night Stalkers.

I due uomini continuarono a lamentarsi del piccolo elicottero privato che avevano "preso in prestito", mentre lottavano contro il vento e la sabbia.

Pipe la cinse con il braccio libero e si sentì sollevata. Averlo accanto rendeva in qualche modo tutto un po' meno spaventoso. Cora poteva usare solo un braccio, e quando il velivolo sussultò, si aggrappò alla mano che Pipe teneva sulla sua spalla. Non era mai stata in un elicottero, e quel volo era terrificante. Aveva fiducia in Stone e Owl, aveva letto dei famosi Night Stalkers quando aveva fatto le sue ricerche sul Rifugio, ma non aveva idea di come diavolo facessero a essere ancora in volo con il vento e la sabbia che sferzavano così violentemente.

Quando si voltò verso la casa da cui erano appena fuggiti, mentre salivano sempre più in alto, CG non c'era più. Era scomparso, e fu attraversata da un brivido.

All'improvviso desiderò che Pipe lo avesse ucciso. Che si fosse assicurato che non li avrebbe mai più perseguitati.

Il suo uomo si appoggiò leggermente a lei e Cora si voltò, seppellendo il naso nel suo collo e inspirando il suo familiare profumo. Erano successe tante cose e tutte in fretta, ma lui non l'aveva ancora delusa. Nei momenti più significativi, aveva fatto tutto il possibile per assicurarsi che fosse protetta. Era più di quanto chiunque altro avesse fatto per lei in tutta la sua vita. Probabilmente uno psicologo l'avrebbe messa in guardia, le avrebbe detto che ciò che provava per Pipe era dettato da una sorta di complesso del salvatore, dovuto alla mancanza di affetto che aveva sofferto crescendo. Che non era possibile che fosse veramente innamorata di lui. Ma si sarebbe sbagliato.

Strinse forte gli occhi per la nausea causata dagli sballottamenti e ondeggiamenti del mezzo che affrontava la tempesta. Il braccio le faceva male da morire, aveva il sedere dolorante per esservi atterrata di peso e la testa le pulsava per l'impatto con il muro.

Ma era viva e avevano trovato Lara. Avrebbe affrontato tutto di nuovo se ciò avesse significato trovarsi dov'era ora. Spaventata a morte, ma al sicuro.

Come se potesse leggere i suoi pensieri, Pipe le parlò sottovoce. Lo sentì a malapena al di sopra della conversazione di Owl e Stone riguardo a uscirne senza schiantarsi.

«Va tutto bene. Ci penso io.»

Sì, lo avrebbe fatto. Cora era ferita, Lara era ovviamente traumatizzata, e avrebbero potuto morire in un terribile incidente in elicottero, per non parlare del fatto che avrebbero potuto essere perseguiti per averlo rubato... ma non le importava. Avrebbero affrontato le conseguenze di quelle ultime ore più tardi. Per il momento, era felice di essere viva e di stare con l'uomo che amava.

CAPITOLO VENTUNO

CORA ERA SEDUTA sul tetto dello chalet di Pipe al Rifugio. Con sua sorpresa, poco dopo il loro ritorno, lui aveva sostituito le due sedie Adirondack con un divanetto a due posti con i cuscini imbottiti, dicendole che l'aveva fatto per poter stare seduto più vicino a lei. Era stato adorabile, premuroso, e anche un po' difficile da credere. Non aveva mai avuto un uomo che volesse stare al suo fianco, e non era facile abituarsi alla dolcezza di Pipe.

Aveva il braccio ingessato e le avevano dato degli antidolorifici per il coccige incrinato. Si era letteralmente rotta il sedere. Era ridicolo. Ma Pipe le aveva procurato un cuscino apposito e i farmaci avevano ridotto notevolmente il dolore.

Il viaggio in elicottero era stato terrificante e difficile, ma la cosa più spaventosa era stata fissare le canne di una dozzina di armi dopo l'atterraggio. Owl e Stone erano riusciti ad arrivare all'eliporto di un ospedale locale, ma poiché non avevano avuto l'autorizzazione ad atterrare e nessuno sapeva chi fossero o cos'era successo, era stata chiamata la polizia.

C'era voluta quasi un'ora per chiarire tutto, con l'aiuto di Tex, di Brick, dei genitori di Lara e persino dell'ex comandante di Owl e Stone, ma alla fine avevano avuto il permesso di entrare in ospedale.

Dopo aver fatto le radiografie, Cora era stata dimessa la sera stessa con il braccio ingessato, ma Lara era rimasta per due notti. Owl non l'aveva mai lasciata. Ogni volta che aveva provato anche solo ad alzarsi, lei aveva dato di matto. Per qualche motivo si era aggrappata a lui, e quando non lo vedeva diventava isterica.

I suoi genitori erano andati a trovarla in ospedale, ma la loro presenza non l'aveva calmata molto. Erano stati ovviamente felici di vederla e di sapere che era viva, ma sconvolti da tutto ciò che era successo. E pieni di sensi di colpa per aver ignorato gli avvertimenti di Cora... resi ancora più pesanti dal fatto che Lara non aveva voluto che rimanessero. Sospettava che ci sarebbe voluto un po' di tempo prima che il rapporto tra loro si rinsaldasse, se mai sarebbe successo.

Owl non era turbato dal bisogno di Lara di averlo al suo fianco. Aveva una pazienza infinita, le aveva tenuto la mano per due giorni di fila, lasciandola con riluttanza solo per andare in bagno.

«Ti senti bene?» le chiese Pipe.

Era passata meno di una settimana dal loro calvario nel seminterrato e avrebbe potuto giurare che Pipe le faceva quella domanda almeno venti volte al giorno, ma non le dispiaceva. Il fatto che glielo chiedesse significava che gli importava, e quello era la migliore medicina che potesse ricevere.

«Sì. Stavo pensando» gli disse.

«A cosa?»

«A lui. Grant.»

Pipe si spostò più vicino a lei e le mise un braccio intorno alle spalle. Non poteva mettersela sulle ginocchia con il coccige rotto, ma non esitava a toccarla ogni volta che poteva. «Lo troveranno.»

Apprezzava la sua sicurezza, ma non ne era così certa. Dopo tutto, quelli dell'FBI non erano riusciti a scovarlo nemmeno prima. Cosa c'era di diverso ora?

«Lo troveranno» insistette, come se potesse leggerle nel pensiero. «Uno come lui, malvagio fin dentro all'anima... prima o poi commetterà un errore.»

«È solo che... farà del male a un'altra donna. O a più donne.»

Pipe sospirò. «Già.»

Non disse altro, ma per quanto Cora odiasse che le avesse confermato le sue peggiori paure, apprezzò che non avesse snobbato le sue preoccupazioni.

«Tex non ha scoperto altro?» chiese.

«No. Ed è ancora molto arrabbiato perché lo sconosciuto è entrato nei suoi computer.»

Cora fece uno sbuffo divertito.

«Tu non lo conosci. Si vanta di essere il migliore dei migliori quando si tratta di tecnologia. E questa persona anonima non solo ha fatto quello che lui non è stato in grado di fare, ormai già tre volte, ma ha ottenuto informazioni entrando nel suo sistema.»

«Ma ci sta aiutando. Voglio dire, ha disattivato il disturbatore in modo che tu potessi parlare con Stone. E ha scoperto chi era veramente CG.»

«Lo so. Ma Tex non è comunque contento.»

«Chi pensi che sia?»

«Non ne ho la minima idea.»

«Neanche un sospetto?»

Pipe sospirò. «Non uno plausibile. Ne ho parlato con i

ragazzi, e in precedenza avevamo pensato che potesse essere qualcuno del nostro passato. Uno dei nostri compagni di squadra, un comandante, qualcuno con cui abbiamo lavorato. Ma Stone ha espresso un'ipotesi eccellente, che non possiamo ignorare... è più probabile che si tratti di qualcuno collegato al Rifugio.»

Cora sussultò. «Davvero? Tipo chi?»

«Potrebbe essere chiunque. Robert, Jess, Savannah, Ryan, Jason, Luna... persino una delle persone che vengono quassù a consegnare cibo e provviste. Chiunque possa aver sentito anche per caso ciò che stava succedendo con Reese e poi con Lara.»

«Davvero? Credi che Robert in segreto sia un hacker?» chiese con una risatina.

«Tutti hanno qualcosa di se stessi che non condividono. Ma credo che Stone abbia ragione. Deve essere qualcuno che sa le cose che succedono al Rifugio.»

«Ti fa arrabbiare?»

Pipe scrollò le spalle. «Sì e no.»

«Mi piace l'idea di avere un benefattore anonimo che veglia su di noi» dichiarò Cora, appoggiandosi a lui con un senso di contentezza.

Non avevano ancora accennato al discorso di quanto tempo sarebbe rimasta lì, ma presto avrebbero dovuto parlare del futuro. Lei non voleva farlo, non voleva affrontare la realtà. Ma stava guarendo e doveva prendere alcune decisioni sul suo lavoro e sulla sua vita a Washington.

Lara complicava le cose. Era una persona completamente diversa da quella che era stata prima della faccenda in Arizona. Non la biasimava di certo, aveva vissuto un'esperienza traumatica con cui avrebbe dovuto fare i conti per molto tempo. Cora avrebbe fatto tutto il necessario per aiutarla a guarire.

Ma finora non aveva fatto progressi. Non era ancora uscita dallo chalet di Owl.

Quando era stata dimessa dall'ospedale, non era sorto il minimo dubbio sul fatto che sarebbe andata al Rifugio con loro. Avevano deciso di tornare in macchina, dato che Lara aveva difficoltà a stare in mezzo alle persone. Non aveva aperto bocca durante tutto il viaggio e continuava a farsi prendere dal panico quando non vedeva Owl.

Cora non era gelosa. Certo, avrebbe voluto che si appoggiasse a lei perché erano migliori amiche, ma sapere che considerava Owl il suo rifugio sicuro le andava benissimo, perché era un brav'uomo. E poi, quando lui la guardava, c'era qualcosa nei suoi occhi che le faceva capire che avrebbe fatto qualsiasi cosa per aiutarla.

Voleva che Lara avesse quel tipo di supporto, quindi non era infastidita che fosse lui quello che stava al suo fianco. Ma era arrabbiata perché era talmente distrutta psicologicamente da non poter essere lasciata sola. E triste per ciò che aveva passato. Ma non provava invidia verso Owl.

«Mi parlerai dell'indagine?» gli chiese.

«Non sono sicuro di volerlo fare.»

«Lo so» disse, ed era così. Pipe era il suo protettore. Lo aveva dimostrato più di una volta. Voleva impedirle di vedere o sentire qualcosa che l'avrebbe sconvolta. Ma lei aveva avuto il tempo di elaborare l'accaduto e aveva bisogno di sapere tutto ciò che la polizia e l'FBI avevano scoperto.

Lui sospirò. «Sai che Ridge Michaels è stato trovato morto in casa.»

«Sì. Un colpo di pistola alla tempia.»

«Non è stato un suicidio.»

Cora ansimò e lo guardò. «Ah, no?»

«No. L'angolazione era sbagliata. La tempia era la sinistra, e Michaels era destrorso. Sono circolate alcune storie nei media al riguardo, ma proprio mentre il clamore stava aumentando, quella famosa attrice di Hollywood è stata rapita dando luogo a un inseguimento di quattro ore per impedire al suo stalker di portarla fuori dallo Stato, e questa cosa ha dominato i notiziari.»

«Già» mormorò, appoggiandosi di nuovo a lui.

«L'ipotesi è che sia stato Grant a ucciderlo, dopo il nostro arrivo. Per impedirgli di parlare.»

«Ha senso.»

«Inoltre, come pensavamo, gli altri dipendenti della casa erano all'oscuro di ciò che stava accadendo sotto il loro naso. Se lo avessero saputo, credo che ora sarebbero tutti morti. Suppongo che la loro inconsapevolezza possa in parte essere attribuita al fatto che erano abituati alle stranezze dei ricchi per cui lavoravano. Conoscevano la reputazione di Ridge, sapevano che frequentava gli strip club quando andava in visita, e non avevano ragione di pensare che ci fosse qualcuno nascosto nel seminterrato.»

«E la sala multimediale? Sapevano che veniva usata per far perdere i sensi alle persone in modo da trasferirle nella stanza nel seminterrato, dove Grant poteva fare ciò che voleva?» chiese un po' stizzita.

«Sostengono di non averne avuta la minima idea.»

«Ma che dire del gas? Possibile che nessuno abbia notato niente di strano in *quello*?»

«Be', come ho pensato all'epoca, era argon, che si acquista legalmente. Si usa per saldare. Quindi non è che avere delle bombole nell'armadio vicino alla sala multimediale fosse qualcosa di cui preoccuparsi.»

«Bryson Clark, se tornassi a casa e scoprissi che hai *dieci* bombole di gas argon in uno dei nostri armadi, puoi

scommetterci il culo che mi chiederei che diavolo ci fanno
lì, soprattutto perché tu non saldi» disse con foga.

Lui ridacchiò e quel suono la fece sorridere, anche se
l'argomento di cui stavano parlando era pesante.

«Ne prendo atto. Ma d'altra parte, non sono un miliar-
dario e non pago i domestici perché sorvolino sulle mie
stranezze. E... non ho nemmeno dei domestici.»

«Vabbè» mormorò Cora.

Ma sorrise quando Pipe le baciò la testa. Le piaceva
quando lo faceva. Amava stare seduta lì sulla terrazza, al
buio, al freddo, accoccolata accanto a lui. Guardandolo,
nessuno avrebbe mai pensato che fosse un tipo da coccole,
ma lei non poteva fare a meno di adorare che con lei lo
fosse.

«Qual è stata la conclusione sul fatto che Ridge spendeva i soldi di Lara? Doveva sapere che sarebbe stato
scoperto. Sul serio, nessuna donna spenderebbe così tanto
in un club per uomini.»

«Dato che è morto, sono tutte speculazioni, ma l'opinione generale è che fosse abbastanza arrogante e viziato
da pensare che nessuno avrebbe messo in dubbio i prelievi
e le spese su quelle carte di credito. Dopo tutto, anche lei
è piuttosto benestante. Se Michaels non era a conoscenza
delle abitudini di spesa di Lara, forse pensava che le
piacesse fare acquisti come qualsiasi altra ragazza ricca. E a
quanto pare, suo padre era stufo che quel pigro di suo
figlio non lavorasse e mettesse in imbarazzo il nome della
famiglia. Ha ridotto le sue entrate al punto che Ridge non
aveva i soldi per pagare le lap dance notturne e le spogliarelliste che gli agitavano le tette in faccia. Ma non
sappiamo se sia stato Grant a suggerirgli di portare Lara in
Arizona o se sia stata una sua decisione.»

«E quindi? Pensava che Lara lavorasse all'uncinetto

tutto il giorno o qualcosa del genere? Davvero non sapeva che veniva drogata con il valium e gli antidepressivi ed era tenuta prigioniera nel suo stesso seminterrato?»

«Non lo sapremo mai, ma credo che fosse al corrente di tutto. Grant lavorava con lui da un po' e ho sentito che una volta ha salvato la vita a Michaels. Era andato in una zona malfamata della città per comprare della droga e quando lo spacciatore gli è saltato addosso, Grant gli ha sparato.»

«Porca miseria, davvero? E in tutto ciò la polizia non ha scoperto *chi era*? È terribile.»

Pipe scrollò le spalle. «È bravo in quello che fa. E c'era un video di sorveglianza che dimostrava che Michaels era stato aggredito e l'altro aveva agito per legittima difesa.»

«Quante occasioni perse di far rinchiudere quello stronzo» disse Cora con un sospiro.

«Già. L'FBI e le autorità locali stanno passando al setaccio il terreno e la casa. Hanno già trovato un corpo sepolto nel giardino e prevedono di trovarne altri.»

«Dio. È terribile. Mi sento malissimo per tutte le donne che hanno avuto la sfortuna di trovarsi coinvolte con quel bastardo inquietante. Ed è ancora là fuori» sussurrò. «E se decidesse di vendicarsi? L'ho visto quando siamo partiti con l'elicottero. Non era contento. Aveva un'espressione così fredda. Così determinata.»

«Non torcerà un capello né te né a Lara» ringhiò Pipe.

«Non puoi saperlo.»

«Lo so» insistette. «Qui al Rifugio sono tutti consapevoli di ciò che ha fatto e di ciò che è capace di fare. Brick ha parlato con la polizia di Los Alamos, quindi ne sono a conoscenza anche loro. Abbiamo telecamere dappertutto, e dopo quello che è successo con Alaska, siamo più preparati di prima per affrontare l'eventualità che qualcuno si intrufoli nei nostri boschi per raggiungere il resort. E... se dovesse farsi vedere qui, pensando di essere più astuto e poterci sconfiggere, scoprirà esattamente come siamo stati addestrati. Tu e Lara sarete al sicuro. Ti do la mia parola.»

Cora sospirò. «Sono così arrabbiata, Pipe, così furiosa con lui. Con entrambi. Cosa gli ha dato il diritto di fare del male e uccidere così tante persone? Cos'è successo nella sua infanzia che lo ha reso così? Semmai, *io* dovrei essere come lui. Amareggiata, arrabbiata, disposta a fare del male agli altri perché non sono stata amata da bambina. Ma ho deciso di non lasciare che il passato determinasse il mio futuro. Ammetto però che avevo perso la speranza di trovare qualcuno che mi amasse. Avevo deciso che c'era qualcosa di fondamentalmente sbagliato in me, che non mi rendeva degna di essere amata.

Ma non mi sono data alla criminalità. Non ho dato la caccia alle persone, trattenendole contro la loro volontà e facendo cose indicibili prima di ucciderle. E che dire di Ridge? Lui aveva *tutto*. Lara avrebbe fatto qualsiasi cosa per lui. E invece si è approfittato di lei. L'ha cambiata. Non so se tornerà mai ad essere quella di prima.»

«Non succederà» disse Pipe.

Cora lo guardò accigliata.

«Non lo dico con un risvolto negativo, ma la vita ci cambia. Sia le cose belle sia quelle brutte. Non potrà tornare indietro e cancellare ciò che è successo, per quanto lo vorrebbe. Dovrà convivere con le decisioni che ha preso e voltare pagina. È così per tutti. A prescindere dalle nostre esperienze, non abbiamo altra scelta se non quella di continuare ad andare avanti. Grant ha scelto di mettere in atto le sue fantasie malate e Michaels ha scelto di mettere da parte il suo senso morale in cambio di tette e culi in quello strip club.»

«Fa schifo» borbottò.

Pipe le baciò di nuovo la tempia. «Già. Ma Lara starà bene. Vuoi sapere perché lo so?»

«Sì.»

«Perché ha te. L'unica persona che ha perseverato sul fatto che qualcosa non quadrava. Che ha fatto tutto ciò che era in suo potere per ottenere aiuto per lei. Che è andata, per così dire, nella tana del leone per salvarla. Alla fine se ne renderà conto. Al momento sta affrontando gli effetti dell'astinenza dai farmaci e i ricordi di ciò che le ha fatto quello psicopatico. Ci vorrà del tempo, ma ce la farà, perché ha la sua migliore amica che la supporta e tutti noi qui al Rifugio che comprendiamo il disturbo post-traumatico da stress. Che capiamo ciò che sta passando.»

Fece un respiro profondo, poi continuò: «Non ne abbiamo parlato, e forse questo non è il momento migliore, ma voglio che tu rimanga, amore. Qui. Con me. Ti troveremo qualcosa da fare che ti piaccia. Oppure puoi startene seduta tutto il giorno sulla mia terrazza. Non mi interessa. So solo che con te al mio fianco sono una persona migliore.»

Le si riempirono gli occhi di lacrime. «Pipe...» sussurrò.

«E ho pensato al mio prossimo tatuaggio. A quale potrebbe essere il posto migliore per *averti* sulla mia pelle.»

Si girò verso di lui sorpresa. «Cosa?»

«Un lupo, con una chiave intorno al collo, circondato da filo spinato. Tu sei la chiave. Io sono il lupo. Ti sei fidata di me perché ti aiutassi quando ne avevi più bisogno. E custodirò quella fiducia con la mia vita. Il filo spinato perché, in qualche modo, siamo riusciti a superare tutte le difese che entrambi avevamo innalzato per tenere a distanza le persone, e quel filo proteggerà anche ciò che costruiremo in futuro. Siamo in sintonia, amore. E se non vuoi restare qui, verrò a Washington con te. So solo che voglio che le cose tra noi funzionino, più di quanto abbia mai voluto qualcosa in vita mia.»

«Desidero anch'io tutto questo. E non voglio tornare a Washington. Cioè, lo farei se Lara decidesse che è lì che vuole vivere... ma lì non c'è niente a cui sono legata. Se non vedessi mai più quella stronza di Eleanor, sarebbe comunque troppo presto.»

Pipe sorrise e lei amò come ciò cambiò i suoi lineamenti. «Possiamo mandarle una foto del matrimonio per sbatterle in faccia che ha perso?»

Cora si irrigidì e rimase a fissarlo. «Una foto del matrimonio?» sussurrò.

«Porca puttana. Me lo sono lasciato sfuggire. Ma non è che non ne abbiamo già parlato» le disse con un sorriso. «Cora Rooney... voglio sposarti. Magari non oggi. Magari non domani. Ma un giorno, quando sarai sicura nel profondo del tuo cuore che puoi fidarti del fatto che ti proteggerò sempre e non ti deluderò mai.»

«Sì!» esclamò, mettendosi a cavalcioni sulle sue gambe. Ignorò la fitta di dolore al coccige. Quel momento era troppo importante.

Pipe le mise le mani sulla vita e la tenne ferma, come se sapesse che stava soffrendo e volesse fare il possibile per evitarlo. «Sì?» le chiese con dolcezza.

Stava dubitando della sua risposta? Era inaccettabile.

«Sì, Pipe. Mi fido già di te. Credo di aver intuito che avresti potuto cambiare la mia vita non appena ti ho visto su quel palco, ma non mi sono lasciata convincere perché, sai... il mio passato. Ti prometto che non ti deluderò. Sarò la migliore fidanzata e moglie. Non ti pentirai di stare con me.»

«Certo che non me ne pentirò» replicò, aggrottando le sopracciglia confuso. «E so che non mi deluderai. Non puoi.» Le accarezzò delicatamente una guancia. «Sai, per un momento, in quel seminterrato, quando sembrava che io e Owl non fossimo all'altezza di quello stronzo, ho pensato... che fosse finita. Avevo fallito nei tuoi confronti. E anche in quelli di Lara. Ma un attimo dopo ho visto il tuo pollice nel suo occhio e il sangue che gli colava sul viso e, giuro su Dio, donna, che il mio amore per te è stato così assoluto che per un attimo mi sono letteralmente bloccato. Non mi perdonerò mai di avergli dato l'opportunità di attaccarti, ma sapere che eri disposta a combattere, che ci coprivi le spalle... ha significato tutto per me.»

«Grazie per non avermi urlato contro. Per non avermi detto che avrei dovuto stare lontana da lui. Stare al sicuro» ribatté Cora.

Pipe sbuffò. «Sì, certo. Fare ciò che dovevi per proteggerti è stato spaventoso e sexy al tempo stesso. Ma ti insegnerò comunque altre cose sul combattimento corpo a corpo... se vorrai.»

«Lo voglio» lo rassicurò. Gli accarezzò la guancia e le piacque che vi appoggiasse il peso della testa per un momento. «Ti voglio, Pipe. Per me stessa. Non ho mai avuto qualcuno tutto mio.»

«Ora ce l'hai. E avremo la famiglia che hai sempre desiderato. Abbiamo già pronti degli zii e delle zie, ma avremo anche una dozzina di bambini che li faranno impazzire.»

Cora rise. «Una dozzina?»

Le sorrise. «Ok, magari non così tanti. Ma, come te, voglio prendere in affidamento dei ragazzini più grandi. Adottarli. Dare loro la casa e la famiglia che tu non hai mai avuto.»

Ancora una volta, i suoi occhi si riempirono di lacrime. Che uomo. Le stava dando tutto ciò che aveva sempre desiderato, e non poté che amarlo di più. «Ti amo» si lasciò sfuggire.

«Meno male, perché anch'io ti amo» le disse lui con tranquillità.

«E voglio che tu ti faccia quel tatuaggio, ma solo se posso farmene uno anch'io.»

«Vuoi ancora fartelo?» le chiese sorpreso.

«Sì. Però magari non grande come quello che hai in mente tu. Non mi piace provare dolore.»

Lui ridacchiò. «Giusto.»

«Lo voglio sopra il sedere» lo informò.

Pipe sgranò gli occhi.

«Intendo sulla parte bassa della schiena. Dove mi tocchi sempre quando camminiamo. Dove si possa vedere quando mi prendi da dietro. E voglio che sia uguale al tuo. Il lupo con la chiave.»

Percepì il suo cazzo indurirsi sotto di lei e sorrise, entusiasta di sentire la prova che lui amava l'idea.

«Ci sto» mormorò, mettendole una mano sul punto esatto in cui voleva farsi il tatuaggio.

Si chinò un po', piegò le braccia tra di loro e sospirò. Rimasero così per una decina di minuti, finché non rabbrividì.

Pipe si mosse immediatamente. «Hai freddo. È ora di rientrare.»

«Ma a me piace stare qui fuori» si lamentò Cora.

«E io voglio che la mia fidanzata non sia un ghiacciolo.»

Fidanzata. Le piaceva molto. Più di quanto avesse mai pensato.

Si lasciò mettere in piedi, poi sorrise quando le prese subito la mano e la condusse verso la scala. Dopo il loro ritorno non aveva voluto che salisse lì per un po', preoccupato che il coccige le facesse più male del necessario. E nonostante *fosse* un po' doloroso salire le scale, Cora voleva stare nel suo posto preferito più di quanto volesse evitare il disagio.

Scese lentamente la scala, con Pipe davanti che si assicurava non cadesse.

Non aveva idea di cosa avrebbe portato il futuro. Sperava e pregava che il loro rapporto potesse funzionare. Sapeva bene che le cose erano state travolgenti, che quando tutto fosse tornato alla normalità e la loro vita non fosse stata più a rischio, i loro sentimenti sarebbero potuti cambiare. Ma pensava non sarebbe accaduto.

Era entrata in sintonia con Pipe dal momento in cui si erano incontrati, cosa che era successa solo con un'altra persona nella sua vita: Lara. Ed era evidente quanto avesse resistito bene alla prova del tempo la loro amicizia.

Pensare alla sua migliore amica la rese di nuovo malinconica. Voleva aiutarla, ma sapeva che la cosa migliore da fare era darle tempo e spazio per guarire. Sarebbe stata al suo fianco quando si fosse sentita più a suo agio con ciò che la circondava.

Nel frattempo, avrebbe continuato a conoscere gli uomini e le donne del Rifugio e, se fosse stata fortunata, avrebbe trovato un modo per dare un contributo a quel luogo di guarigione.

PIPE SI GUARDÒ INTORNO nella stalla con un sorriso sulle labbra. Era incredibile quanto avere Cora nella sua vita, nel suo chalet, nel suo letto, lo rendesse felice come non mai. La osservò in un angolo insieme ad Alaska, Henley, Reese e le altre donne che lavoravano al Rifugio. Si erano date tutte molto da fare per decorare la stalla per l'occasione.

Tonka e Henley erano andati a sposarsi in segreto a Los Alamos con una cerimonia civile e poi, per placare tutti, avevano acconsentito loro di organizzare una festa per il matrimonio.

Una cosa che Pipe aveva imparato nell'ultimo anno era che celebrare i momenti belli della vita era importante quanto lavorare. E più importante che rimuginare sulle cose che erano successe nel passato.

Alaska aveva organizzato tutto e la stalla sembrava un posto completamente diverso. I box erano stati decorati con nastri e coccarde, e anche gli animali avevano dei fiocchi colorati al collo, che sembravano già un po' rovinati, mentre le capre avevano prontamente mangiato i loro e cercavano di farlo anche con quelli degli altri animali che si avvicinavano abbastanza.

Melba amava le attenzioni e le persone. I cavalli ignoravano tutti, i gatti per lo più si nascondevano da quella baraonda, i cani cercavano cibo caduto per terra e Scarlet Pimpernickel, la vitella a cui Jasna aveva dato il nome e che ormai non era più una vitella, muggiva forte, cercando gesti di affetto. Era un caos, proprio come accadeva di tanto in tanto al Rifugio, ma Pipe non avrebbe voluto essere in nessun altro posto.

Osservò le donne separarsi. Alaska andò a un tavolo e si preparò a far partire la musica. Reese, che cominciava a mostrare i primi segni della gravidanza, si diresse verso le porte della stalla. Ryan e Carly distribuirono bicchieri da champagne riempiti di Sprite, mentre Robert e Luna si misero accanto a un tavolo pieno di antipasti e finger food, proteggendolo dagli animali che si aggiravano e pronti a servire al momento giusto. Robert aveva persino usato un po' della sua preziosa scorta di *Christmas Tree Cakes* per preparare una salsa dolce. Era l'approvazione migliore che avrebbe potuto dare a Henley e Tonka.

«Se posso avere la vostra attenzione» disse Brick a voce alta, facendo sì che tutti smettessero di parlare e si girassero verso di lui. C'era qualche ospite del resort, ma il gruppo era formato principalmente dalla famiglia del Rifugio.

«Ho il grandissimo onore di presentare Finn, Henley e Jasna Matlick!» continuò, senza tirarla per le lunghe. Reese aprì le porte della stalla e i tre sopraccitati entrarono tenendosi per mano.

Sorridevano, anche se Pipe notò che Tonka sembrava un po' a disagio a stare sotto i riflettori. Sapevano tutti che quella non rientrava tra le situazioni che preferiva, ma per le sue ragazze avrebbe fatto praticamente di tutto.

Dietro la nuova famiglia c'erano i due cani che avevano adottato. Wally, un Pitbull bellissimo e slanciato, e Beauty, un minuscolo Terrier femmina.

La famiglia si avvicinò al punto in cui era stato creato un piccolo rialzo, vi salirono sopra e Tonka avvolse immediatamente il braccio intorno alla vita della moglie, attirandola al suo fianco. Jasna era troppo eccitata per stare ferma, aveva un enorme sorriso in faccia e sembrava godere di tutta quell'attenzione.

I presenti erano vestiti in modo casual, come aveva richiesto Tonka. Jeans e maglietta erano all'ordine del giorno. Era marzo, e anche se fuori c'era la neve, dentro la stalla faceva caldo.

Pipe si avvicinò a Cora. Aveva il telefono sollevato e stava trasmettendo in streaming la cerimonia. Le circondò la vita con un braccio e appoggiò il mento sulla sua spalla accoccolandosi dietro di lei, che girò un attimo la testa e gli sorrise, prima di tornare a concentrarsi sul telefono.

Guardandosi intorno, vide Brick accanto ad Alaska al tavolo della musica. Era pronta a farla partire non appena i discorsi fossero finiti. Spike era vicino a Reese e le teneva la mano. Stone e Tiny stavano cercando di tenere a bada le capre per i due minuti che sarebbero serviti per completare la parte "ufficiale" della festa.

L'unica persona che mancava era Owl.

Sapevano tutti dove si trovava, ossia dove era stato negli ultimi due mesi, da quando Cora e la sua amica si erano unite alla famiglia del Rifugio: nel suo chalet con Lara.

Lei stava faticando a riprendersi, ed era doloroso per tutti. Le ci era voluto un po' per combattere la sua dipendenza dai sedativi che era stata costretta a prendere in Arizona. Soffriva di depressione, ansia e aveva ancora difficoltà a stare vicino a qualcuno che non fosse Owl.

Pipe sapeva che Cora era distrutta di non poter stare vicina alla sua amica, del fatto che Lara si sentisse ancora a disagio anche con lei, ma la sua donna aveva giurato di fare tutto il necessario per aiutarla a guarire. Era per quello che si era collegata via FaceTime con Owl, assicurandosi che fossero presenti anche loro alla festa di Tonka e Henley, almeno virtualmente.

L'unica persona con cui Lara si sentiva veramente a suo agio era, appunto, Owl. L'aveva portata nel suo chalet il giorno stesso in cui erano tornati nel New Mexico, e avevano trascorso gli ultimi mesi di freddo rintanati lì. Lara non era pronta a parlare con Henley, la psicologa del Rifugio, che quindi dava consigli e suggerimenti a lui per aiutarla il più possibile.

Pipe odiava che stesse facendo così tanta fatica a riprendersi, e odiava ancora di più le notti in cui Cora piangeva tra le sue braccia perché si sentiva impotente a non riuscire a fare qualcosa per lei. Non era il tipo che piangeva spesso, ma il pensiero che la sua migliore amica soffrisse così tanto era sufficiente a farla crollare. Nonostante ciò, si rifiutava di arrendersi, sperava che un giorno Lara sarebbe riuscita a uscire dalla bolla di paura in cui viveva. Fino ad allora, avrebbe continuato a fare tutto il possibile per farla sentire parte della famiglia del Rifugio, come tutti gli altri.

Pipe la amava ancora di più per quello. La sua testardaggine era una delle cose che più adorava di lei.

«Grazie a tutti per essere venuti» disse Tonka ai presenti. «Mi è sembrato giusto farlo qui, circondato dagli animali che sono stati la mia salvezza quando ne avevo più bisogno. Prima di darmi una svegliata riguardo ai miei sentimenti per Henley, mi nascondevo qui nella stalla, perché avevo la sensazione che le creature a quattro zampe mi capissero più di qualsiasi essere umano. Henley ha visto oltre la mia scontrosità, e con la sua pazienza e la sua comprensione mi ha fatto capire che nascondermi non avrebbe curato il mio dolore. Ha condiviso con me il suo amore e sua figlia e mi ha aiutato a capire che il mio passato non sarebbe mai scomparso. Sarebbe sempre stato lì, in agguato, pronto a cercare di rubarmi la gioia, ma che ciò non doveva dettare il mio futuro. E il mio futuro è qui. Con mia moglie, mia figlia, i nostri amici... e il nostro piccolo che arriverà in autunno.»

Tonka mise delicatamente la mano sulla pancia di Henley.

Tutti ansimarono sorpresi, poi applaudirono con entusiasmo.

«Lo sapevi?» chiese Cora a Pipe, voltandosi a guardarlo.

Lui le sorrise, ma non rispose.

«Certo che lo sapevi» borbottò con un piccolo sorriso, voltandosi di nuovo verso i loro amici.

«Sì, sono incinta» disse Henley quando tutti finirono di esprimere le felicitazioni. «Avevamo deciso di lasciare che la natura facesse il suo corso, e sorpresa! Sarò breve perché altrimenti le capre avranno la meglio su Robert e Luna e si mangeranno tutto il nostro cibo.»

Tutti risero guardando verso il tavolo e vedendo il cuoco e sua figlia che facevano il possibile per proteggerlo, impugnando delle scope come antichi cavalieri che brandivano le loro spade.

«Comunque, lavoro qui praticamente da quando il Rifugio ha aperto, e ho capito fin dal primo momento che questo posto avrebbe fatto la differenza nella vita di tante persone. Solo che non mi aspettavo che la *mia* vita fosse una di quelle. Quando è successa la cosa peggiore della mia esistenza, siete stati tutti lì per me e Jasna. Questo è ciò che è una famiglia. E vi voglio un bene dell'anima.»

Tirò su con il naso e Pipe sorrise quando Tonka si chinò e le baciò la testa.

«E io sono felicissima di diventare una sorella maggiore!» disse Jasna emozionata.

Tutti applaudirono, e quando ci fu di nuovo silenzio, Tonka fece in modo di incontrare gli sguardi dei suoi amici e comproprietari del Rifugio. «Come sapete, queste cose non fanno per me, i discorsi, essere al centro dell'attenzione, ma non c'è nessun altro con cui preferirei festeggiare il mio matrimonio se non con tutti voi. Grazie per aver avuto pazienza con me. Per il vostro sostegno. Per esserci stati a prescindere da tutto.»

Pipe abbassò la testa in segno di apprezzamento per le parole dell'amico.

«Ora... mangiamo!» esclamò Tonka.

Si chinò e baciò la moglie. Jasna ignorò i suoi genitori e saltò giù dal piccolo palco, dirigendosi verso Scarlet per farle le coccole. Tutti gli altri si avvicinarono al tavolo del cibo, ma Pipe era concentrato su Cora, che spense il telefono e si girò verso di lui. Sorrideva... ma si capiva che era triste per Lara.

«Si riprenderà» le disse. «E magari recepirà le parole di Tonka sul fatto che il suo passato non deve dettare il suo futuro.»

Lei sospirò. «Lo spero. È solo che... provo così tante emozioni per quello che è successo. Non posso credere che l'FBI non abbia *ancora* idea di dove sia Colosso Glaciale.»

Pipe accennò un sorriso per il fatto che continuasse a

chiamarlo in quel modo, ma poi torno serio. Nemmeno lui era contento che quell'uomo fosse a piede libero. «Lo troveranno» le disse.

«Lo so. Ma credo che Lara si sentirebbe molto meglio, molto più tranquilla, se lui fosse dietro le sbarre. È terrorizzata che possa venire a cercarla.»

Pipe annuì. Lui e gli altri ragazzi non erano esattamente entusiasti di quella prospettiva. Ne avevano discusso a lungo e avrebbero fatto tutto il possibile per evitare che ciò accadesse, per rimanere vigili. Avevano anche parlato della possibilità di acquistare un elicottero e di costruire una piattaforma di atterraggio e un piccolo hangar. Avrebbe significato ridurre, almeno per un po', la lista di cose che avevano programmato di fare nella proprietà, ma dopo che l'incredibile abilità di Stone li aveva portati via dalla tenuta in Arizona in sicurezza, si erano resi conto di quanto sarebbero potute andare male le cose se non avessero avuto quel mezzo a disposizione. Con Cora e Lara entrambe ferite e Grant che aveva ripreso conoscenza così rapidamente...

Non sarebbe stata una cattiva idea avere un elicottero a disposizione al Rifugio, nel caso avessero avuto bisogno di partire in fretta.

«Si riprenderà» insistette. «Ha solo bisogno di tempo.»

Cora sospirò. Poi annuì.

Era un'altra di una lunga serie di cose che Pipe amava di lei. Era resiliente e si fidava di lui con ogni fibra del suo essere. Giurò di non deluderla mai. Quella fiducia era un dono. Lo sapeva, e ne avrebbe avuto cura.

Una settimana dopo il loro ritorno dall'Arizona, gli aveva detto una cosa che gli era rimasta impressa. Stavano parlando di Grant e del perché fosse così, e il commento di Cora era stato che lei avrebbe dovuto essere proprio come quell'uomo. Arrabbiata e amareggiata. E forse una criminale. Ora doveva riconoscere che era un miracolo che non lo fosse. Sì, era diffidente nei confronti della gente, ma Pipe non poteva biasimarla. Inoltre, c'erano dei momenti in cui metteva in dubbio il motivo per cui stava con lei, ma nel complesso era molto equilibrata per una persona con il suo passato.

La amava. Così tanto che a volte lo spaventava. Ma aveva anche accettato quel sentimento. Cora lo rendeva una persona migliore. Teneva a bada i suoi demoni. Il solo fatto di stare con lei gli permetteva di vedere meglio la bellezza che lo circondava. La bellezza della vita stessa.

«Sai che ieri sono andata in città con Ryan, Alaska e Reese...» iniziò Cora.

Fu felice di cambiare argomento. Non gli piaceva vederla triste. E quella sera non erano lì per deprimersi, ma per festeggiare la nuova vita insieme di Henley, Tonka e Jasna... e del bambino in arrivo. Le cose stavano cambiando al Rifugio e Pipe era contento della direzione che stava prendendo l'attività. «Sì» disse dopo un po', quando si rese conto che stava aspettando la sua risposta.

«Be', non siamo andate in quella cioccolateria a comprarti i cioccolatini inglesi che ti piacciono tanto.»

«No?» domandò, sollevando le sopracciglia.

«No. Sono andata dal tuo tatuatore.»

Sbatté le palpebre sorpreso. «Davvero?»

«Mm-mm» mormorò con un piccolo sorriso. «E dato che aveva ancora il disegno usato per te, gli ho chiesto di fare il mio.»

Pipe si bloccò. «Cosa?»

«Mi sono fatta fare un tatuaggio uguale al tuo, proprio dove ti ho detto che lo volevo. Nella parte bassa della schiena. Però molto più piccolo, perché porca miseria, quella roba fa *male*.»

Senza replicare, le afferrò la mano e cominciò a trascinarla verso le porte della stalla.

Cora ridacchiò. «Pipe, aspetta, non possiamo andarcene!»

«Possiamo e lo facciamo. Avresti dovuto aspettare a dirmi che ti sei fatta tatuare se non volevi che ti trascinassi dritta nel nostro letto.»

Rise di nuovo. Poi girò la testa e gridò: «Alaska! Ce ne andiamo!»

«Gliel'hai detto?» chiese l'altra con lo stesso tono, facendo sì che tutti si voltassero a guardare lei e poi Cora.

«Sì!»

«Divertitevi!» esclamò.

Ryan e Carly le fecero il gesto del pollice in su, mentre Reese si limitò a sorridere.

Quando furono fuori, Pipe ringhiò: «Non posso credere che tu lo abbia fatto senza di me.»

«So che volevi esserci, e lo volevo anch'io, ma ho pensato che sarebbe stato più divertente se fosse stata una sorpresa.»

Lui grugnì.

Avrebbe voluto essere presente per sostenerla durante il suo primo tatuaggio, ma era commosso oltre ogni dire che lei si fosse fatta fare lo stesso disegno che aveva lui sulla scapola.

«La pelle è ancora irritata» lo avvertì, mentre la tirava verso lo chalet. «Diventerà disgustoso, pieno di crosticine.»

«I tatuaggi non sono disgustosi» le disse.

«Sai cosa intendo» mormorò.

Pipe abbassò lo sguardo e vide che stava sorridendo,

mentre lui quasi correva attraverso la proprietà del Rifugio. «Come sta il braccio?» le chiese.

«Bene.»

«E il sedere?»

Comprendendo il motivo della domanda, il suo sorriso si fece più ampio. «Bene anche quello.»

«Niente dolori?»

«No. Solo qualche fitta ogni tanto, ma in questo momento non mi fa male.»

Pipe grugnì di nuovo. Era passato molto tempo dall'ultima volta che aveva fatto l'amore con la sua donna. Nell'ultimo mese aveva fatto sesso orale in abbondanza e l'aveva fatta venire con le dita, e Cora aveva fatto altrettanto con lui. Ma a causa del braccio e del coccige che erano stati in via di guarigione, non aveva voluto fare l'amore rischiando di farle ancora più male. Però, dopo aver saputo del tatuaggio, non poteva proprio trattenersi dal farla sua.

Appena entrarono in casa, lui ringhiò: «A letto.»

Lei rise e si diresse verso la loro camera.

Pipe fece un respiro profondo, cercando di controllarsi. Il suo cazzo pulsava, come se sapesse che entro pochi minuti sarebbe stato nel meraviglioso sesso stretto e bagnato di Cora.

Poi raggiunse la donna che avrebbe seguito letteralmente in capo al mondo.

Dieci minuti più tardi, Pipe fissava intensamente il tatuaggio nella parte bassa della schiena di Cora, mentre infilava il cazzo nella sua fica fradicia. Erano sul letto e lei era carponi e si reggeva sui gomiti. L'aveva già leccata fino a portarla al primo orgasmo; era stata eccitata quanto lui, completamente bagnata prima ancora che la toccasse.

La pelle intorno al tatuaggio era un po' arrossata. Conosceva quell'immagine come il palmo della sua mano, perché l'aveva realizzata fin nei minimi dettagli insieme al tatuatore. Il lupo, la chiave intorno al collo, il filo spinato. Era perfetto.

La sua donna lo amava così tanto da farselo tatuare sul corpo.

E lui ricambiava quel sentimento. Così tanto che non riusciva a esprimerlo a parole. Così, glielo dimostrò. La prese con lentezza, a un ritmo costante, amando quanto fosse calda e bagnata e come glielo stringeva ogni volta che lo tirava fuori, come quasi non volesse che si allontanasse.

Cercò di essere gentile. Anche se era guarita, non voleva fare nulla che potesse farla regredire, ma a Cora non andava bene. Cominciò a muoversi, sbattendo contro di lui a ogni spinta.

Il suo sedere si scuoteva, mentre il tatuaggio davanti al suo viso si imprimeva a fuoco nella sua psiche. Fece scorrere le dita sul punto più sensibile del suo corpo, e uno schizzo di umori fece scivolare il suo cazzo ancora più facilmente.

«Porca puttana» mormorò.

Cora rise sotto di lui e la sentì intorno all'uccello. Quella donna era perfetta. In ogni senso. Ed era sua. Non avevano più parlato di matrimonio da quella sera sul tetto. Stavano imparando a conoscersi come non erano riusciti a fare nei primi giorni, dopo che era scoccata la scintilla tra loro. E tutto ciò che aveva imparato sulla sua Cora lo aveva reso ancora più certo di volerla per il resto della vita.

Lei era la sua anima gemella. Gli ci erano voluti più di quarant'anni per trovarla e molta sofferenza per entrambi, ma ora che era lì, non l'avrebbe lasciata più andare. Anello al dito o meno, era sua, tanto quanto lui era di Cora.

«Pipe...» si lamentò.

«Che c'è, amore?»

«Più veloce. Più forte» gli ordinò.

«Non voglio farti male.»

«Ti farò male *io* se non mi scopi come si deve» ringhiò lei.

Pipe sorrise. Mise un po' più di energia nella spinta successiva e fu ricompensato da un gemito di piacere. Adorava i suoni che emetteva. Adorava tutto di lei.

Concentrandosi ancora una volta sul tatuaggio sulla sua schiena, alla fine si lasciò andare. Fecero l'amore come aveva desiderato negli ultimi tre mesi. Era passato troppo tempo da quando aveva sentito il calore della sua fica. Mosse i fianchi con più intensità, e Cora assecondò ogni spinta. Era bellissima.

Mentre i suoi muscoli interni si contraevano intorno a lui, pensò di non meritarla. Tutto quello che aveva fatto, le cose che aveva visto... era sicuro che non avrebbe dovuto essere premiato con una donna così straordinaria. Ma avrebbe passato il resto della vita a cercare di meritare il suo amore. La sua fedeltà. La sua fiducia.

«Oh! Ci sono quasi!» ansimò Cora.

Non serviva che glielo dicesse, lo sapeva. Si sistemò in modo da poter arrivare con la mano sotto il suo corpo per sfiorarle il clitoride.

Lei sussultò e iniziò subito a venire.

Sorridendo al pensiero di quanto fosse sensibile, di sapere come toccarla per farla esplodere, Pipe le afferrò i fianchi e la scopò durante l'orgasmo. Era più stretta, più bagnata, e prima ancora di essere pronto, sentì quella sensazione sulle palle. Si spinse il più a fondo possibile tra i suoi muscoli che si contraevano e si bloccò, mentre lo sperma usciva dalla punta del suo cazzo.

Il piacere che provò nel liberarsi dentro di lei lo colse di sorpresa, proprio come era successo nella loro prima notte insieme a Phoenix. Un orgasmo era un orgasmo, almeno così aveva sempre pensato. Ma si era sbagliato. C'era un che di primordiale nel fatto di venire dentro la donna che amava. Un che di istintivo.

Un giorno sarebbe venuto sulla sua schiena, proprio sopra il tatuaggio.

Ma non era quello il giorno. Quella sera l'avrebbe riempita in continuazione, fino a che sarebbero stati talmente esausti da non riuscire a muoversi.

Cora si dimenò e Pipe fece una smorfia mentre usciva lentamente da lei. L'ultima cosa che voleva era lasciare il suo corpo, ma non voleva nemmeno che stesse in ginocchio e facesse pressione sul braccio o sul coccige più a lungo del necessario.

Prima di lasciarla sdraiare sul fianco, la tenne stretta a sé per un attimo, guardando lo sperma fuoriuscire dalle sue pieghe. Fu più erotico di qualsiasi cosa avesse mai visto e sentì il cazzo contrarsi. Maledizione, era appena venuto e la desiderava di nuovo.

Lanciò un'ultima occhiata al dono che gli aveva fatto, il tatuaggio, poi la aiutò con cautela a stendersi sul fianco, facendo altrettanto e prendendola tra le braccia.

Cora sospirò contro il suo petto. «Credo che la mia sorpresa ti sia piaciuta.»

Pipe fece uno sbuffo divertito. «Credi?» chiese.

Lei ridacchiò e gli baciò il petto.

Si sentì mancare il fiato. Sì, di sicuro non si meritava quella donna.

«Ti amo» gli disse con dolcezza.

«Ti amo anch'io» rispose lui.

Rimasero sdraiati per qualche minuto, poi Cora sollevò la testa per guardarlo in viso. «Pipe?»

«Sì, amore?»

«Grazie.»

«Per cosa?»

«Per tutto. Perché mi ami, perché mi hai creduto. Per non essere uno stronzo. Per tutto.»

Le sorrise. «Prego.»

Lei sospirò di nuovo e riabbassò la testa sul suo petto. Passarono alcuni minuti, e proprio quando spostò la mano lungo il suo fianco per toccarla, per iniziare il secondo round, la sentì russare.

Sorridendo, sospirò. I suoi piani per la maratona di sesso avrebbero dovuto aspettare. La sua Cora era esausta. Aveva aiutato Alaska e le altre con i preparativi della festa ed era andata a trovare Lara ogni volta che aveva potuto. Pipe aveva la sensazione che si sarebbe stressata eccessivamente per aiutare gli altri, ma non aveva nulla da dimostrare, la amavano già tutti. Faceva davvero parte del Rifugio. Lo avrebbe imparato con il tempo. Fino ad allora, avrebbe vegliato su di lei e si sarebbe assicurato che riposasse quando ne avesse avuto bisogno.

Tirò più su la coperta e chiuse gli occhi, tenendo tra le braccia la donna più preziosa e straordinaria. La vita era piena di alti e bassi, e anche se fino a quel momento non aveva ancora compreso perché aveva dovuto sopportare le cose subite in passato, ora lo capiva. Aveva avuto bisogno di quelle esperienze per essere l'uomo che la sua donna meritava. Senza il suo passato, non sarebbe stato quello che era diventato.

Girò la testa e le baciò la tempia, sorridendo quando lei borbottò e si rannicchiò di più contro di lui. Essere l'uomo che Cora meritava era l'obiettivo della sua vita. Un obiettivo che avrebbe preso sul serio quanto il suo giuramento militare.

«Sento che stai pensando troppo» si lamentò lei in un borbottio. «Smettila. Dormi, Pipe.»

«Sì, signora» replicò lui con un altro sorriso.

Lara si rannicchiò nell'angolo del divano di Owl e fissò con aria assente il televisore. Si sentiva svuotata. Insensibile. Prima aveva guardato la videochiamata di Cora, e non aveva provato nulla... a parte un lieve di senso di colpa per avergli impedito di festeggiare con i suoi amici.

Avrebbe voluto scuotersi dallo strano stato d'animo in cui si trovava, ma non riusciva a capire come.

Stava deludendo tutti, eppure sembrava che non le importasse.

I suoi genitori erano andati a trovarla in ospedale a Phoenix, e anche se avevano parlato in modo appropriato, sapeva che si erano sentiti sollevati quando era stato deciso che sarebbe andata al Rifugio con Cora. Avevano chiamato Owl per vedere come stava, ma lei non aveva più parlato con loro da quando era arrivata nel New Mexico.

I detective le avevano fatto pressioni affinché raccontasse ciò che era successo in quella casa. Ma non ci era riuscita. Aveva detto loro le cose essenziali. Che sì, era andata in Arizona di sua spontanea volontà, e che una volta lì aveva cambiato subito idea. Ma Ridge le aveva portato via il telefono. Era stata tenuta nel seminterrato fin quasi dall'inizio, l'avevano lasciata uscire solo di tanto in tanto per salvare le apparenze, ma sempre sedata. E poi quell'uomo, quello che conosceva come Carter Grant, le aveva fatto del male.

Ma quello non lo aveva approfondito. Non aveva potuto. Ciò che aveva subìto era imbarazzante, orribile e insopportabile. E parlarne avrebbe solo reso i ricordi più reali.

Si vergognava del fatto che, praticamente da subito, ogni volta che lui si era presentato con delle pillole in mano, lei le aveva prese di buon grado. Con piacere quasi. Ne aveva avuto bisogno. Erano servite per entrare in quel mondo fluttuante in cui capiva a malapena cosa stava succedendo e non faceva male quando Carter la toccava.

Ora che era libera, che non era più in quella casa, avrebbe dovuto stare bene. Esserne sollevata. Avrebbe dovuto continuare la sua vita. Ma come poteva, sapendo che Carter era ancora là fuori?

Le ultime parole che le aveva detto le riecheggiavano a ripetizione nella testa.

Sei la mia preferita. Non rinuncerò mai a te. Sei mia.

Rabbrividì.

«Hai freddo?» le chiese Owl, e senza aspettare la sua risposta si alzò per prendere un'altra coperta dal retro del divano. Aveva sempre freddo. Lui aveva alzato la temperatura nello chalet, ma comunque non riusciva mai a scaldarsi.

Lara non capiva Callen Kaufman. Era la prima persona che ricordava di aver visto quando era stata salvata e si era attaccata a lui come una bambina con l'ansia da separazione. Per lei quell'uomo aveva rappresentato subito la sicurezza, e anche se negli ultimi mesi era migliorata un po', quando non era presente andava nel panico.

C'era qualcosa in lui che la faceva sentire protetta. Difesa.

E non ci sarebbe *mai* stato niente di più di quello. Aveva chiuso con l'amore. Con la fantasia del "per sempre felici e contenti". Non augurava altro che buone cose agli uomini e alle donne che erano stati straordinari con lei, che le avevano permesso di rimanere al Rifugio, ma il suo desiderio di essere amata, di avere un giorno una famiglia, aveva fatto una morte clamorosa.

Il lieto fine non esisteva. I film Disney e Hallmark erano un inganno. I romanzi rosa non erano altro che fantasie.

Lara giurò che non appena fosse stata in grado di farlo, se ne sarebbe andata da lì, si sarebbe trasferita in Alaska e avrebbe vissuto in una di quelle piccole baite sperdute. Avrebbe coltivato i suoi alimenti, avrebbe cacciato per procurarsi la carne, avrebbe usato le candele per avere luce. Era preferibile all'essere ferita in continuazione dalle persone. Dagli *uomini*.

Owl le drappeggiò la morbida coperta di lana sul corpo e Lara si costrinse a guardarlo e ad annuire per ringraziarlo.

«L'ho già detto e lo ripeterò tutte le volte che avrai bisogno di sentirlo. Qui sei al sicuro, Lara» le disse con dolcezza.

Lei abbassò lo sguardo. Era ovvio che lui credesse in ciò che diceva, e sebbene si fidasse un po' di lui, per quanto riuscisse a fidarsi di qualcuno in quel momento, e lo usasse come sostegno, in fondo sapeva di *non* essere al sicuro.

E non lo era nemmeno chi le stava vicino.

Qualche giorno prima lo aveva sentito parlare con uno dei suoi amici – non sapeva quale – davanti alla porta d'ingresso. Avevano cercato di tenere la voce bassa, ma lei aveva sentito comunque.

Carter era ancora in giro. La polizia non era riuscita a

trovarlo. Ridge era morto, cosa per la quale provava un po' di sollievo, ma il vero pericolo era Carter. Era sempre stato lui. Ed era libero. Sarebbe andato a cercarla.

Doveva andarsene. Nascondersi. Perché, a prescindere da tutto, quell'uomo non si sarebbe fermato finché non l'avesse riavuta per sé. L'aveva reclamata, che lei lo volesse o meno, e gliel'avrebbe fatta pagare per essere fuggita dalla sua perversa prigione sotterranea di umiliazioni e dolore.

Lara avrebbe preferito morire piuttosto che tornare nelle sue grinfie.

Nel frattempo, avrebbe recuperato le forze, cercato di stare meglio e di resistere per periodi di tempo più lunghi senza avere Owl al suo fianco. Quando si fosse sentita abbastanza pronta, sarebbe scomparsa.

Cora sarebbe stata bene. Anche lei aveva trovato un protettore, il che la rendeva felice, ma anche triste. Le sarebbe mancata, ma almeno la sua amica non sarebbe più stata in pericolo senza di lei.

Fece un respiro profondo. Prima di tutto, però, doveva reagire e uscire dal baratro di disperazione in cui era caduta. Almeno in apparenza. Doveva convincere tutti che stava bene, così da potersene andare. Non sapeva dove sarebbe stata al sicuro da un mostro come Carter, ma si rifiutava di trascinare altre persone nell'orrore che era diventata la sua vita.

Alzò lo sguardo verso Owl e gli sorrise timidamente.

Lui inclinò la testa per studiarla.

«Possiamo guardare un film?» gli chiese.

«Sì! Assolutamente» rispose subito.

Era la prima volta che chiedeva qualcosa, ed era ovvio che lui fosse pronto e disposto a concederle tutto ciò che voleva. Non le piaceva mentirgli, e fingendo di stare meglio lo *stava* facendo. Ma era per il suo bene. L'aveva protetta quando ne aveva avuto più bisogno, ed era giunto il momento che lei ricambiasse il favore.

––––––––

Owl si era sistemato sul lato opposto del divano rispetto a Lara, e spostava continuamente la sua attenzione dal film alla donna seduta a meno di un metro da lui. In realtà, sembravano chilometri. Sì, gli aveva chiesto di guardare un film, ed era stata la prima volta che chiedeva qualcosa da quando l'aveva portata nel suo chalet dopo essere stata dimessa dall'ospedale di Phoenix, ma non stava bene. Poteva anche aver chiesto di guardare un film, ma in realtà non stava prestando attenzione. Era persa nei suoi pensieri, proprio come lo era stata per la maggior parte degli ultimi mesi.

Owl aveva provato di tutto per aiutarla, ma niente sembrava funzionare. Non voleva parlare con Henley, non aveva voluto parlare con i suoi genitori le poche volte che avevano chiamato. Anche le visite regolari di Cora sembravano non fare alcuna differenza.

Quindi, sì, prendere l'iniziativa e chiedere una cosa semplice come un film era un grande passo... ma non uno autentico. Lara aveva ancora quello sguardo tormentato. Era profondamente traumatizzata da ciò che le era accaduto in quel seminterrato e ciò gli faceva male al cuore.

Non sapeva perché quella donna avesse quell'effetto su di lui. Forse era stato ciò che aveva visto nei suoi occhi quando avevano avuto quella breve connessione nel seminterrato... terrore, disperazione, rassegnazione.

Si era sentito allo stesso modo quando era stato prigioniero lui stesso. Ogni giorno aveva portato con sé nuovi orrori e non poteva fare a meno di avere la sensazione che lui e Lara fossero fatti l'uno per l'altra.

La guardò di nuovo e strinse i denti. Stava progettando qualcosa. Non sapeva cosa, ma lo percepiva... e tutto ciò che poteva fare era continuare a prometterle che era al sicuro.

Quella donna meritava di più che limitarsi a sopravvivere, di più di una vita vissuta nel terrore. Di più di un pilota di elicotteri distrutto come guardiano.

Owl avrebbe fatto tutto il possibile per liberarla dalle grinfie della paura che viveva nel suo intimo. Poi l'avrebbe lasciata libera di trovare il "vissero felici e contenti" che aveva cercato per tutta la vita, da quello che diceva Cora.

Lui non era un principe azzurro, nemmeno lontanamente. Ma se fosse riuscito ad aiutarla a sconfiggere i demoni che le tormentavano la mente, forse avrebbe potuto trovare un modo per liberarsi anche di quelli che vivevano nella sua di testa.

———

Carter Grant, alias Carl Glick, alias Connor Smith, alias Daniel West, e un centinaio di altri alias, era seduto in un motel fatiscente sulla Central Avenue di Albuquerque... e tramava.

L'occhio gli causava dolori tremendi e ciò lo faceva arrabbiare. Era difficile abituarsi ad avere solo metà della vista. La benda che lo copriva faceva sì che la gente gli stesse alla larga, per fortuna, ma *attirava* comunque l'attenzione, cosa che lui odiava.

Nei mesi successivi all'implosione del suo piacevole accordo, aveva rimorchiato alcune prostitute che frequentavano la zona, le aveva drogate e aveva fatto tutto ciò che aveva voluto. Era stato moderatamente divertente.

Ma nessuna di loro era Lara.

Lei era perfetta. Bionda, bella, delicata. E la sua pelle era così morbida. A differenza delle ragazze di strada che avevano vissuto una vita dura, e si mostrava nei loro corpi.

No. Lara era quella giusta. La rivoleva. E se la sarebbe ripresa. Sapeva dove si trovava: sulle montagne vicino a Los Alamos. Ma non poteva entrare nel lussuoso lodge dove si nascondeva e portarla via. Non con il tipo di uomini che gestivano quel posto.

Erano stati soldati professionisti, proprio come lui. Sapeva cosa avrebbe affrontato perché aveva ricevuto un addestramento simile. Gli uomini che avevano combattuto contro di lui nel seminterrato della tenuta dei Michaels erano bravi. Molto bravi. Ma li avrebbe battuti entrambi se la stronza non gli fosse saltata sulla schiena e non gli avesse cavato un occhio.

Si sarebbe vendicato. Su di lei. Sugli uomini. E avrebbe avuto di nuovo la sua Lara.

Il suo cazzo si contrasse nei pantaloni, mentre pensava a cosa le avrebbe fatto una volta tornata nel suo letto, nel posto che le spettava. Carter non si eccitava con lo stupro. Era troppo facile. Gli piaceva vedere la paura negli occhi delle sue donne. Gli piaceva toccarle, far loro del male. Marchiarle con i pugni... con il suo sperma, in modo che sapessero a chi appartenevano. Quella era la sua perversione.

E Lara era la sua donna perfetta. La sua prigioniera perfetta. Il terrore nei suoi occhi era inebriante. Il modo in cui la sua pelle chiara si ricopriva di lividi... bellissimo.

Aprì la cerniera dei jeans, si tirò fuori il cazzo e iniziò a masturbarsi con in testa le immagini del recente passato. Della sua Lara.

Quando finì, si pulì con impazienza e tirò su la cerniera dei pantaloni.

Aveva un sacco di progetti a cui pensare. Doveva trovare un nascondiglio, un posto dove poter vivere la vita che voleva con lei. Aveva rubato molti soldi a Ridge Michaels mentre lavorava per lui, prima di piantargli una pallottola nel cervello. Ne aveva più che a sufficienza per vivere comodamente. Lontano da occhi indiscreti. Ma prima di rintanarsi da qualche parte, aveva bisogno della sua Lara. Aveva bisogno di vendicarsi degli uomini che gliel'avevano portata via.

Sì, doveva fare molti piani... ma alla fine Lara sarebbe stata di nuovo sua. Non vedeva l'ora.

———

Come avrete capito, questa non è l'ultima volta che vedremo Carter! Tornerà... e Owl dovrà usare tutte le abilità acquisite nell'esercito per tenere Lara al sicuro. E anche questo potrebbe non bastare...
Andate a scoprire cosa succederà in *Meritare Lara*.

Also by Susan Stoker

Il Rifugio
Meritare Alaska
Meritare Henley
Meritare Reese
Meritare Cora
Meritare Lara (6 Feb 2024)
Meritare Maisy
Meritare Ryleigh

Forze Speciali alle Hawaii
Trovare Elodie
Trovare Lexie
Trovare Kenna
Trovare Monica
Trovare Carly
Trovare Ashlyn
Trovare Jodelle

Ricerca e soccorso Eagle Point
In cerca di Lilly
In cerca di Elsie
In cerca di Bristol
In cerca di Caryn
In cerca di Finley
In cerca di Heather (2 Jan 2024)
In cerca di Khloe (7 May 2024)

Delta Duo
La forza di Gillian
La forza di Kinley

La forza di Aspen
La forza di Jayme
La forza di Riley
La forza di Devyn
La forza di Ember
La forza di Sierra (7 Dicembre)

Armi & Amori: verso il futuro

Soccorrere Caite
Soccorrere Brenae
Soccorrere Sidney
Soccorrere Piper
Soccorrere Zoey
Soccorrere Avery
Soccorrere Kalee
Soccorrere Jane

Mercenari di Montagna

Difendere Allye
Difendere Chloe
Difendere Morgan
Difendere Harlow
Difendere Everly
Difendere Zara
Difendere Raven

Delta Force Heroes

Salvare Rayne
Salvare Emily
Salvare Harley
Il Matrimonio di Emily
Salvare Kassie
Salvare Bryn

Salvare Casey
Salvare Sadie
Salvare Wendy
Salvare Mary
Salvare Macie
Salvare Annie

<u>Armi e Amori</u>

Proteggere Caroline
Proteggere Alabama
Proteggere Fiona
Il Matrimonio di Caroline
Proteggere Summer
Proteggere Cheyenne
Proteggere Jessyka
Proteggere Julie
Proteggere Melody
Proteggere il Futuro
Proteggere Kiera
Proteggere i figli di Alabama
Proteggere Dakota

<u>Ace Security</u>

Il riscatto di Grace
Il riscatto di Alexis
Il riscatto di Bailey
Il riscatto di Felicity
Il riscatto di Sarah

<u>Una raccolta di storie brevi</u>

Un momento nel tempo

BIOGRAFIA

L'autrice

Susan Stoker è annoverata da *New York Times*, *USA Today* e *Wall Street Journal* quale scrittrice di successo, le cui collane di libri includono Badge of Honor: Texas Heroes, SEAL of Protection e Delta Force Heroes. Sposata con un sottufficiale dell'esercito in pensione, Stoker ha vissuto in ogni dove negli Stati Uniti - dal Missouri alla California e al Colorado - e attualmente vive sotto i grandi cieli del Texas. Quale vera sostenitrice del "vissero felici e contenti", Stoker ama scrivere romanzi in cui una relazione romantica si trasforma in amore.

Per ulteriori informazioni sull'autrice e il suo lavoro, visita il sito web www.stokeraces.com